KB131728

모든 사라진 것들을 위하여

서울 회억, 1961~1984

모든 사라진 것들을 위하여

서울 회억, 1961~1984

저자_ 김승웅

1판 1쇄 인쇄_ 2007. 2. 28.
1판 1쇄 발행_ 2007. 3. 6.

발행처_ 김영사
발행인_ 박은주

등록번호_ 제406-2003-036호
등록일자_ 1979. 5. 17.

경기도 파주시 교하읍 문발리 출판단지 515-1 우편번호 413-756
마케팅부 031)955-3100, 편집부 031)955-3250, 팩시밀리 031)955-3111

값은 표지에 있습니다.
ISBN 978-89-349-2443-2 03810

독자의견 전화_ 031) 955-3104
홈페이지_ http://www.gimmyoung.com
이메일_ bestbook@gimmyoung.com

모든 사라진 것들을 위하여

서울 회억, 1961~1984

김승웅 지음

김영사

차례

첫 번째 이야기 _ 1961년… 동숭동의 시간

변경邊境으로 치닫는 유혹

두 번째 이야기 _ 1969년… 사람과 사람 사이

아아, 왕초!

세 번째 이야기 _ 1984년, 서울과의 작별

아버지는 쥔 손을 놓지 않는다

"평균과 상식, 정상에 대한 지칠 줄 모르는 반역자"

조선8도 괴물들이 다 모였다던 1960년대의 서울대 문리대. 그중에서도 군계일학의 괴이쩍은 자가 있었다. 쇼펜하우어Arthur Schopenhanuer 찜 쪄 먹을 허무의 우수 어린 언사로 자살을 꼬드기는가 하면, 다음 순간 분단과 가난에 몸부림치는 조국을 위해 떨쳐 일어나자고 열변을 토하는, 말 그대로 현기증나는 괴물이었다.

수려한 외모에도 불구하고 여학생들이 불가촉 취급주의품으로 분류한 것은 이를테면 사필귀정. 평균과 상식 그리고 정상에 대한 그의 지칠 줄 모르는 반역은 대학졸업 이후 '갈수록 태산'의 양상으로 진화했다. 수습기자 딱지가 아직 선명한 놈이 천하의 장기영 사주한테 대들지를 않나, 일체의 취재활동을 놀이화하지 않나……. 열 번도 더 잘렸어야 할 그의 목은 그러나 멀쩡하게 붙어 있었다. 그것도 기세등등하게!

그 명백한 증거로, 이 터무니없는 주인공은 국내에서 자행하던 상식파괴와 파격활동을 국제무대로 확대한 것이다. 이 책에 실린 파리와 워싱턴 특파원 시절 활동 가운데 파격 아닌 모습으로 이루어진 게 어디 한 꼭지라도 보이는가. 이 책은 "생각하는 사람은 방황하기 마련"이라던 괴테의 말을 행동으로 입증하고, 나이가 숫자에 불과함을 가슴으로 확인해준 사람의 기록이다.

홍사덕 | 대학 동기, 새롭고 하나된 조국을 위한 모임 대표

“푼수처럼 천진하게, 배우처럼 천연덕스럽게 사는 방식”

대개 삶이란 누추해서 남에게 펼쳐 보일만한 것이 별로 없다. 펼쳐 보이기는커녕 감추기에 급급한 것이 삶의 모습일 것. 더구나 이 풍진 한세상 부대끼며 살고 갔다고 남길 만한 게 뭐가 있느냐, 애써 찾아 남긴들 그게 또 무슨 의미가 있느냐…… 대충 이런 것이 나의 허탈한 인생관 중의 하나이다.

헌데 ‘푼수’ 김승웅이 뒤통수를 냅다 내갈겼다. 어안이 벙벙해지도록. 나는 그가 장난하는 줄 알았다. 낄낄거리다 울다 벌거벗다 “요걸 몰랐지?” 하고 조롱하면서. 그렇게 인터넷으로 쏘아대는 ‘그의’ 옛날 이야기를 주섬주섬 읽으며 “이 친구 사고 치네” 그렇게 걱정했다. 그런데 그게 아니었다. 그는 나를 완벽하게 속였다. 그에게는 꿍꿍이가 따로 있었다. 그는 그의 방식으로 사랑과 슬픔의 바다를 건너고 있었다. 푼수처럼 천진하게, 배우처럼 천연덕스럽게.

그가 그렇게 하는 이유를 알 것 같기도 하고, 모를 것 같기도 하다. 그가 가고자 하는 길을 짐작할 것 같기도 하고, 고개를 갸웃거리다 말 것 같기도 하다. 그의 주체할 수 없는 글 욕심이 읽는 사람을 여기저기 마구 끌고 다니기 때문이다. 그러나 그의 글을 읽는 사람은 이 숨바꼭질 뒤에 숨은 그의 깊은 한숨소리를 들을 줄 알아야 한다. 삶을 정면으로 응시하면서 그 허무를 넘어서려는 그의 어두운 눈을 들여다볼 줄 알아야 한다. 이것이 그의 책을 읽으려는 사람들에게 들려주는 나, 그의 중학교 이래 친구의 거두절미한 조언이다.

김종심 | 중학·대학 동기, 전 동아일보 논설위원실장, 간행물윤리위원회 위원장역임

시골집 오순이 서울 오는 날

오순烏順이는 이제 서울에 살지 않는다.

길 건너 대우 세탁소 주인의 차에 실려 장모가 산다는 충남 서산의 어느 시골집에서 산다. 나와 서울서 살 때는 풀어놓고 살았지만, 지금은 목에 사슬을 두른 채 묶여 살고 있다 한다. 오순이는 짖기만 했지 결코 울 줄 모르던 암컷 진돗개다. 까맣기가 까마귀 같다 해서 까마귀 오烏자에 암컷이라 순順자를 넣어 이름 지었는데, 이름값을 해서일까, 진돗개 치곤 정말 순하디순했다. 집에 찾아오는 손님 모두가 제 년을 귀여워한다는 착각 속에, 그렇게 서울에서 살았다.

그러던 오순이년이 2년 사이 도둑고양이 다섯 마리를 물어 죽였고 고양이 사체를 매번 누가 치우느냐를 놓고 부부 싸움을 허발나게 되풀이하다 할 수 없이 오순이를 대우 세탁소 집에 넘긴 것이다. 시골집으로 끌려간 오순이는 첫날부터 동네가 떠나가게 울었다고 한다.

이 책을 쓰는 1년 남짓 가책苛責에 떨었다. 떼어 놓은 오순이만을 매일 매일 생각한 것이다. 보고 싶은 오순이 년……, 그 처량한 울음을 환청으로 들으며 혀 빼물고 썼다. 목마르게 썼다. 이왕 쓸 바에야, 내가 생각해도 병적이다 싶을 만큼 솔직하게 썼다.

이 책은 시대 정신을 논하거나 도도한 물결을 타고 넘는 고담준론의 역사서가 아니다. 5·16 군사정변이 났던 바로 그해 대학에 들어가 중견 기자가 되기까지 서울서 무엇을 목말라 했고 누구를 미워했으며, 또 무엇이 되고 싶고 누구와 자고 싶었는지를 기술한 나의 고백서다.

무언가에 떠밀려 해외에서 오랫동안 살다 예순 살 가까운 나이로 서울 집에 돌아온즉 많은 것이 소멸해 있었다. 다니던 동숭동 대학 터도 없어졌고, 나를 방목시킨 '왕초' 장기영도, 그 뛰놀던 김포 '국제' 공항도 더 이상 존재하지 않는다. 툭하면 도망쳐 숨던 변경도 더 이상 찾아지지 않는다. 이 책은 그런 점에서 소멸을 재생시켜보려는 내 나름의 탐험이다. 서울을 재생시키고 거기서 나를 함께 재생시키고 싶은 것이다.

이 책에 가끔 등장시킨 아나키스트(무정부주의자)라는 단어에 무척 만족한다. 다만 한 가지, 이 무정부주의자라는 단어를 자칫 제정帝政 러시아 말기 유행을 타던(요즘 식으로 보수냐, 혁신이냐 식의), 정치 계보系譜의 하나로 보실 독자들이 계시지 않기만을 바란다. 나는 지금의 우리 시대를 절망에 빠트리는 좌파도 우파도 아니고, 진보도 보수도 아니다.

그러면 나는 누구인가……. 거듭 비유하지만, 한 마리 오순이일 뿐이다. 순하디순한 오순이, 허나 고양이만 보면 본성이 드러나 물어 패대기치는 진돗개, 또 예전처럼 짖기만 하지 않고 마침내 옛 주인과 격리돼 혼자서 울 줄도 알고 또 옛 시절을 그리워할 줄도 아는, 그런 성숙한 오순이로 바뀐 것이다.

오순이가 지금처럼 서울서 격리돼 시골집에 사는 잘못은 전혀 오순이에게 있지 않다. 마당이 좁다는 이유로, 또 비위가 약한 데다 매사 아내한테 져주고 살아온 함량 미달의 이 옛 주인에게 있을 뿐이다. 나는 오순이도 되고 또 오순이 주인도 된다. 이런 양면가치성ambivalence이 나로 하여금 다시 한 번 무정부주의자로 만든다.

지금도 오순이를 애타게 기다리고 있다. 지금 이 순간에도 밖에 오순이가 와 있을지도 모른다는 기대 속에서 매일 새벽 대문을 연다. 신문이나 TV에 자주 나 듯, 사슬에서 풀린 오순이가 예의 진돗개 기질을 살려 제발 옛 주인이 살고 있는 서울 집으로 돌아오기만을 바란다.

이번 정월 대보름이면 어머니를 빼다 박은 막내 이모를 보러 전라도 용담에 내려갈까 한다. 그곳 이모네 집 툇마루에 앉아 보름달을 볼 것이다. 돌아오는 길에 서산에 들러 오순이 년도 볼 것이다. 그리고 대우집 장모를 잘 설득해 오순이 년을 서울로 데려올 생각이다.

댓글을 보내 준 나의 친구, 친지, 은사님께 이 자리를 빌어 다시 한 번 감사드린다. 이 분들의 박수, 그리고 때로는 날카로운 지적이 없었던들 이렇게 1년 남짓 글을 쓸 수 없었을 것이다. 기자 때는 몰랐지만 글을 쓴다는 건 정말 외로운 작업이다.

끝으로, 이 책이 많이 팔리기를 원치 않는다. 지금의 우리 집 마당을 네댓 평 늘릴 정도의 인세를 받는다면 그걸로 족하다. 나의 영원한 아나키스트 오순이를 다시 데리고 오기 위해서다.

2007년 2월

서울 목동에서, 저자 識

이 책을 읽기 전에

1. 이 책은 재외동포재단 포털사이트 코리안넷www.korean.net에 연재한 〈김승웅 동포칼럼〉의 글 가운데 1961년부터 1984년까지의 시간을 정리한 글을 단행본으로 엮은 것이다.
2. 연재 당시 칼럼을 읽었던 다양한 사람들이 그 시절 무엇을 느끼고 고민했는지에 대한 생각을 댓글로 달았고 이러한 글들을 본문 각 칼럼 다음에 〈글 속의 글〉로 재구성해 담았다.

1961년… 동숭동의 시간

변경邊境으로 치닫는 유혹

신중식과 윤국병 그리고 박인순, 셋 다 공통점이 있다.

푼수라는 점과 폼 좋고 돈 없다는 점이 그것인데,

그 중에서도 가장 눈에 띄는 특징은

'모두 거짓말을 거의

병적으로 못할 만큼 투명했다' 는 점이다.

동숭동에 돌아와

문리대文理大는 지금 없다. 문리대라는 건물도 없고, 문리대라는 이름 자체도 소멸했다. 남아 있다면 그 문리대가 위치했던 동숭동 터와 그곳 문리대라는 관문을 거쳐 사회로 빠져나온 졸업생들, 그리고 그 졸업생들의 뇌리에 각인된 문리대와 관련된 추억뿐이다.

아, 소멸한다는 것은 과연 무엇을 뜻하는가. 소멸은 아름다운 것 아닌가. 살아생전 못 느끼던 어머니의 사랑을 시인 이성부는 지리산 노고단에 올라 '여시비 맞고 활짝 웃는 풀꽃' 을 보는 순간 환하게 웃던 어머니 얼굴을 떠올리고 울어버린다(이성부의 시 「노고단에 여시비 내리니」).

소멸한 어머니의 위력이다. 어머니는 살아 있지 않고 소멸했기에 그 자식을 울린다. 그 소멸한 어머니를 60대 중반의 나이에도 떠올린다. 그리고 운다. 살아 계신 어머니를 보고 우는 사람은 없다. 마찬가지다. 내가 문리대를 그리워하는 건 그 문리대가 소멸했기에 가능한 것이다.

1961년 봄, 그 문리대 앞에 섰다. 만 46년 전 3월이다. 입학식에 참석하

소멸消滅의 첫 현장, 문리대 정문

입학 첫날 이상한 생각이 들었다. 이 캠퍼스가 어떤 괴력에 의해 기필코 소멸되고 말 것이라는 예감에 휘말린 것이다. 그리고 이 예감은 적중했다. 입학 후 두 달이 되던 날, 교문은 사진에서 보듯 폐쇄됐다. 5·16 군사정변이 일어난 것이다. 그리고 막바지엔 그 아름답던 교정도, 문리대라는 이름도 아예 소멸되고 말았다(도서관만은 들여보내달라고 수위들에게 간청하는 대학생들). 사진_한국일보 제공

기 위해 아침 일찍 대학 천川을 건너 교문에 들어서는 순간, 거기 환하게 펼쳐 있던 문리대의 교정을 두고두고 잊지 못한다. 투명透明, 그 자체였다.

섬뜩 불안을 느꼈다. 불안했던 건 새롭게 시작될 대학 생활에 대한 적응 우려 때문이 아니라 바로 눈앞에 전개된 문리대의 투명함 때문이었

다. 너무나 시리도록 투명해 아무래도 누군가가 깨트리거나 어떤 괴력에 의해 부서지고 사라질까봐 불안했던 것이다. 그러고 보면 나는 글 서두에서 밝힌 문리대의 소멸을 진작 예감한 걸까.

이 대목을 기술하면서 불쑥 일본 작가 고故 미시마 유키오三島由紀夫가 쓴 소설 『킨가쿠지金閣寺』의 한 대목을 떠올린다. 절의 화인火因은 평소 절의 수려한 미관이 깨질까 불안해했던 한 반벙어리 중(주인공이다)의 자폐증 때문이다. 입학 첫날 문리대 교정에서 느낀 불안 역시 그와 비슷한 것이었으리라.

입학식은 대학 교가를 미리 연습하는 걸로 시작됐다. 가람 이병기작사의 교가로 알고 있는데, 교가 가사 중 지금껏 기억에 남는 건 '(가슴마다 성스러운 이념을 품고) 이 세상을 사는 진리 찾는 이 길을 …….' 이라는 첫대목이다. 이 세상을 사는 진리라! 과연 어떻게 사는 것이 이 세상을 사는 진리일까. 4년간 다니면 대학은 그 진리를 가르쳐 준단 말인가. 그보다 먼저, 진리란 과연 무엇인가.

교가를 부르는 건 4년간 단 두 차례, 입학식과 졸업식 때다. 게다가 졸업식은 참석하지 않는 것이 관례였다. 그 처음이자 마지막이 될지 모를 교가마저 나는 (그리고 우리는) 이 대학 출신의 모토처럼, 철저히 '남남이 되어' 불렀다. 정작 관심이 쏠리는 건 내가 택한 외교학과에 어떤 인물이 입학했는지, 그리고 무엇보다도 궁금했던 것은, 우리 과에 여학생이 끼어 있는지, 끼었다면 몇 명이나 되고 얼마나 예쁜지가 궁금할 뿐이었다.

앞서 말한 시인 이성부 얘기를 계속한다. 소멸의 위력을 더 실감하기 위해서다.

노고단에 여시비가 내리니
산길 풀잎마다
옛적 어머니 웃음 빛 담은 것들
온통 살아 일어나 나를 반긴다
내 어린 시절 할머니에게 꾸중 듣고
고개만 숙이시더니
부엌 한구석 뒷모습
흐느껴 눈물만 감추시더니
오늘은 돌아가신 지 삼십여 년 만에 뵙는
어머니 웃음 빛
이리 환하게 풀꽃으로 피어 나를 또 울리느니!

어머니를 그려내는 데 이 이상 무슨 말이 더 필요하랴. 어머니에 대한 아들의 빼저린 그리움을 시인은 지리산 노고단에서 만난 들꽃 화단을 통해 한 폭의 수채화로 그려내고 있다. 시 초입에 나오는 '여시비' 는 여우비의 전라도 사투리로, 사전을 찾은즉 '맑은 날에 잠깐 뿌리는 비' 로 나와 있다. 시인의 고향이 전라남도 어디라더라……. 그래서 시인은 표준어 대신 여시비라는 전라도 사투리를 급히 차용한 듯싶은데, 이 사투리 하나로 어머니에 대한 회한이 화들짝 증폭되니 놀랍다. 운율도 가경이다. 구절구절마다 '~니'로 이어지는 반복 리듬이 좋다.

(여시비가) 내리니, (고개만) 숙이시더니, (눈물만) 감추시더니……

(끝 절 역시 풀꽃으로 피어 나를 또) 울리느니!

이 시에서 읽히는 또 하나의 의미심장한 대목은 시인이라는 직업이 지니는 전업성專業性이다. 한국 문단에서 시만 써서 밥값을 벌 수 있는 시인은 아무도 없다. 그래서 대한민국의 시인들은 대개가 풍류 시인들이다. 시인에게 시는 멋이나 부업일 뿐이다. 예외가 이성부다. 그는 대표적인 전업 시인으로, 하루 종일 시만 생각한다. 한때 나와 같이 한국일보에서 기자로 일한 적이 있지만 지금은 아예 기자직을 버리고 하루 종일 시작詩作 활동에만 전념하고 있다.

그의 시를 읽다보면 그의 삶 자체가 시라는 생각이 든다. 여시비 맞은 풀꽃만 봐도 어머니의 환한 웃음을 연상하듯 예순 살을 훌쩍 넘긴 나이에도 하루 종일 어머니만을 생각한다. 시만을 생각한다. 그가 가난해서 더 좋다. 여기서 '가난'은 내게 일약 빼어난 시어로 바뀐다. 시 전체에 알게 모르게 깔려 있는 이 가난은 어른들이 툭하면 자식이나 손자에게 근검을 가르치기 위해 떠는 청승과는 구별된다.

어린 꼬마가 동네 구멍 가게에 들러 인형 하나를 산다. 가게 주인 할아버지는 꼬마의 머리를 쓰다듬으며 "아가, 어떡하지? 거스름돈이 없는데……" 라며 난처해한다.

할아버지를 빤히 쳐다보던 꼬마는 제 주머니를 뒤져 남은 돈을 꺼내더니 주인 할아버지에게 또 한 번 준다. "자, 여기 있어요."

제가 준 돈으로 거스름을 치르라는 것이다. 여기서도 주제는 가난이다. 독일 문필가 막스 뮐러Max Müller의 자전적 소설 『독일인의 사랑Deutsche Liebe』에 나오는 뮐러 자신의 유년 시절 회상이다. 가난은 이토록 아름답다.

그러나 이성부의 시에서 정작 내가 만나는 것은 시의 주제인 어머니다. 할머니 앞에서 노상 고개만 숙이시던 어머니, 부엌 한쪽에 숨어 눈물만 훔치시던 어머니를 나는 본 적도 없고 그런 할머니가 계시지도 않았지만 이 대목을 읽을라치면 나도 몰래 이성부가 되니 이상하다. 울었던 건 어머니가 아니고 오히려 나다.

내가 자라던 지방 도시에서는 매년 이맘때면 초등학교 대항 합창대회가 열렸다. 서너 달 내내 연습을 한 후, 시합 당일 학교 운동장에 모여 시합 장소로 떠나던 날 나만 그 버스에 오르지 못했다. 가난으로 시합용 유니폼을 장만할 돈이 없었기 때문이다. 빈 운동장에 홀로 남아 엉엉 울던 기억을 떠올리면 지금도 목메인다. 어머니 맘 상하실까 싶어 유니폼 말을 차마 못 꺼낸 것이다.

이성부의 시를 덮는다. 이제 그 어머니를 올 정월 대보름이 되면 전라도 용담으로 만나러 갈 생각이다. 그곳에는 어머니를 빼닮은 막내 이모가 살고 계신다. 달도 볼 것이다. 대학 시절 이발만 하고 와도 내 엉덩이를 토닥이며 "우리 새끼, 보름달처럼 생겼네!"라던 그 어머니의 보름달을!

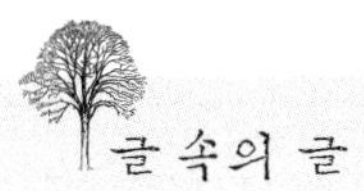

글 속의 글

말코 선생! 명문의 칼럼 잘 읽었다. 글을 쓴다는 것은 누구나 다 할 수 있는 일상의 일이지만 읽는 사람의 가슴을 흔들어 놓는 글을 쓴다는 것은 예사로운 재주로는 가능치 못하다는 걸 잘 알고 있다. 그런데 내 오랜 친구, 말코의 글 솜씨를 오랜만에 대하고 보니 역시 나는 빼어난 벗을 가졌다는 자부심을 느낀다.

요즘 술친구가 없어 목말라 하고 있다는 소식 전해 듣고 목구멍이 찡했다. 한 잔 들어가면 막무가내로 부르곤 하던 그대의 샹송 〈고엽〉이 듣고 싶다. 맑으면서 울림이 적당한 천진무구 그대로의 그 목소리가 그립다. 늘 사랑에 목말라 하면서도 마지막 순간에는 손을 내밀지 못하는 그대의 그 맑음 때문에 나는 늘 어부지리 했지. 내가 가든 네가 오든 빨리 한번 만나고 싶다. 건강하거라. 오래 살라는 얘기는 하고 싶지 않다. 비슷한 날에 죽고 싶으니까.

김순길

•••**김순길** 대학 동기·LA거주_ 전형적인 문사철文史哲. 샹송 〈La Mer〉가 십팔 번인 키다리다. 입학 첫날 '롱펠로'라며 자기소개를 하기에 제 키를 말하려나보다 했다. 그러나 우리가 잘못 짚었다. 롱펠로 윗길의 시인이었다.

분명 집사님과는 세월의 차이가 큰데, 어머니 이야기는 저의 가슴 한구석을 저리게 합니다. 지금도 흙을 일구고 계신 모친을 목회 핑계로 공양하지 못하는 은밀한 죄책감 때문일까요? 아니면 저도 자녀들 키우며 부엌보다 좁은 삶의 모퉁이에서 흐느껴 울어야 하는 부모 심정 깨우침에 대한 공감 때문일까요? 앞으로 이성부님의 시집도 구해 봐야겠고 어쭙잖게 취미 삼는 카메라 들고 들꽃 좀 담아 봐야겠습니다. 오늘도 아침부터 가슴이 훈훈한 게 하루가 기대됩니다. 집사님 덕입니다.

또 한 가지, 집사님의 글을 읽다가 통쾌하게 웃었습니다. 집사님 별명을 알아버렸기 때문입니다. '말코!' 그러고 보니 집사님의 코가 여전히 명물이시고요.

집사님 입학 때 머리털 나서 세대 공감이 쉽진 않지만 선체험의 예지력을 기르는 데 약이 되지 싶습니다. 집사님은 '소멸의 미학'으로 예찬하셨지만 지나간 세월을 아름답게 되살려내는 '재생의 미학' 능력에 탄복합니다. 저도 그때 가서 펼쳐 놓을 오늘이 고민스럽기도 하고요. 지금은 연속극 보다가 결정적인 대목에서 '다음 시간에'를 만난 기분입니다. 기다려집니다. 집사님의 건강과 승리를 기도합니다.

최현규

●●●최현규 목동교회 목사_ 호방한 유석維石도 인촌仁村 앞에선 조용했듯 나 역시 이 겸손하고 아름다운 성직자 앞에 서면 한없이 작아진다. 언젠가 "목사님!"하고 부른다는 걸 "주님!"하고 불렀으니…….

국장님! 좋은 글 잘 읽었습니다. 이성부 시인은 제 광고光高 선배로 알고 있습니다. 한번도 뵌 적은 없지만, 문예반 시절에 그렇게 들었습니다. 이성부 시인의 시도 곱고, 국장님의 글도 너무 좋습니다. '국장님 같은 가슴 따뜻한 분들이 더 많아야 할 텐데' 하는 생각이 들었습니다. 각박하고 얄팍한 세상에, 그래도 국장님과 함께 했던 워싱턴 생활을 추억할 수 있다는 것은 여간 흐뭇한 일이 아닙니다. 좋은 글 거듭 고맙습니다.

이재호

야~ 말코, 승웅아! 너 나를 슬프게 만드는구나. 지금 네 어머님의 보름달을 읽고 미술가 친구 홈페이지에 옮기면서 네가 술집에서 구슬프게 부르던 찔레꽃을 배경 음악으로 넣었더니 어찌나 그리 슬픈지……. 옛날 부유했건 가난했건 간에, 어머님을 그리는 우리의 마음은 엄청 부자다!

홍경삼

•••**이재호** 동아일보 논설위원실장 · 관훈클럽 총무_ 한마디로 신문을 위해 태어난 독종이다. 그러나 맘은 왜 그리 여린지…… 이런 기자를 둔 거, 동아일보의 복이라 생각된다. 글 잘쓰고, 판단 빠르고…… 삼국지의 조자룡 같은 기자다.

•••**홍경삼** 대학 동기 · 미 공증사 · 샌프란시스코 거주_ 이 놈 눈에 비친 세상은 과연 어떤 걸까? 대학시절부터 지녀온 나의 의문이다. 한마디로 생텍쥐페리의 『어린 왕자』를 그대로 닮은 놈. 말코 그림으로 일약 화가가 된 놈!

아, 봄날은 간다!

글의 시작에 앞서 무대 설정을 해본다.

때: 1961년 혹은 1962년 봄

장소: 동숭동 문리대 교정

등장 인물: 고故 송욱(영문학과 교수)
신중식(외교학과)
박인순(정치학과)
윤국병(정치학과)

내레이터: 김승웅(나)

등장 학생 셋은 모두가 나보다 한 학년 위로, 대학 졸업 후 떼거지로 한국일보 기자로 입사해서 나의 선배 기자들이 됐다.

조금 갓길로 나가는 얘기지만, 신문사라는 곳은 일제 때 기자들의 악습이 그대로 이어져, 선후배를 허발나게 따진다. 우리나 일본만 그런가 싶었는데, 미국 유학 당시 서부의 저명 신문 《로스엔젤레스 타임스Los Angeles Times》에서 반년간 근무할 때 보니까, 미국 역시 후배가 선배 기자 자리에 앉는 것은 절대 금기였다. 그 선배가 출장이나 휴가로 자리를 비웠다 하더라도 결코 앉아서는 안 되는 자리였다. 별이 여럿 달린 제독이라도 그 배의 함장(대령) 자리에 앉지 못하는 것과 같은 이치다. 때문에 이들 셋 모두가 지금 환갑이 훌쩍 지난 나이인데도, 어쩌다 내가 목소리만 조금 높여도 눈을 부라리기 일쑤이다. 나 역시 참다 못해 "같이 늙어가면서 왜들 이러느냐?"고 간혹 항변은 하지만, 이들이 정색하고 쳐다보면 대번에 오그라들고 만다.

봄날 오후의 캠퍼스는 한 폭의 그림이다. 개나리, 진달래가 화들짝 만개하고, 라일락 향기에 학생들 대부분이 흠뻑 취해 있다. 그때 영문학자이자 시인인 영문학과 고故 송욱 교수가 점심을 마치고 캠퍼스에 들어선다. 둥근 테 안경을 쓰고, 시인 특유의 느린 걸음으로 마로니에 나무를 지나 연구실로 향하고 있다. 그 뒤로 5미터쯤 떨어져 학생 신중식과 박인순이 송 교수와 같은 방향으로 걸어오고 있다.

그때 학생 신중식이 갑자기 큰 소리를 내지른다.

"시인 송욱은 지금 뭘 사색하며 산책 중인가?"

깜짝 놀란 송 교수. 호통 치는 주인공이 누군지 알아보기 위해 예의 느린 동작으로 몸을 돌려 뒤돌아본다. 송 교수와 정면으로 눈이 마주친 신중식은 눈 한번 까딱하지 않더니, 뭣 모르고 옆에서 함께 걷던 박인순의 어깨를 내려치며 아까보다 더 큰 소리로 두 번째 호통을 친다. "건방진 자식! 학생이 감히 교수한테 무슨 말버릇인고!"

황당해진 건 박인순이다. 죄라면 친구 옆에서 함께 걸은 죄밖에 없는데, 이게 무슨 날벼락인가. 교수를 놀려먹은 덤터기는 박인순 혼자서 다 덮어쓸 판이다. 얻어맞아 얼얼해진 어깨는 둘째 문제고, 우선 당장 코앞에서 눈을 부릅뜬 송 교수의 눈길을 어떻게 감당할 것인가. 할 수 없이 라일락 나무 숲 쪽으로 빠져 도망질하는 박인순. 그러자 이때다 싶게 신중식도 줄행랑을 놓는다. 송욱 교수한테는 지금 막 도망친 박인순을 잡아올 테니 조금 기다리라는 시늉을 지으며…….

나는 그 현장에 없었다. 그 장면을 전해 들은 건 문리대가 소멸하고 나서도 한참이 지나서다. 한국일보 편집국에서 담배를 피우다 등 뒤에 앉아 있는 경제부 소속 박인순을 통해 직접 들었는데, 내가 기이하게 여기는 건, 직접 목격하지도 않은 그 봄날 문리대 캠퍼스의 한 장면이 '왜 이토록 내 뇌리에 생생할까' 라는 점이다. 직접 목격한 것보다 더 선명한 영상으로 남으니 이상하다. 이 역시 소멸의 위력 탓이리라. 잔류하는 문리대는 결코 영상화visualize되지 않는다. 문리대가 소멸했기에 가능한 일이다. 40년 전의 문리대 교정……. 아, 봄날은 간다!

이제 글의 무대를 접고, 배역配役에 관한 여담을 늘어놓을 차례다. 박인순은 요즘 칩거 중이고, 신중식, 윤국병과는 지금도 자주 만난다. 신중식한테 『모든 사라진 것들을 위하여』 얘기를 쓰려 한다며, 부제는 "「서울 회억, 1961~1984」이 어떨까?"라고 집필 계획을 말했더니 이번엔 윤국병이 나선다. 평소 점잖다가도, 뜬금없이 트집을 잘 잡는 윤국병이다. 우선 「서울 회억, 1961~1984」이라는 글의 제목(또는 부제)이 맘에 안 든다는 것이다. 소설 『무진기행霧津紀行』의 작가 김승옥이 쓴 또 한편의 소설 『서울, 1964년 겨울』의 제목을 표절한 것 아니냐며 눈을 부라렸다(작가 김승옥은 불어불문학과 입학으로, 이들 셋과는 전공이 다르지만 같은 1960년대 학번이다).

속으로 찔끔해진 나는 그 이유를 설명했다. 비록 부제 속에는 '겨울'이라는 단어가 없지만 글을 통해 23년 동안 매년 되풀이 됐던 '겨울의 처절함'을 말하고 싶었다고……. 멀쑥해진 윤국병, 금세 화제를 바꾸더니 다시 반격한다.

"야, 김승웅 너, 신중식이 재가 왜 그때 송욱 교수를 놀려먹은 줄이나 알아?"

"모르는데, 왜 그랬던 거요?"

윤국병의 답변이 기가 막혔다. 옆 자리 신중식을 턱으로 가르키며 말했다.

"재가 지난 학기 영문과 송욱 교수의 강의를 들었다가 D학점이 나왔기 때문이야."

그 분풀이라는 것이다. 이를 옆에서 듣고 있던 신중식, 히죽 웃기만 한다. 송욱 교수를 놀려먹은 신중식은 한국일보 정치부 기자를 하다 그만두고 《시사저널》 발행인을 거쳐 정부 대변인 격인 국정홍보처장을 역임했다. 지금은 전남 고흥 출신 민주당 국회의원으로, 신당 창당을 서두르는 핵심 인물로 활동하고 있다. 어깻죽지를 얻어맞고 송 교수 앞에서 황당하게 봉변당한 박인순은 한국일보 경제부장, 논설위원을 거쳐 청와대 비서관, 수출보험공사 부사장을 역임했다.

그리고 내게 표절시비를 제기한 윤국병은 한국일보에 마르고 닳도록 남아, 사장까지 하더니 지금은 은퇴 후 붓글씨를 공부하고 있다. 현 동아일보 사장인 나의 대학 동기 김학준한테 들은 바로는, 윤국병의 붓글씨 솜씨는 제물포고등학교 때부터 소문났다고 한다. 윤국병은 김학준이 나온 제물포고등학교 1년 선배다. 김학준 말로는 그때 학교 복도마다 윤국병의 붓글씨를 어디서나 볼 수 있을 만큼 유명했다는 것이다. 공부는 말할 나위 없었고.

신중식과 윤국병 그리고 박인순, 셋 다 공통점이 있다. 푼수라는 점과 폼 좋고 돈 없다는 점이 그것인데, 그 중에서도 가장 눈에 띄는 특징은 '모두 거짓말을 거의 병적으로 못할 만큼 투명했다' 는 점이다. 40여 년 전 입학 첫날, 내가 교정에 첫발을 들이며 느꼈던 예의 투명을 이들은 이처럼 그대로 간직하고 있다. 교정은 소멸해도 투명은 남는다.

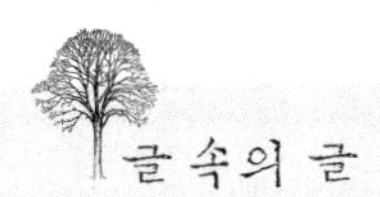

동포재단 이사의 임기가 얼마 안 남았다고요? 제가 걱정입니다. 그동안 백수랍시고 술, 밥 맡겨놓고 만날 때마다 눈 딱 감고 걱정 없었는데……. 어떻든 푼수로 사는 분이시니까, 그 보답으로 또 다른 재미있고 감사하는 일이 생길 것입니다. 어느 구름에 비가 들어 있는 줄 모르니까…….

'아, 봄날은 간다!' 에서, 내게는 소멸의 위력도 해당 없지만, 현장을 생생하게 보는 것 같아 실소를 금할 수가 없네요. 만날 좋은 것도 모르고 만사 작파하고 엉뚱한 짓만 해오던 푼수께서 그래도 주변에 좋은 분들 많고, 잘살아온 인생 아닙니까! 푼수 (아무나) 지어서 못해요. 그래서 사람들이 (그걸) 알아보고 좋아하지요.

임동섭

•••**임동섭** 전 국회헌정기념관장_ 전형적인 협객 로맨시스트. 지금도 툭하면 나를 푼수라 놀리지만, 날 무척 좋아하고 있다는 걸 익히 안다. 만사 작파하고 어느 날 훌쩍 몽골로 튀는 게 두 사람의 꿈이다.

매번 볼 때마다 김 형 성깔에 일을 저지르려니 했는데 이제 나왔네요. 그보다 송욱 선생에 관한 글이 너무 가슴에 와 닿습니다. 선배들 장난친 거야 장난이고, 저에게는 잊을 수 없는 은사이고 학문의 길잡이였고 너무 일찍 가신 스승이었으니까요. 은사님을 두고두고 생각하느라 글을 읽고 한참 있다가 이 답신을 보냅니다.

구대열

김 국장님, 잘 읽었습니다. 제가 태어나던 해 대학에 입학하셨네요. 저는 문리대를 알지 못하는 세대지만 선배들로부터 듣던 문리대에 대한 아련한 추억담들은 기억납니다. 그래서 그런지 김 국장님에게서 느껴지던 문학 청년적인 요소가 글 속에 그대로 묻어나네요.

김창균

•••**구대열** 이화여자대학교 정치외교학과 교수_ 웬만해서는 물가로 나오지 않는 수컷 백조로 기자 생활하다 언젠가는 캠퍼스로 돌아가려니 했는데…… 내 판단이 옳았던 것 같다. 은사 송욱이 생각나면 지금도 목메는 베르테르.

•••**김창균** 조선일보 논설위원 · 전 워싱턴 특파원_ 성품이 유순하되 필봉 곧은 논객이라서 좋다. 더 좋은 건 나의 모교 '숭문'의 후배라는 점이고, 더더욱 좋은 건 그와 워싱턴에서 함께 지내면서도 이 사실을 몰랐다는 것이다.

사닌

4년을 '사닌'이 되어 살았다. 사닌은 러시아 작가 아르치바셰프Mikhail Petrovich Artsybashev의 소설 『사닌Sanin』에 나오는 주인공의 이름이다. 소설의 무대는 수도 페테르스부르크(현 상트페테르부르크) 인근의 소도시로, 그곳에 사는 지식층의 대표적 청년 남녀 일군一群이 등장한다. 그곳에 사닌이 나타나는 것으로 소설은 시작되고 또 그가 그곳을 떠나는 것으로 소설도 끝난다.

소설의 시대 배경은 제정 러시아의 말기로, 그들의 입에서는 드높이 울리는 생활 향락의 찬미가 수시로 흘러나온다. 그런가 하면 사이비 혁명가나 폐병을 앓는 대학생, 추남 유대인도 등장하지만 대학생은 병으로 죽고, 사이비 혁명가와 유대인은 자신이 삶의 향락을 향유할 수 없음을 비관하고 자살해버린다. 남은 건 남자나 여자나 끊임없이 달콤한 사랑에 빠지는 청춘도취형뿐이다.

염세주의 작가 아르치바셰프의 자전적 소설로, 소설에서는 죽음의 저주와 삶의 찬미가 서로 뒤섞여 요동치고 있다. 이 소설을 구입해 읽게 된 것을 지금도 큰 행운으로 여기고 있으며, 좀 유행가 가사 같아서 대놓고 드러내기가 싫었지만, 또한 내게 불행의 시작이었다. 하지만 그 소설로 나는 폭넓은 삶을 구가할 수 있었다. 나는 지금도 올바른 판단이었다고 여기고 있지만, 입학 직후 앞으로의 대학 4년을 나, 김승웅이라는 인물의 정체성을 파악하는 기간으로 설정했다.

그러려면 어떡해야 하는가. 우선 지금까지의 '나'를 해체시킬 필요가 있었고, 이 해체를 기능적으로 수행해내기 위해 새로운 성격의 인물을 설정할 필요가 있었다. 한국일보 기자 시절 미국 샌프란시스코에 들러 '코요테COYOTE'라는 단체의 임원들을 집단 인터뷰한 기억이 새롭다 (코요테란 미국 창녀협회의 공식 명칭이다).

'너의 낡은 전통과 윤리를 버려라Cast Off Your Old Tradition and Ethics'라는 모임 강령 가운데 첫 대문자만을 모아, 코요테라 불리는 미국 서부 지역 늑대의 이름에 맞춰 작명한 것이다. 그렇다. 새로운 '나'의 정체성 확립을 위해 무엇보다도 먼저 만 열여덟 살의 대학 신입생이 되기까지 내 뇌리에 들어박혀 나를 지배해온 전통과 인습, 낡은 윤리(따위)를 과감히 벗어던질 필요가 있었던 것이다. 그래서 바뀌어야 될 이상형의 인물로 사닌을 조준한 것이다.

그렇다면 왜 하필 사닌이어야 했는가…….

문제가 여기에 이르면 지금도 조금 심각해진다. 그 책 '사닌'을 읽지 않았던들 대학 2~3학년 시절 지갑 속에 자살용 면도날을 가지고 다니지 않았을 것이다. 또 권태와 무기력에 시달린 나머지 석 달 남짓 받던 ROTC 군사 훈련을 하루아침에 작파하고 졸병으로 자원 입대, 논산 훈련소에서 하교대下敎隊 총검술 조교로 3년 동안 졸병 생활을 하지 않았을 것이다. 영창에도 가지 않았을 것이다. 가만히 있으면 저절로 닿을 거리를 멀리멀리 우회한 것이다.

이 모두가 사닌 탓이다. 사닌을 만나지 않았던들 좀더 건실하고 경건하게, 그리고 영악하게 살 수 있지 않았을까 여긴다. 사닌이 끼친 해독이다. 주인공 사닌은 소설에서 말한다.

> 내가 가는 길은 언제나 마찬가지야. 나는 삶에 아무것도 의지하거나 기대하지 않는다. 종국에 가서는 결코 행복할 수가 없어. 노쇠와 죽음, 그 외엔 아무것도 없어!

그렇게 대학 4년을 살았다. 사닌처럼 무정부주의자로, 연애 지상주의자로 살았다. 영육의 일치 또는 그 필요성은 인정하면서도 그 일치를 시도하지 않았고, 개인주의 도덕을 역설하며 산 것도 사닌과 같다. 특히 나를 매료시킨 것은 작가의 독특한 심리 수법과 짜릿한 관능 묘사였는데, 성애장면의 묘사는 그로부터 40년이 지난 오늘까지 어떤 책에서도 유례를 찾기 힘들 정도로 압권이었다.

입학 당시 우리 주변엔 눈 붙일 만한 것이 전혀 없었다. TV도 없을 때고, 일간 신문이라야 네 페이지에 불과했던 시절이다. 당시 유일한 낙으로 고故 장준하 선생이 발간하던 월간지 《사상계》를 사서 교정 벤치에 누워 읽던 재미를 잊을 수가 없다. 그나마 돈이 모자라 두세 달 지난 걸 헌책방에서 반값으로 사서 읽는 데 불과했지만, 그 시절을 생각하면 지금도 가슴이 뻑적지근해진다. 내 목마름의 해갈용구로 사상계는 제 몫을 한 것이다. 지금도 기억한다. 매 호 《사상계》에 연재되던 장용학의 소설 『원형의 전설』을 읽던 그 맛을.

장용학을 20여 년이 지나 한국일보 기자 시절 찻집으로 불러내 만났다. 당시 그는 절필하고 있었다. 왜 절필 작가가 됐냐는 것이 인터뷰 요지였지만, 그건 한갓 허울에 불과했고, 정작 그를 불러낸 것은 문리대 시절, 그 사닌으로 살았던 시절이 새삼 그리웠기 때문이다. 문리대는 이처럼 나를 이 대학의 주물인 문사철文學, 歷史, 哲學 우위의 '먹물'로 서서히 구워내고 있었다.

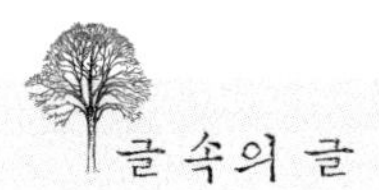

기자 생활한 게 겨우 5년입니다만, 그리고 학교에서 글을 써보면서 느끼는 것인데, 스트레이트 기사 잘 쓰는 사람, 해설 기사 잘 쓰는 사람, 부드러운 글 잘 쓰는 사람, 딱딱한 글 잘 쓰는 사람, 그리고 구라 잘 푸는 사람 등 글 쓰는 재주도 여러 가지 있습니다. '잡문' 이니 뭐니 하는 것도 다 자기 입장에서 하는 말이구요, 자기대로의 깊은 성찰이 없으면 어떤 부류라도 글다운 글을 쓸 수 없습니다. (이런 말씀 드리는 건) 형이 기자는 결코 잡문을 써서는 안 된다는 자신의 평소 지론에 사로잡혀 팍팍 나가지 못하는 듯해서입니다. 이런 글, 형 아니면 누구도 못 써요. 엉뚱한 망집하지 마시고 계속하십시오.

구대열

김 국장님. 국장님의 '댓글' 아이디어가 참 좋습니다. 중요한 프로젝트를 시작하시면서 저도 생각해주셨다는 것에 고마움을 느낍니다. 아마도 1970년대 이야기를 하시게 되면 '조금은 참여할 수 있지 않을까' 하는 생각입니다. 파리에서 재미있게 지냈던 것이 엊그제 같은데 벌써 20년이 다 되어갑니다. 항상 건강하세요.

김은석

•••**김은석** 주미 대사관 공사 참사관_ 내 파리 시절 20대 후반의 올챙이 외교관이 지금 낼 모래 오십 줄의 공사가 됐다. 강신재의 소설 『젊은 느티나무』에 나오는 항상 비누 냄새가 나던 주인공처럼 늘 신선한 사람이다.

그때, 하나도 안 아팠지?

김훈이라고 평소 아름답다고 여기는 친구가 있다. 4~5년 전 조선일보가 주관한 동인문학상에 이순신을 소재로 쓴 소설 『칼의 노래』로 입상한 작가 겸 언론인이 바로 그다. 그와는 한국일보 기자로 20여 년, 또 《시사저널》을 창간하며 6년 남짓 함께 일한 적이 있다.

그는 늘 폐부를 찌르는 글로 나를 감동시켰다. 흡사 제 인육을 맷돌에 갈아, 거기서 나오는 즙을 잉크 삼아 써대는 글이 김훈의 글이다. 1980년대 그가 한국일보 문화부 문학전담 기자로 장기 집필한 「문학기행」은 타 언론사에 근무하는 문화부 기자들의 필체를 송두리째 바꿔놓을 정도로 기찬 글이었다.

취재 장면 하나하나를 그는 어느 시인도 엄두 못 낼 절대 음감으로 묘사해냈다. 하다못해 취재 길, 그가 탄 기차의 차창밖으로 명멸하는 원경의 야산마저도 그의 펜이 닿으면 '순한 짐승처럼 꾸벅꾸벅 따라 오는 산들' 로 둔갑한다.

생김새도 헌칠했다. 늘씬한 키에 사려 깊은 눈매는 '지금 그 사람 이름은 잊었지만, 그 눈동자, 입술……' 을 쓴 시인 고故 박인환을 그대로 닮았다. 어쩌다 주기酒氣가 오르면 그의 아름다운 눈은 화장발이 잘 받는 30대 여인의 얼굴처럼 그렇게 환히 빛났다.

진한 표현을 즐겼고, 그 표현들이 대개는 허황된 것이지만, 표현 하나하나를 입이 아닌 눈으로 전할 만큼 매력적인 눈을 가진 문객이었다. 노래도 잘했다. 끝 대목이 '…… 알뜰한 그 맹세에 봄날은 간다' 는 유행가를 즐겨 불렀는데, 부르고 나면 으레 나름의 음운론을 폈다.

그 노래의 핵심은 첫대목 '연분홍 치마' 의 '~마' 에 있다며 '마!' 소리를 다시 한 번 크게 발음했다. 이어 '알뜰한 그 맹세' 대목으로 넘어간다. (노래 속의) 사내자식은 분명 못난 삼류였다는 것이다. 그 못난 놈이 작별하며 내년 봄 이맘때 꼭 데리러 올 테니…… 어쩌고저쩌고했다는 것이다. 여자는 오직 그 맹세 하나를 지키느라 오늘도 '옷고름 씹어가며, 산제비 넘나드는 성황당 길' 만 허발나게 오가며 사내를 기다리는 것이다. 그렇게 봄날은 간다는 것이다. 그리고 김훈은 이렇게 말한다.
"형! 참 이상해요, 잘난 년일수록 이런 삼류한테 잘 빠진단 말예요."

허나 실은 여자도 알고 있다. 사내의 그 잘난 맹세가 얼마나 허황되고 알량한 것인지를. 그러나 기다림은 직접 당해보지 못한 사람은 모른다. 기다림에 지치다보면 그 알량한 맹세마저도 알뜰한 맹세로 바뀌고 만다며, 또 바로 거기에 슬픔이 있다며, 김훈은 예의 슬픈 눈빛을 지었다.

따라서 그 노래를 제대로 부르려면 '알뜰한 맹세' 를 '알량한 맹세' 로 해석해서 부를 정도는 돼야 한다는 게 그의 해석이다. 그때마다 나는 안다. 그가 단순히 봄날을 말하고 있지 않다는 걸. 봄날을 타령하되 정작 말하려는 건 그가 이미 버리거나 아니면 제게 버림을 준 여인들을, 또 그 슬픔을 이야기하고 있다는 걸 나는 안다. 그는 삶 그 자체를 말하고 싶었던 것이다.

김훈에게서 느끼던 그 아름다움을 나는 기실 40여 년 전 대학 교정에서 이미 느꼈다. 1961년 같은 학과에 입학한 홍사덕을 처음 봤을 때다. 우선 녀석의 수려한 용모가 맘에 들었다. '정말 얄미울 정도로 잘생긴 녀석이구나!' 라고 속으로 생각했다. 고향이 경북 영주라 했다. '세탁소집 신동' 소리를 듣고 영주에서 자라다 중학교 때 홀로 상경, 서울사대부고를 졸업하고 문리대에 입학했는데, 내가 정작 놀란 건 수려한 외모보다 더 돋보였던 그의 출중한 언변, 그리고 그 언변의 깊이였다.

지금도 기억이 새롭다. 입학식에 이어 동기생들 간에 수인사를 끝내고 두어 달이 지난 어느 날이다. 홍사덕이 2층짜리 빨간 벽돌 강의실 옆에서 동기들과 종교를 논하던 장면인데, 강의실 바로 옆 벚꽃 나무에 등을 기댄 채 그는 마치 극 중의 햄릿 같은 표정과 몸짓으로 말을 이어가고 있었다. 그의 어조나 몸짓, 표정에는 첫 눈에 봐도 배우 같은 요소가 다분했다. 그렇지만 그런 무대 기질이 한갓 장식으로 보이지 않고 마치 잘 재단된 주문복 차림의 모델을 보는 것처럼 녀석의 체질과 너무도 잘 어울려 하등 거부감을 불러일으키지 않았다는 점이다(그는 지금 이 나이에도 옛 동숭동 자리를 찾아 연극을 관람한다).

그는 성서 속에 나오는 베드로의 비운을 말하고 있었다. 예수가 베드로의 배신(그것도 세 차례나)을 진작 알았을 진대, 그 배신을 왜 사전에 막지 않고 그대로 방치했느냐는 비판으로, 지금 생각하면 소위 인본주의적 기독관을 피력한 것이다.

당시 그를 새삼 괄목한 건, 우리 모두 고교 시절 대학 입학 시험 준비에 혈안이 돼 2년 남짓 눈코 뜰 새 없이 지냈건만 녀석만은 그 와중에도 베드로 걱정까지 할 만큼 늘품 있는 사고를 했다 여겼기 때문이다. 아니면, 누군가로부터 들은 얘기를 제 얘기처럼 예의 제스처를 쓰며 전했는지도 모른다.

그는 여학생들에게도 인기가 있었다. 입학 직후 영문과에 다니는 같은 학년 여학생 하나랑 무교동 음악 감상실 '르네쌍스'에 갔을 때였다. 자리에 앉자마자 그 여자아이가 꺼낸 첫마디는 "홍사덕이라는 아이 잘 알아?"였다. 왜 묻느냐고 했더니 문리대 여학생들 사이에 인기가 많다는 것 아닌가. 이런, 네미!

소년 시절 전주에서 함께 초등학교를 다니다 서울로 온 여자애라서 할 말 못 할 말 가릴 처지는 아니었지만 심히 기분을 잡쳤다. 그래서 그 여자하고는 그 후 4년 동안 말 한마디 안 나누고 지냈다. 이 글을 읽을 홍사덕은 좋아 입이 찢어지겠지만, 사실은 사실대로 전해야 옳을 듯싶어 뒤늦게 밝히는 것이다. 나는 기자 출신이다. 기자는 이처럼 사실을 기록해야 한다, 사덕아!

홍사덕 본인도 제 인기를 알아차린 성싶었다. 교정 벤치에 앉아 있다

예쁜 여학생이 지나가면 제 바지 끝을 살짝 걷어 올리기 일쑤였다. 그날 신고 온 빨간 양말을 과시하기 위해서였다. 어이, 김훈! 네가 다닌 안암동 쪽에서는 어땠는지 궁금하네만, 이쪽 동네의 봄날은 그렇게 갔다네!

대학의 봄은 무척 짧다. 이제 길고 외로운 겨울 이야기로 넘어가야 할 성싶다. 휴머니즘을 말하고 싶어서다. 어둠 속을 더 똑똑히 들여다 보기 위해 니체가 죽을 때까지 빛을 거부했듯, 그래서 그를 역설적인 휴머니스트라고 부르듯, 문리대의 봄보다 겨울을 더 말하고 싶은 것이다.

학생들의 사고가 춥고 어두워지는 건 대충 2학년의 학기말 시험이 끝나는 12월 말부터로 나는 파악한다. 여기서 대학의 겨울은 눈 내리고 음습한 계절적 의미의 겨울이라기보다 사고 체계의 겨울을 뜻한다.

이 시기가 되면 학생들의 머리통은 2년 전 신입생 시절보다 몰라보게 장발로 바뀌고 수염 덮인 얼굴에 거친 눈매를 희번덕거린다. 신입생 시절 뽐내고 걸치던 진한 감청색 교복은 이 무렵이면 이미 희끗희끗 바래져 있고, 이 중엔 간혹 러시아 혁명 직전 상트페테르부르크 뒷골목을 악몽 속에 배회하던 『죄와 벌Prestuplenie i nakazanie』의 주인공 라스콜리니코프처럼 실성 기氣를 띄는 친구도 더러 있었다.

다시 봄이 와 지난해의 라일락이 거듭 펴도, 또 가을을 맞아 마로니에 나무에 다시 열매가 열려도 이제 더 이상 학생들의 관심을 끌지 못한다. 사고는 물론 읽는 책의 논조나 행동거지도 알게 모르게 겨울로 빠져든다. 만사가 사느냐 죽느냐to be or not to be다. 당시 장만하기가 별 따기였던 텔레비전의 발음을 빗대 'TV or not TV!' 라며 히죽히죽대는, 벌써 맛이 살포시 간 녀석도 더러 있었다.

대학이 본격적인 겨울에 빠져들 무렵, 친구들 거개가 이미 한두 차례의 연애에 빠져든다. 허나 눈과 귀를 가만히 곤두세워보면, 대개는 헤어지는 것으로 마감한 듯싶다. 소위 실연으로 끝났다는 얘긴데, 당시 녀석들이 보라는 듯 자랑스레 차고 다니던 여자 애들 가운데 지금 마누라 자리를 차지한 여인들이 거의 없는 걸 봐도 그렇다.

그러고 보면 실연도 학습이었다. 커리큘럼에 들어 있지 않았을 뿐 그 시절 친구들에게는 비공식 필수 과목이 연애였지 않았나 싶다. 또 한 가지 특징은 그 과목의 학점이 거개 F라는 점이다. 내 경우도 물론 F학점이었다.

내가 좋아했던 여인은 초등학교 시절 동창생으로, 지방에서 교편을 잡고 있던 아가씨였는데, 여복이 없어설까, 이브 몽땅이 부른 샹송 〈고엽〉의 가사처럼 그토록 우아하던 아가씨와도 '이렇다 할 소리 없이sans faire de bruit' 헤어지고 말았다.

왜 그랬을까. 지금도 그 이유를 모른다. 굳이 이유를 댄다면 예의 대학의 겨울 탓이다. 내 영혼의 심층을 강타했던 그 문리대의 겨울을 결코 잊지 못한다. 그리고 그 당시의 겨울은 그 후로도 두고두고 나를 괴롭혔다. 1984년 한국일보 파리 특파원으로 부임하기까지 근 20년을 매년 이 겨울과 외로운 싸움을 벌여야 했다. 내 사고 속에는 대학 2학년 때 시작된 대학의 겨울이 남긴 상흔이 아직도 낭자하다.

여기서 자칫 빠트릴지도 모르는 대목이 남아 있다. 가난 그리고 친구들 애기다. 우리 집은 가난했다. 나에게는 누님 한 분이 계시는데 나보다 2년 위 학년으로, 전주에 있는 사범학교를 졸업 후 고향 금산에 혼자 떨어져 초등학교 교사로 재직하고 있었다.

내가 대학 시험을 치를 때 누님도 함께 대학 시험을 치렀는데 학교시절부터 문장력이 뛰어났던 누님은 작가가 되는 것이 꿈이었던 성싶다. 가정형편이 어려웠던지라 대학에는 진학을 못하고, 대신 2년 동안 방과 후 교실에 남아 혼자서 대학 진학을 준비, 내가 대학에 입학하던 해 이화여자대학교 국문학과에 합격했다.

그러나 한꺼번에 두 자녀의 입학금을 마련한다는 것은 당시 우리 부모님으로서는 감당키 힘든 일이었다. 결국 누님이 희생됐다. 글썽거리는 눈으로 다시 고향행 열차에 오르던 누님의 뒷모습을 지금도 잊을 수 없다.

가난은 대학 시절까지 계속됐다. 내가 사는 신촌에서 문리대가 위치한 종로 5가까지 버스비가 없어 툭하면 걸어 다닐 정도로 심각했다. 가난은 지금 생각해도 한스럽다. 그러나 그 가난에 대해 지금은 감사한다. 그리고 무엇보다도 감사한 일은 그토록 가난에 찌들면서도 그 가난에 결코 굴복케 만들지 않았던 문리대의 학풍에 대해, 그 용기에 대해 지금도 감사한다.

대학 시절 나도 다른 친구들처럼 가정교사를 했다. 첫 가정교사는 구舊서울고등학교 자리인 경희궁 건너편에 있는 접골원 집 아이를 가르치는 것이었는데 월말 월급을 타면 대학 친구들을 모아 지금도 무교동에 있는 빈대떡집 '청일집'으로 직행, 그날로 다 날려야 직성이 풀렸다.

다 찌그러진 양은잔으로 퍼마시던 막걸리에 녹두 빈대떡과 어리굴젓이 일미였는데, 우리가 차지하는 자리는 술집 1층 구석이었고 2층은 대개 시끄러운 고대생들한테 빼앗기기 일쑤였다. 당시 연대생들은 막걸리를 즐기지 않았다.

지금도 그 청일집을 즐겨 찾는다. 물론 옛 문리대 악당들과 함께 간다. 이미 머리가 하얘진 녀석들인데도 일단 술잔을 부딪치다보면 다시 대학생이 된다. 그리고 화제는 으레 40년 전 대학 교정으로 달려간다.

대학시절은 이처럼 돈에 관한 한 우리 모두에게 사고의 유년 시절을 뜻했다. 가정교사 월급을 타면 친구의 학림 다방 외상값도 갚아주고, 하숙비가 떨어지면 다른 녀석 하숙에 들러 눈칫밥도 숱하게 얻어먹었다.

휴강이 되면 하숙하는 녀석의 방을 찾아 대여섯 놈이 뒹굴다 엉덩이에 단체 주사를 맞기도 했다. 학교에서 한 정거장 떨어진 '종鐘 세 번' 치는 곳에 단체로 갔다 왔기 때문인데, 주사를 놓는 일은 시골에 의사를 아버지로 둔 K녀석이 전담했다. 주사기와 바늘은 하숙집 부엌에서 식모 몰래 슬쩍해온 곤로에 냄비를 올려놓고 끓였다. 그 K는 40여 년 지난 지금에도 이따금 제 주사술術을 자랑한다. "말해봐, 그때 하나도 안 아팠지?"

승웅이 형, 제가 오랜만에 이 커뮤니케이션에 끼어들게 되는 것은 제목이 너무 섹시해서입니다. 또한 인내심을 갖고 끝까지 읽고 느낀 허무함 때문이기도 합니다. 하나도 안 아팠던 대상이 여자가 아니라, 그들에게 가학 행위를 한 자들의 엉덩이였다는 것은 엉뚱한 상상을 즐긴 엉큼한 독자에 대한 일침인지요.

문창재

국장님, 3박 4일 지리종주를 끝냈습니다. 10년 만에 오른 천왕봉(1,915미터), 역시 지리산은 어머니 품속 같은 냄새와 포근한 자태였습니다. 첫날 성삼재에서 노고단으로 향하면서 이성부가 노래한 '여시비'를 만났지요. 모든 것을 털어버리려는 산행의 시작, 국장님 글을 통해 암송하게 된 그 '여시비' 속에서 온갖 상념들이, 이름들이 오락가락하는 빗줄기 속에 젖어 흐트러지곤 했습니다. 참 좋은 산행이었습니다. 조만간 뵙고 싶습니다.

박순필

•••**문창재** 전 한국일보 논설실장_ 글 잘쓰고, 잘 생기고, 노래 잘하고, 시원시원하고…… 그중에도 특히 노래가 압권인 문객이다. 자당 빈소에서도 예의 끼가 되살아나 송창식의 〈왜 불러〉를 딥다 불러버린 거야!

•••**박순필** 국회 속기사 · 속기협회 이사_ 친구를 위해서라면 지옥까지 따라갈 국회 최고의 협객이다. 거기에 이성부의 〈노고단에 여시비 내리니〉를 외우고, 〈그리운 금강산〉을 유명 테너보다 더 잘 부르는 멋쟁이다.

어릴 적 사진 중에 검은색 교복 차림의 외삼촌과 그의 누나인 내 엄마와 함께 셋이서 옛 문리대 교문 앞으로 보이는 곳에서 찍은 것이 있다. 엄마는 까뜨린느 드뇌브 같은 헤어스타일을 하고 있고 네 살쯤 되어 보이는 난 마치 셜리 템플처럼 짧은 원피스에 모자를 쓰고 메리제인 슈즈를 신었다. 그날이 전혀 기억나진 않지만 사진 속의 나는 진짜 아역 배우라도 된 듯 무척 신이 나 있었는데 아마 외삼촌의 졸업식 날인 듯하다.

당시 친지들이 이구동성으로 내가 외삼촌을 닮았다고들 했다는데, 사실 외할머니 쪽을 더 닮았고 아마도 외삼촌처럼 서울대학교에 들어가라는 친지들의 축복 겸 압력이었던 게지 싶다. 그 덕이었을까. 1983년에 나 역시 그 대학에 들어갔다. 이번엔 동숭동이 아니라 신림동이었지만, 엄마는 역시 까뜨린느 헤어스타일에 은색 밍크코트를 입고 교문 앞에서 나와 사진을 찍었다. 두 살 터울 남동생의 대학등록금 마련을 위해 명문 여대를 포기하고 교사가 되었던 사진 속 내 엄마는 소멸된 듯싶었던 자신의 20대를 내게서 재현하리라고 다짐이라도 하듯 내 어깨를 꼭 안고 있다.

계절이 바뀔 때면 엄마의 삼층장 속에서 그 옛날 신촌의 이대 앞 양장점에서 맞춰 입었던 원피스 등이 하나둘씩 나와서는 내 통학복이 되었다. 그 결과, 브룩쉴즈와 마돈나의 시절이었건만 나는 까뜨린느나 재클린 케네디가 되어 학교를 다녀야 했다. 난감한 적도 있었지만 본의 아니게 튀는 차림새가 된 셈이었다. 아직도 가지고 있는 몇 벌은 복고무드의 요즘 1960년대 빈티지로 아주 유용하기까지 하니 실제론 기억나지 않는 1960년대를 난 두 번이나 보내고 있는 건가…….

환갑을 넘기신 두 분은 예전보다 시간 여유가 생기신 듯 요즘 자주 연락하며 지내시는 듯한데 난 고달픈 40대로 사느라 두 분과 격조한 것 같아 죄송하다. 삼복 더위 좀 가시면 케빈 스페이시(가 누군 줄 아시려나?)처럼 코가 멋진 내 외삼촌 김승웅 씨와, 여전한 까뜨린느 울 엄마 김경자 씨, 재클린같이 스타일 좋은 오지연이 예전처럼 사진 한번 찍어볼까.

오지연

•••**오지연** 첫째 조카딸 · 치과의사_ 지연이를 데리고 극장에 갔던 나의 선친이 경악했다. 지연이가 슬픈 장면이 나오자 대성통곡했기 때문이다. 감수성 많고, 예쁘고…… 내 어머니를 그대로 빼닮은 재치 덩어리이다.

변경으로 치닫는 유혹

그 시절 내 뇌리를 지배하던 욕구가 하나 있었다. 변경으로 달려가고 싶은 단순한 욕구였다. 그 욕구에 빠져들면 몹시 비틀댔고 그 학년 그 학기의 시험을 완전히 잡쳤다. 그 유혹에 빠지지 않기 위해, 또 빠지더라도 제발 학기말 시험 기간만은 피하기 위해 들고 있던 펜촉으로, 책가방으로, 소주병으로 그 유혹을 찌르고 막아냈다. 그래도 힘에 부쳐 끌려갈 수밖에 없을 땐 작부집 문고리에 매달려, 때로는 엉뚱하게 구름다리 너머 이웃 법과대학 형사소송법 강의실로 도망쳐 낯선 강의를 수강했다. 버티고 숨기 위해서다.

변경에의 유혹과 시련에 지친 나머지 어느 날 작심하고 변경 탐험에 나섰다. 변경이란 과연 내게 무엇을 뜻하는가……. 그 유혹의 정체와 정면으로 대결하려는, 나름으로 삶의 출사표를 던진 것이다. 그러나 무엇이 나를 유도해냈는지, 또 어디로 향하고 있는지는 몰랐다. 그저 발길 내키는 대로 몸을 내맡겼다. 밤이 지나고 새벽이 왔다. 도봉산 근처를 맴돌고 있으니 다시 석양이 왔다. 엊저녁을 굶고 만 하루가 지났으나 시장기를 느끼지 않았다. 난 묘한 유포리아euphoria에 휘말려 있었다.

도봉산의 12월은 무척 추웠다. 그러나 정신적으로 결손상태였기 때문일까, 별 추위를 느끼지 않았으니 이상했다. 오버코트도 걸치지 않았고, 입은 옷이라고는 엊저녁 신촌 집을 나올 때처럼 교복 그대로였으나 이렇다 할 한기를 느끼지 않았다. 얼어붙은 계곡의 물이 고드름 져 달라붙어 있는 폼이 꼭 정지 상태의 영화 필름을 보는 것 같았다. 몸에 힘이 빠지고 정신도 혼미했다.

발길은 어느덧 백운대 쪽으로 틀어져 도봉산과의 중간 계곡 위를 헤맸던 성싶다. 계곡의 빙판과 고드름 색깔이 옥색이었던 것으로 기억한다. 혼미한 중에도 참 기이하다 여긴 건, 하늘빛을 빌린 계곡의 물이 일단 얼어붙고 나서도 그대로 하늘 빛깔을 간직하고 있었다는 점이다. 저러면 안 되는데, 하늘한테 돌려줘야 할 색깔인데, 돌려줄 것은 일단 돌려주고 물 원래의 무색으로 돌아가야 물의 도리인데……. 몸이 땅 위에 구겨져 내리는 걸 분명히 의식했다. 해가 뉘엿뉘엿 넘어갈 시간이었다는 것도, 그리고 무엇보다도 영육이 함께 무너져 내리는 바로 이 순간을 그토록 탐내왔고, 그때가 바로 정면으로 맞서야 할 변경이라는 것도 역력히 기억했다.

그리고 기대했다. 저 지구의 중심으로부터 지각을 뚫고 내뻗은 쇠 철사 하나가 내 발끝에서 머리까지를, 마치 산적에 꼬치 안주를 꽂듯, 그렇게 처연하게 뚫게 될 것을 기대했다. 쇠 철사에 내 발등과 머리끝이

서울 1962년, 겨울

나의 동숭동 시절을 담고 있는 유일한 사진이다. 그나마 내 사진이 아니고 이 책이 발간된다는 소식을 듣고 미국에 사는 친구가 이메일로 보내준, 문리대 외교학과 몇몇 동기들의 1962년 모습이다. 나로서는 변경으로 달려가기 한 달 전이었던 시점이다〈왼쪽부터 황규정, 민병석(둘 다 대사), 김명현(시의원), 백환기(전 동아일보 기자), 홍경삼(재미 공증인 · 사진의 주인), 이종순(전 안기부 국장 · 작고), 이주훈(거처 미상), 필자, 김무창(일주상사 대표) 제씨〉.

산적처럼 뚫리는 바로 그 순간, 좌절과 방황이 해소되리라 기대했다. 내가 그토록 추구해온 헤겔의 절대정신絶代精神이, 그 무색무취의 형광 물질이, 살아 역동하는 시대 정신으로 바뀌는 결정적 대목이 바로 그 쇠철사가 지각을 빠져나와 나를 관통하는 때가 되리라 기대했다.

그리되면 편안히 눈을 감으리라! 그리고 변경의 요체要諦가 바로 이것임을 터득하리라. 지금 바로 그 시간이 온 것 아니냐! 마침내 변경을 극복하고, 더 이상 변경에의 유혹은 없으리라 기대했다. 변경은 그토록 목마르게 찾던 '진리'와 만나는 장소를 뜻했다. 그리고 바로 거기서 만 열아홉 살의 삶을 마감하고 싶었던 것이다.

정신을 되찾은 것은 서울 근교 창동이라는 소읍의 어느 병원이었다. 서울에서 60여 리 떨어진 동네로, 그곳에 어머니의 이종사촌 동생이 살고 있다는 말을 들은 적이 있던 곳이다. 나무꾼에 발견돼 도봉산에서 병원으로 옮겨졌다는 것, 또 심한 발열과 헛소리로 새벽잠을 다 빼앗겼다는 간호사의 말을 귓전으로 들으며 심한 허탈 상태에 빠졌다. 또한 손가락 하나 움직일 힘마저 모두 소진돼 있었다. 다행히 동리가 작아 외가의 삼촌 댁을 수소문하기란 어렵지 않았고 그곳에서 기력을 되찾았다.

그리고 이듬 해 여름이 거의 끝나갈 무렵 논산 훈련소에 자원 입대했다. 두세 달 받던 ROTC 훈련을 작파해버리고 졸병 입대한 것이다. 변경과는 그렇게 작별했다.

마치 연재 소설 기다리며 읽듯이 재미있게 빠져들고 있습니다. 경험과 체험의 소산에서 승화시킨, 흔적의 미학을 보는 것 같아요. 가슴으로 스며들고 다시 기록되어, 타인들과 공감대를 이루어 교감을 이루시려는 바로 그것이 창작이며 예술이 아닐까요……. 자유의지로 자유인이 되어 스스로 만든 구속에서 벗어나시는 모습, 예나 지금이나 고통의 대가를 치르며 껍질을 벗어 날으시려는 것 같아요.

천세련

자네의 글을 읽자니 옛 대학 시절 생각이 절로 나네. 아울러 지금 우리는 승자의 아량이 그리운 세상을 살고 있다 여기네. 교만한 승자의 모습이 조금도 아름답지 않다는 것은 다 아는 사실 아닌가. 비굴한 패자의 모습도 마찬가지겠지만……. 자넨 평소에 나를 고집이 세고 저돌적인 인간으로 보고 있네만 그렇진 않네. 내가 생각해도 나 자신이 비겁했던 적이 여러 번 있었기 때문에, 오해를 한 듯하네. 나중에 후회는 하지만 말일세. 하여간 자네 글 덕분에 미처 못 본 나의 일부를 본 것 같아 고맙네.

민병석

•••**천세련** 화가, 시인 · 뉴욕 거주_ 이름부터 세련미 넘치는 이 여인은 그림과 시라는 두 악기를 타는 뮤즈이다. 미국에 빼앗긴 세련된 뮤즈! 그녀의 댓글을 읽을 때마다 왠지 영화 〈뉴욕의 가을Autumn in New York〉이 떠오른다.

•••**민병석** 대학 동기 · 한겨레 통일문화재단 이사장_ 대사(체코 주재), 국회 차관급(도서관장), 학자(명지대학교 교수), 언론인(문화일보 비상임논설위원)을 역임한 이 시대 최고로 다복한 사나이로 뱃심 좋고 문필 즐기는 호주가이다.

빗물인가, 눈물인가

그 여자아이는 늘 입을 대학 노트로 가리고 다녔다. 입과 코가 가려진 탓에 유달리 두 눈이 커 보이고 돋보였는데 무엇보다도 중요한 건 그 여자아이가 놀라울 만큼 예쁘고 날씬했다는 사실이다. 저런 여자아이는 문리대에 없었는데…….

그 아이를 처음 봤을 때 아마 미대 여학생일 거라 여겼다. 구름 다리 너머에 있는 미대생 중엔 늘씬하고 매력적인 여학생이 적지 않았기 때문이다. 당시 남학생들이면 누구나 공감했던 일이지만, (그리고 지금도 마찬가지겠지만) 문리대 여학생 중엔 빼어난 미인이 거의 없었다. 재才와 색色이 따로 놀았다. 재색겸비는 춘향전에나 나오는 말일 뿐, 현실은 그렇지 않다. 예외가 있다면 툭하면 컬러풀한 옷으로 남학생들을 자극하고 다녔던 이웃 구름다리 너머의 미대 여학생 정도였다.

여자아이는 또 두께가 한 뼘쯤 되는 큼직한 원서를 들고 다녔다. 그래서 나는 대학 천 건너 의대에 재학 중인 여학생일지도 모른다고 여겼다.

의대생들은 툭하면 원서를 들고 다녔기 때문이다.

그 여자아이와 처음 눈이 마주친 건 대학 도서관 앞에서다. 오후 국제정치학 강의 수강 차 부랴부랴 도서관을 빠져나오다 때마침 도서관 쪽으로 또박또박 걸어오던 그 여자아이와 정면으로 마주친 것이다. 당시를 분명히 기억한다. 그때도 역시 그 아이가 노트로 입을 가리고 있었던 것을, 그리고 나와 눈이 마주치는 순간 생긋 웃었다는 사실을! 이틀 뒤 나와 여자아이는 대학 천 건너 의과대학 다방(함춘원이던가)에서 차를 마셨다. 문리대 모 문학과 3학년에 재학 중인 아이였다.

이 '웃었다!' 는 대목은 그 후 4년 남짓 나의 삶 가운데 중요성을 띤다. 그 웃음을 놓고 그 여자아이와 4년 남짓 툭하며 설전을 벌였기 때문이다. 여자아이가 약속 시간에 늦거나 토라질 때마다 "네가 먼저 눈웃음을 쳐 나를 꼬였지 않았느냐?"는 나의 투정에 여자아이는 번번히 맞섰다. 대인 공포증 때문에 남을 쳐다보지 못한다며 노트로 입 가리는 것 역시 얼굴을 숨기기 위해서였다고, 그런 여자가 하물며 노털 복학생을 보고 먼저 웃었을 리가 없다는 것이다.

서울 동숭동, 1966년 봄의 일이다. 그렇다. 문리대 앞에 다시 섰다. 만 30개월의 군복무를 마치고 대학에 다시 복학한 것이다. 아, 그리운 대학! 그때로 따져 5년 전 입학 첫날, 예의 문리대 교정에서 느꼈던 불안끼 어린 투명은 이미 가셔 있었다. 학교가 바뀐 걸까? 아니다. 내가 바뀐 것이다. 나의 투명이 가신 것이다. 이 점, 바라던 바 아닌가. 바로 이걸 노리고 군대에 뛰어든 거 아니던가.

45년 전의 문리대 교문

교복 차림의 학생 둘이 문리대의 '미라보 다리' 위에서 신문을 읽고 있다. 미라보 다리 아래로는 센 강 대신 썩은 개천 물이 흘렀다. 학생들은 그 우중충한 콘크리트 건널목을 미라보 다리로, 또 그 밑의 악취 진동하던 대학 천川의 썩은 개천을 센 강으로 미화할 만큼 몽환에 빠져 살았다. 지금은 그 몽환마저 그립다. 사진_한국일보 제공

난 군대 친구가 없다. 기억나는 얼굴도, 이름도 거의 없다. 살짝 기억나는 건 논산 훈련소 조교, 그것도 군기가 제일 엄했던 하교대 조교를 근 3년간 했던지라 피교육생인 중·상사들을 거느리고 구보하고 총검술을 가르치던 일, 툭하면 위병 몰래 외박 나가 부대 주변의 작부들과 시시덕거리던 일, 그러다 부대 의무병한테 술 사주고 페니실린 맞던 일 정

도다. 또 기억한다면 육사 출신 장교한테 직사하게 얻어터진 일, 농땡이 병사를 잘못 때려 군대 영창에 갔던 일 정도다.

그렇다면 정작 뭘 기억하는가. 바로 문리대를 향한 회억回憶만을 기억한다. 등 뒤로 던져두고 훌쩍 입영 열차에 오르기 앞서 2년 반 동안의 그 아름답고 아름답다 못해 슬프고 때로는 음습하기까지 했던 서울 동숭동 시절을 군복을 걸친 채 두고두고 생각했다. 훈련 후 막사 창 밖의 낙조落照를 지켜보다, 어쩌다 서울서 대학을 다니다 입대한 겁먹은 신병들의 배속 신고를 받다, 때로는 군복 우의를 걸치고 비 내리는 들판을 혼자 헤매다 번번이 예의 동숭동 시절을 생각하고 목메었다. 빗속의 들판에서 아우성쳐 부르던 흑인 영가靈歌를 지금도 기억한다.

……

green trees are bending 푸른 나무들이 고개를 숙이네

poor sinners are trembling 죄 많고 가련한 사람들은 벌벌 떨고 있지

the trumpet sound within my soul 내 영혼 속 트럼펫 소리여

I haven't got long to stay here! 난 여기 머물 수 없다오!

Bernice Johnson Reagon-〈Steal away to jesus〉

군모에 스민 빗물이 내 얼굴을 적셨다. 그 빗물이 미적지근했던 걸로 미뤄 분명 울고 있었을 것이다. 노랫말대로, 내 영혼 속의 트럼펫 소리여, 문리대여, 내 영혼을 강타했던 그곳 문리대의 투명이여! 언제 그곳

에 다시 가려나!

제대 다음 날 바로 복학했다. 만 30개월 만이다. 동숭동과는 그렇게 재회했다. 그리고 거기에 기다렸다는 듯 여자아이가 모습을 드러낸 것이다. 겁먹은 얼굴로……. 예의 노트로 입을 가린 채 조심조심 내게 다가온 것이다.

그토록 그립던 친구들도 하나 둘 교정에 모습을 나타냈다. 안성의 '신동' 김진수도, 동기이면서도 으레 장형처럼 굴려던 경주의 수재 김무창도 계급장을 떼고 캠퍼스로 돌아왔다. 육군에서 카투사로 3년 남짓 영어만 쏼라대던 정치학과의 이부영도, 해병대 의장대로 발탁돼 수탉처럼 폼을 잡던 홍사덕도 군복을 벗고 다시 합류했다. 일찍이 내 영혼 속의 트럼펫 소리를 영가를 통해 건드린 제물포의 단아한 가수 황정일은 보이지 않았다. 이미 졸업 후 뒤늦게 논산행 열차에 올랐기 때문이다.

동숭동 시절 얘기도 이제 슬슬 마감할 때가 된 것 같다. 40년 전 얘기를, 그나마 이미 소멸하고 없어진 무형의 문리대 얘기를 희미한 의식 속에서 되찾아, 흡사 산화된 곤충의 잔해를 다시 모아 원형을 짜 맞추듯 보름 남짓 조심조심 복원 작업을 서둘러왔다. 잔해의 절편 하나하나를 짜 맞추는 데 내 손가락은 그동안 여러 차례 떨렸다. 또 절망할 때도 적지 않았다. 얼추 짜 맞추기야 하겠지만, 그 복원된 곤충이 동숭동 그 시절처럼 과연 훨훨 날 수 있을거라 여기지 않았기 때문이다.

산사를 등지고 하산한 꼬마 중처럼 40여 년이 지난 지금도 곧잘 등 뒤편 절 쪽을 바라다본다. 그때마다 그리움에 목메인다. 큰 잘못을 저지르지도 않았는데 주지 스님으로부터 쫓겨난, 영락없는 파계승 같은 기분이 들곤 했다. 과연 무슨 잘못을 저질렀단 말인가. 절은 왜 나를 내쫓았는가. 절 쪽을 기웃거릴 때마다 절간은 수목에 가려 모습을 드러내지 않았다. 겨울철이 돼 나목裸木들로 바뀌면 먼발치나마 절간의 모습을 볼 수 있으려니…….

그렇게 수십 년을 객지로 객지로 떠돌고 그러는 와중에 그 산사마저 소멸했다는 소문을 접한 것이다. 소멸한 산사에 생각이 미칠 때마다 꼭 유행가 부르는 기분이 든다. 특히 고복수의 유행가 〈타향살이〉, 그중에도 2절 가사에 나오는 '하늘'이 떠오른다. '부평 같은 내 신세가 너무도 기막혀서 창문 열고 바라보니 하늘은 저쪽……' 이 대목에 이르면 노래는 이미 유행가가 아니다. 빼어난 시다. 가객歌客이 '하늘 저쪽'에서 보는 건 과연 뭘까.

파리 특파원 시절, 취재 출장을 마치고 돌아오던 중 차창 밖 멀리 활활 불타오르던 파리의 새벽 하늘을 지금도 기억한다. 운전대를 잡은 채 꾸벅꾸벅 졸며 차를 몰다 먼발치로 벌겋게 달아오른 파리의 하늘을 보는 순간 매번 화들짝 놀라 차를 세웠다. 그리고 쿵쾅대는 심장 소리를 들었다. 내 영혼 저 깊숙이 아직도 저렇게 활활 불타는 내 동승동 시절의 환영을 거기서 보았기 때문이다.

졸업식은 단촐했다. 1967년 여름. 꽃피는 3월에 치르던 정규 졸업식이 아니라, 한 여름에 거행되는 소위 '8월 졸업'인지라 졸업생이나 하객이나 눈에 띄게 줄어 있었다.

학사모에 가운을 입고 캠퍼스에 들어섰더니 함께 졸업하는 사회학과 박기정(동아일보 편집국장역임, 현 전남일보 사장)이 시시하게 무슨 졸업식이냐며, 학교 근처 쌍과부 집으로 술 먹으러 가자고 꼬셨다. 싫다고 했다. 그리고 강당에 들어가 대열에 맞춰 서서 교가를 불렀다. 절을 하직하는 마지막 예식은 그렇게 교가를 제창하는 것으로 끝났다.

지난 7년의 동숭동 생활을 통해 나는 과연 교가 가사처럼 '이 세상을 사는 진리'를 찾았는가. 아니면 교문을 나서 앞으로 죽을 때까지 평생이 진리를 찾아야 하는가. 입학식 때 처음 부른 후, 7년 지나 두 번째 불러보는 교가다.

졸업식장에 나타난 어머니는 우셨다. 지금 나이를 역산해보니 어머니 나이 쉰한 살 때다. 여름 한낮의 따가운 햇볕 속에서 환하게 빛나던 어머니의 한복 차림은 그때까지 봐오던 어머니의 모습 가운데 가장 아름답던 모습이었다.

어머니의 환한 한복으로 문리대 교정은 7년 전 입학식 날 처음 모습을 드러낸 후 자취를 감췄던 예의 투명을 다시 한 번 되찾았다. 동숭동과는 그렇게 작별했다.

제가 설교 중 만남의 행복을 몇 차례 언급한 것으로 기억합니다. 그것은 지어낸 말이 아니라 절실한 체험에서 나온 말입니다. 그리고 그런 생각을 반복해서 언급하게 한 분은 당연히 집사님이십니다. 집사님을 뵈면서 여러 가지 기쁨을 누립니다. 그 기쁨을 열거하자면 끝이 없겠지만 우선 눈이 열리고 있다는 것입니다. 제가 알 수도 없고 보지도 못했던 세계를 공짜로 보면서 안목을 넓히고 있다는 것은 여간한 행복이 아닐 수 없습니다. 또한 집사님 글에서 만나는 세상은 경이로웠습니다. 다시 한 번 차례대로 정독하면서 메모 형식의 느낌이라도 정리해볼 생각입니다.

최현규

역시 형님다운 글 솜씨와 내용입니다. 종교에 대한 넓고 깊은 지식과 관심, 그런가하면 철학과 문학에 대한 해박한 지식과 소양, 그러다 어느새 젊은 시절의 희망과 방황, 그리고 낭만, 또 그 가난했던 그리고 방황했던 학창 시절, 그 와중에 수려한 외모와 명문 대학생의 신분을 활용하여 셀 수도 없이 많았던 로맨스 중 극히 일부를 솔직한 척 까발리는 만용……, 특히 그 나이에 걸맞지 않은 그 감수성이 특제품이네요. 형님, 40년 단골 무교동 빈대떡 집으로 불원간 한번 불러주세요.

송철한

•••**송철한** 동향 후배 · 보험 연수원 부원장_ 오스카 와일드Oscar Wilde의 소설 『도리언 그레이의 초상The Picture of Dorian Gray』처럼 때로는 변덕스럽고 때로는 자기 기만으로 가득 찬 '나'라는 그림을 속속들이 감별하고 있는 가외可畏의 후배이다.

동숭동의 마지막 수업

정신병원 생활에 진력이 난 환자 셋이 의사한테 탄원을 한다. 이제 병이 다 나았으니 제발 퇴원시켜달라는 탄원이다. 퇴원 여부를 결정하기 위해 의사가 세 환자에게 묻는다.

"둘 더하기 둘은 얼마지?"

첫 번째 환자가 자신 있게 "다섯!"이라고 대답한다.

두 번째 환자의 대답은 "수요일!" 물론 둘 다 퇴원 불가다.

세 번째 환자가 "넷!" 하고 정답을 맞춘다. 이를 대견히 여긴 의사가 그 환자의 퇴원 수속을 거들며 정답게 묻는다.

"어떻게 해서 그 답을 맞혔지?" 환자의 대답은 "다섯에다 수요일을 더하면 돼요!"

숫자의 귀재라는 소리를 들어온 미국 연방준비제도이사회FRB의 앨런 그린스펀Alan Greenspan 전 의장이 이따금 즐기던 조크로, 워싱턴 시절 그곳 정론지 《워싱턴 포스트The Washington Post》에서 읽었던 그린스펀에 관한 인물 풀이 내용의 일부다.

그린스펀은 클린턴 대통령 재임 기간 8년은 물론 그후 부시 대통령 집권 이후까지 근 10년에 걸쳐 미국 경제의 연착륙에 결정적 역할을 해온 장본인이다. 한때 북한에 대해 자주 쓰이던 연착륙이라는 용어가 선을 보인 것도 그 무렵이다.

같은 4라는 숫자지만 무슨 근거, 어떤 측면으로 봐야 할지를 그린스펀은 이처럼 진한 조크를 통해 전한 것이다. 그가 자의로 올리고 내리는 미연방금리가 0.5퍼센트 높아지느냐 낮아지느냐에 따라 미 경제가 휘청휘청한다. 세계 경제도 함께 휘청댄다. 왜 하필 0.5퍼센트인지는 그만이 자신 있게 말할 수 있다는 얘기도 된다.

동숭동 시절이 서서히 마감되면서 나는 불안해지기 시작했다. 학교 밖으로 나가기가 싫어진 것이다. 한마디로 졸업하기가 싫어졌다는 얘긴데, 지금 해보니 당시의 내 처지가 그린스펀의 조크에 등장하는 정신병동의 환자 셋과 비슷하지 않았던가 싶다.

환자들과 다른 점은 정신병동 생활에 진력이 난 그들이 어떻게 해서든 퇴원을 서둘렀던 데 반해 나는 한사코 대학 문밖으로 방출되기를 꺼려했다는 점이다.

이제 이대로 졸업만 하면 내 임무는 끝나는 건가. 이곳 대학에서 할 일은 이걸로 다 마쳤다는 건가. 이제 할 일이라고는 맘에 드는 직장 골라 취직하고 장가들어 애 낳고, 월세 차 구입하고, 이어 집 마련하고, 승진하고, 알맞게 거드름 피며 골프채 번쩍이다 나이 들어 은퇴하고…… 그리고 죽으면 된다 이 말이지! 이게 다란 말인가? 그게 싫었던 것이다. 그렇게 살기가 싫었던 것이다.

그러나 대학에 남아도 딱히 묘안이 있는 것도 아니었다. 교수가 되어 남을 가르친다는 건 내 성미에 비춰 상상도 못할 일이고, 우선 당장 세 끼 밥을 벌어야 했기 때문이다. 그런데도 누가 뒤에서 덜미를 잡는 걸까. 그 정체는 무엇인가.

예의 그린스펀 조크를 다시 한 번 원용하자. 당시 누군가 내게 "대학 4년 더하기 군대 3년은?" 하고 물었다면 7년이라는 정답 대신 "달이요!"라고 대답했을지 모른다. 지구로부터 정확히 38만 4,000킬로미터 떨어진 죽은 달을 매력 있는 생물로 봤기 때문일 것이다. 중천에 높이 솟아 입학 직후 연세대 뒷산의 내 어설픈 성인식을 지켜봤던 그 아름답던 달, 그래서 심하게는 서글프기까지 했던 골드문트의 달을 군대까지 다녀와 햇수로 7년째 맞는 대학 생활 중에도 내내 잊지 못했기 때문이다.

동숭동 시절은 달 그 자체였다. 대학촌의 달빛이 특히 좋았다. 결코 4 더하기 3의 합산이 아니었다. 당시 난 파스칼이 묘사한 '감성적' 달과 '기하학적' 달 이렇게 두 개의 달 가운데 한사코 감성적 달만을 고집하고 있었다. 이 점, 스스로 생각해봐도 한심스럽다 여겼고, 그래서 끼니 해결을 위한 일터를 서둘러 마련해야 했다.

졸업 반년을 앞두고 소공동에 있는 천우사天友社 직원이 된 건 그래서다. 고故 전택보 사장이 경영하던 천우사는 당시 국내에서 최고의 월급을 주던 일류 업체로, 이왕 밥값을 벌 바에야 최고가 최상일 듯싶어 응시했더니 덜컥 합격했다.

입사시험 문제를 지금도 기억한다. 경제학 시험에 '한국 업체의 수출 신장책을 논하라'는 제목이 주어지기에 그 지난 학기 동숭동에 출강한 상대商大 임종철 교수한테 들은 대로, 스웨덴 학자 군나르 뮈르달Gunnar Myrodal의 후진국 개발 논리와 누르크세Ragnar Nurkse의 부익부 빈익빈 논리를 적당히 섞어 얼버무렸더니 합격한 것이다. 이 점, 동숭동 시절에 지금도 두고두고 감사하게 여기며 산다.

동숭동 시절 내 마지막 수업은 1967년 여름 혜화동에 사시는 동주東洲 이용희 박사의 서재에서 치른 '국제정치 연습'이었다. 졸업하는 우리에게 커피를 대접하며 동주 선생은 조심스레 강의의 결론을 내렸다. 창밖 정원은 여름 한낮의 햇살로 가득했다. 햇볕 속에 송아지만한 셰퍼드 암수 한 쌍이 엎드려 있었다. 교수의 마지막 언급은 이러했다.

"여러분은 지금까지 제왕학帝王學을 공부한 거야……. 자중자애들 하게. 그리고 '큰 인물'들 되라구!"

나는 손을 들었다. 선생이 내 쪽으로 몸을 틀며 무슨 질문인지 궁금하다는 눈길을 보냈다. 나는 '큰 인물'이 되는 것 과는 전혀 무관한, 예의 달 얘기를 꺼냈다. 달을 기하의 달과 감성의 달 가운데 어느 달에 비중을 두고 봐야 옳을지를 물었다.

동주 선생은 한참을 침묵했다. 그러더니 조심스럽게 입을 뗐다.

"두 시각의 눈을 다 가지게. 그게 합리적인 거야"

합리적이라……. 어디선가 매미가 숨넘어가게 울고 있었다. 동숭동과는 그렇게 작별했다.

지금도 두고두고 생각나는 대목이지만, 뒷 맛이 영 개운치가 않았다. 군대 3년까지 합쳐 도합 7년의 동숭동 생활을 마감하는 자리였던 만큼 "자네들은 제왕의 학문을 배운 거야!", "그게 합리적인 거야"로 끝내기에는 (나한테 왠지) 합리적이지 못했기 때문이다. 지금 생각하니, 난 뭔가 큼지막한 걸 기대했던 것이다. 교수로부터 내 장래에 희망을 줄 영감을 기대했고, 그 영감이 몸소 느껴지는 수업이 되기를 희망했던 것이다.

> 선생님은 교단에 올라서더니 이렇게 말했다. "여러분, 오늘은 나의 마지막 수업입니다. 베를린으로부터 명령이 떨어져 내일부터는 독일어로만 가르치게 되었기 때문입니다."

프랑스 작가 알퐁스 도데Alphonse Daudet의 단편 소설 「마지막 수업La dernière classe」에 등장하는 구절로, 우리나라 50대 이상 독자라면 중·고교 시절 국어 교과서에서 누구나 한 번쯤 읽었을 법한 대목이다. 소설은 이렇게 끝난다.

> 수업이 끝날 무렵 (교실 창밖으로) 프러시아군의 행군나팔 소리가 들려왔다. 그러자 선생님은 얼굴이 창백해지더니 무척 아쉬운 듯 "여러분, 여러분. 나는 … 나는 …" 하고 더듬기만 했다. 한참을 그러더니 칠판 쪽

으로 돌아서 이렇게 썼다. '프랑스 만세!'

이 나이에 읽어도 거듭 뭉클한 감동이 온다. 왜일까. 바로 모국어에 깃든 생명 때문이다. 모국어와 외국어의 다른 점이기도 하다. 외국어에는 생명이 없다. 소설에서 느끼는 감동은 바로 이 생명이 내지르는 함성이다. 영감이 감동으로 바뀌는 현장이다.

나폴레옹도 이 감동을 진즉 인정한 듯싶다. 그가 남긴 '내 사전에 불가능은 없다' 는 명언의 원문은 'Impossibilité? ce n'est pas français!' 이다. '불가능? 그건 프랑스어가 아니야!' 라는 뜻으로, 프랑스 말에는 그런 나약한 말이 없다는 걸 감동적으로 과시하고 있다. '내 사전에 불가능은 없다' 라는 일본식 번역도 참 잘된 번역이다.

8년 남짓 꺾은 붓을 다시 꺼내 지금처럼 우리가 공유했던 1960년대 얘기를 쓰는 것도 사실은 독자들에게 이 영감과 감동을 촉발시키고 싶어서다. 동숭동 시절 얘기를 여기서 마친다.

이제 목마름이 한풀 가셨다. 그곳 동숭동과 작별하고 나서 40년, 그 소멸의 절터를 먼발치로 훔쳐보며 언젠가 그곳 얘기를 기필코 써보리라 벼르던 갈증이 이번 기회로 풀린 것이다. 다음 얘기가 시작될 무렵쯤, 독자들께서는 동숭동에 작별을 고한 후 중학동 한국일보로 옮겨 준마처럼 달리는, 새로운 나를 만나게 될 것이다.

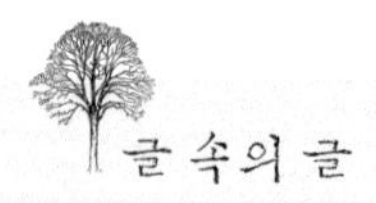

그린스펀이 연방중앙은행 이사장 공직을 맡았던 기간은 19년에 달합니다. 레이건 대통령 때 그 자리에 올라, 그 후 부시 정권, 그 다음 클린턴, 또 (재선한) 클린턴, 그 후 아들 부시, 또 (재선한) 그 부시…… 이렇게 4명의 대통령 밑에서, 대통령 代 수로 따지면 모두 6대의 대통령 밑에서 도합 19년간을 일한 겁니다. 햇수가 중요해서가 아니라, 그 사이 공화, 민주 어느 정권에 조금도 영향받지 않고 그 긴긴 기간 공직을 수행할 수 있었다는 것, 그게 바로 우리가 자칫 간과하는 미국의 저력이지요. 우리의 실태요? 어휴, 말 안하겠습니다. 건필 기대합니다.

임종건

말코 선생! 1960년대 동숭동의 기억들을 하나 둘 재생시켜놓은 걸 보니 네가 착안한 이번 일이 제대로 시동을 건 것 같아 슬며시 안도의 한숨을 내쉰다. 샌프란시스코에 사는 경삼이가 보내준, 그 시절의 흑백 사진 몇 장을 들여다본다. 벗들의 앳된 모습 속에 나도 얼려 활짝 웃고 있구나. 참 좋은 때였네! 모르는 새 스며나온 탄식에는 40여 년 접어뒀던 화려한 꿈들의 곰팡내가 배어 있다. 지나버리면 이토록 애틋한 걸! 어찌 젊었던 시절만 좋았다 한탄하고 있는가.

김순길

•••**임종건** 서울경제신문 사장_ 평생 화를 낸 적 없는 문사지만 평생 날 괴롭힌 한 언론인의 문상에 안 갔더니 "형, 그러면 안돼!"라고 질타하던 정론파로, 그의 부하 말대로 "절대 거짓말하지 않는" 언론인이다.

마지막 수업의 글 속에 "8년 남짓 꺾은 붓을 다시 꺼내 지금처럼 우리가 공유했던 1960년대 얘기를 쓰는 것도 사실은 독자들에게 이 영감과 감동을 촉발시키고 싶어서다"라는 구절이 있었다. 1960년대 제하題下로 독주해서 수고하며 써온 김승웅 님의 글에 우리 모두가 공유하는 시대 정신이 깃들어 있는지, 있다면 그게 무엇인지, 또한 합목적적인지 아직은 잘 모르겠다.

그러나 나는 되려 김승웅 님의 글이 이런 무슨 구체적인 틀이나 의도가 없이 써져나가고, 다듬어지지 않음이 더욱 생생하게 느껴진다. 명문이란 기름같이 짜지 않고 달걀처럼 낳는 것이란 말이 있듯…….

권태익

•••**권태익** 전 한국일보 편집부장 · LA거주_ 조간신문 기자 시절 밤샘을 밥먹듯하던 편집의 귀재이지만 지금처럼 떨어져 살고나서야 그 속내를 더 잘 알게된 중학교 선배다. 요즘은 그리 자주 띄우던 댓글이 끊겼다.

1969년… 사람과 사람 사이

아아, 왕초!

사냥꾼은 꿩 사냥 전날 밤 매를 잠 재우지 않는다.

평소 눈을 부릅뜨고 피 말리지 않는 한,

기자로부터 특종이나 명문의 기사는 나오지 않는다.

이 모두가 왕초의 심려 깊은 용병술이다.

성도成都의 달밤

글의 시작에 앞서 성도成都를 생각한다. 성도. 서촉西蜀의 수도다. 『삼국지』의 주인공 유현덕이 조조의 위魏, 손권의 오吳 나라에 맞서 지금의 중국 쓰촨四川省에 세운 서촉의 수도가 성도다. 소설 『삼국지』에 여러 차례 등장하듯, 성도는 땅이 기름지고 곡물이 풍성한 땅이라 문물이 일찍부터 발달했다(미국에선 지금도 제일 맛있는 중국 음식으로 사천요리가 꼽힌다). 문물이 발달하다 보니 일찍부터 인재가 들끓었고, 그중에서도 가장 빼어난 인물이 주군 유현덕을 도와 당시 세 솥발 형태의 삼국 정세 균형에 성공한 형주荊州 사람 제갈공명이다. 형주는 바로 서촉의 인근이다. 비단 제갈공명 한 사람으로 그치지 않고, 그와 쌍벽을 이룬 방통(또는 봉추)은 물론, 효성 지극했던 서서(서원직)가 모두 형주 사람으로, 예부터 경세에 뛰어난 지략가나 전술가 모두가 이 지역 사람들이다.

성도가 특히 내 관심을 끄는 것은, 그곳이 제갈공명이 남긴 '성도 밖 야산에 심겨진 뽕나무 500그루가 전부' 라는 유언의 현장이기 때문이다.

그는 불타는 충절의 화신이었다. 그 나라 총리 격인 승상의 지위에 있었건만 그가 사후에 남긴 유산이라고는 야산에 심어진 뽕나무 500그루에 불과했던 것이다. 그 제갈공명이 숨쉬던 곳이 바로 성도다.

성도에 관한 압권은, 일본 작가 요시카와 에이지吉川英治가 그려 낸 당시 그 지역 주민들의 사람 됨됨이다. 그가 쓴 소설 『삼국지三國志』에 이런 장면이 나온다. 제갈공명이 죽고 나서 서촉 정벌에 나선 위장魏將 종회鍾會가 성도에 입성 후, 지나가는 촌로 하나를 붙잡아 제갈공명에 관해 묻는다. 어딜 가나 제갈 승상을 기리는 칭송이 마음에 덫이 됐기 때문이다.

"제갈공명은 어떤 사람이었는고?"

이 말을 들은 촌로는 마상馬上의 적장을 한참동안 물끄러미 바라 보더니 이렇게 대답한다. 그 답변이 압권이다.

"지금 제 앞에 계신 장군님과 조금도 다를 바 없었습니다. 다만 한가지, 그런 분은 어쩐지 이 세상에 다시 나올 것 같지가 않군요."

중학동 한국일보에 생각이 미칠 때마다 나는 으레 예의 성도를 떠올린다. 입사 첫날은 물론이고, 지금처럼 그곳을 하직하고 17년이 훌쩍 넘었지만 한국일보 하면, 역시 성도다. 신문마다 그동안 사세의 바뀜과 부침이 심했지만, 그런 변화는 또 지금도 계속되고 있지만, 누군가 내게 그때 한국일보가 어땠느냐고 묻는다면 다음 말밖엔 할 말이 없다.

"그런 신문은 어쩐지 다시 생길 것 같지가 않다."

한국일보, 편집국 대본영大本營

편집국, 1971년, 6:30 pm! 영원한 경쟁지 모 일보의 가판街販이 갓 도착, 편집국 수뇌들이 아연 긴장하고 있다. 그날 우리가 뭘 특종했고 뭘 낙종했는지 드러나는 순간이기 때문이다. 신문사는 매일 이런 긴장의 연속이다. 그래서 기자의 평균 수명이 가장 짧은 것이다〈왼쪽부터 이원홍 편집국장, 고故 김창열 사회부장, 유영종 종합편집부장, 권혁승 부국장 겸 경제부장, 고故 조순환 외신부장, 사진 왼쪽 끝 팔 베개는 김성우 편집국장 대리〉. 사진_한국일보 제공

우선 인재가 바글댔다. 1969년 1월, 이틀을 쉰 후 정초 시무식 날 한국일보 편집국에 첫 출근하던 날이다. 운동장 같은 편집국에 300명 넘는 기자들이 득실대던 정경이 지금도 눈에 선하다. 바다 같았다. 지식의 바다, 인재의 바다…… 아, 세상에 이런 곳이 있었구나! 난생 처음 신문

사의 광경을 보는 나에게 한국일보 편집국은 너무도 장엄했다.

나를 첫 황홀에 빠트린 건, 대학시절 나를 그토록 미치게 만든 러시아 소설 『사닌』의 번역자 남욱과의 상면이다. 상면이라니 어불성설이다. 먼발치로 그를 봤을 뿐이다. 그는 사닌이 지녔을 법한, 예의 싸늘한 눈초리로 우리 견습 기자들을 꼬나봤다. 당시 그의 나이는 40대 후반 정도였고 사회부장 겸 부국장으로 재직 중이었다. 가죽 점퍼 차림의 남욱은 대낮인데도 벌건 얼굴이었다. 연초에 마신 술이 덜 깬 듯했다.

사진에서 보던 여류 수필가 조경희의 모습도 먼발치로 보인다. 책 제목이 『캔디』였던가, 군대 시절 외박 나가 논산역 부근 서점에 들러 사왔던 조경희 역譯이라 쓰인 그 책을 내무반에서 벌렁 누워 읽으며 얼마나 성욕에 시달렸던가. 그 천하의 조경희가 글쎄 한국일보 편집국에서 일하고 있는 게 아닌가! 《주간한국》 부장으로 재직 중이었다.

그 부장 자리 한 칸 위에, 콧대 높고 까무잡잡한 양반 하나가 날카로운 눈매로 우리 입사 동기를 살피고 있었다. 누군가 싶어 귀동냥으로 알아본즉, 김성우라는 분이란다. 30대 후반의 나이로 보이는데, 벌써 주간국장이라는 높은 자리에 올라앉아 있었다. 그때는 몰랐다. 나중 그가 파리 특파원으로 재직하며 토해낸 「세계문학 탐방」 르뽀를 읽고서야 그가 타고난 문객임을 깨달았다. 문학평론가 김화영(고려대학교 불어불문학과 교수)이 평했듯, '대한민국에서 제일 아름다운 글을 쓰는' 문객이었다.

스피디하고 당찬 속필로 유명했던 조세형은 당시 주미 특파원으로 워싱턴에 상주하느라 그날 시무식에는 모습을 나타내지 않았다. 대한민국 언론 사상 최초의, 본격적인 해외 특파원이 바로 조세형 아니었을까 싶다. 《한국일보》를 정기 구독하지 않고도, 조세형이라는 이름 하나만을 찾아 읽는 타지 독자들도 많았던 시절이다. 그로부터 6~7년 후 그는 『한국과 지미 카터』라는 책을 써내 전국의 독자들을 사로잡았는데, 그 책을 읽은 박정희 대통령도 홀딱 반해 한때 외무장관으로 기용하려 했다. 본인의 표현을 빌면, "나는 원래 야당 기질이라서……." 그 제의를 거절했노라고 언젠가 나와 미국 여행을 하면서 들려준 적이 있는데, 그런 정치 얘기는 여기서 가급적 빼놓고 싶다. 멀쩡한 얘기도 정치가 끼어들면 김이 새기 때문이다.

별명이 '조코'다. 그의 오뚝한 코에서 이미지를 따, 당시 별명 짓는 데 가히 천재 급이었던 안병찬(『사이공 최후의 새벽』 저자)이 지은 별명인데, 조세형 본인도 그 별명이 싫지는 않은 듯싶다. 그의 이메일 주소가 '조코 1'로 시작되는 걸 봐도 알 수 있다. 그것도 그냥 '조코'가 아니라 세계 최고의 조코라는 뜻으로 '조코 1'이란 주소를 내걸고 있는 것이다. 이따금 글을 써 그 메일 주소로 보내드리고 있는데, 글을 받아 보시는 건 분명히 확인되고 있는데 지금까지 답신 한 번 보내지 않는다. 대기자 특유의 오만이리라. 문제는 그 오만이 내겐 싫지 않다는 점이다. 허나 한 번 더 껍질을 벗기고 들어가보면 결코 오만할 수가 없는 가계로, 김제에서 데리고 있던 머슴을 자기보다 먼저 장로로 추대해 우리나라 개신교사에 전설적 인물로 남아 있는 조덕삼 장로가 바로 그의 조부다. '조코'도 장로, 그의 선친도 장로, 삼대가 줄줄이 장로다.

파리 특파원 정종식도 마찬가지로 안 보였다. 나의 고교 시절, 이미 금문도金門島 포화 속의 취재로 필명을 떨쳤던 최병우 기자도 얼굴을 나타내지 않았다. 포연 속에 이미 산화, 그래서 '최병우 도서관' 이라는 이름으로만 남아 있을 뿐이었다.

편집국 맨 안쪽 외신부에 들렀더니 정경희가 부장 자리에 앉아 있었다. 외신부장 정경희는 당시 그가 봉직했던 외신부 소관의 국제정세에 아주 정통했을 뿐 아니라 문화와 역사, 그중에도 특히 한국 고대사의 샤마니즘 분야에 관한한 일선 대학 교수들 뺨치게 독보적 존재였는데, 나는 대학 시절 그의 논문을 통해 이를 진작부터 알고 있었다. 나중에야 알았지만, 그는 매번 심도 있는 기사로 창업주 장기영으로부터 무지무지하게 아낌을 받은 필객이었다.

논설위원실의 진용은 더욱 화려했다. 논설위원 최정호는 면접 시험에서 나에게 독일 소설가 이름을 아는 대로 대보라고 물었던 시험관이기도 했다. 입사 시험에 내가 독일어를 제2외국어로 선택한 걸 알고 물었던 질문인데, 나중에 알고 보니 독일에서 철학 박사를 따고 귀국한 독일통이었다. 그걸 모르고 작가 '슈테판 츠바이크Stephan Zweig' 와 '헤르만 헤세Hermann Hesse' 에 관해 침을 튀기며 장광설을 늘어놨으니, 이런, 원……(몇 년 후 연세대학교 신문방송학과 교수로 자리를 옮긴 분이다).

논설위원 임방현은 얼마 있다 청와대 대변인으로 자리를 바꿨다.그밖에 주효민, 윤종현, 임홍빈 등 다재다능한 필객들이 포진하고 있었다. 논설위원 홍승면과 박권상은 내가 입사하기 직전 동아일보로 적을 바꿨다. 한 가지 기억에 남는 건, 당시《한국일보》의 쟁쟁한 필진이었던 박권상, 임방현, 조세형, 임홍빈, 최정호, 정경희 모두가 다 전주 동향인데다, 주일 특파원 조두흠과 논객 김중배(후에 동아일보로 이적)는 광주 출신이었다는 점이다. 평소 학벌이나 지연을 따지지 않는 것으로 알려진 창업주 장기영이 유별 호남 출신 언론인들을 선호한 이유는 무엇 때문이었을까……. 지금도 의문으로 남는다.

출근 첫날, 신고를 마치고 곰곰이 생각해봤다. 그때로 따져 창간 15년밖에 안 된 이 신문의 무엇에 끌려 이 인재들이 다 모인 걸까! 당시《동아》-《조선》-《한국》이라는 '언론 삼국지' 상황에서 이들이 역사와 전통에 빛나는《동아》,《조선》을 마다하고 굳이 신생《한국》을 택한 이유가 뭘까. 그 답을 역시 삼국지 상황을 통해 찾게 되고, 거기서 얻어낸 해답이 바로 성도다.

당시 서촉 땅 54개 주를 위, 오 두 나라가 쉬 넘볼 수 없던 까닭은 수도 성도를 검각劍閣이라 불리우는 천험의 험곡이 삥 둘러, 외적을 물리치고 있었기 때문이다. 일단 서촉 땅에 발을 들인 인재들은 검각의 절대적인 보호를 받았다. 본인이 작심하고 벗어나려 들지 않는 한, 누구의 간섭이나 압력에 굴하지 않고 펜을 달릴 수 있었던 것이다. 한국일보의 요새, 그 검각 역할을 창업주 장기영이 맡고 있었던 것이다. 음……, 속으로 신음하듯 다짐했다. 예상했던 대로, 한국일보! 정말 잘 들어온 신문사라 여겼다.

군대 시절, 빈 내무반에 홀로 누워 장래 문제를 깊이깊이 생각했던 적이 있다. 당장 복학 후 무슨 공부부터 시작할지, 또 무슨 직장에 어떻게 도전해 내 일생을 디자인할지 곰곰이 생각해본 것이다. 그때 읽은 책이 미국 여기자 바버라 터크먼Barbara Tuchman이 쓴 『8월의 포성 The Gun of August』이라는 책이었다. 1차 대전의 발발을 둘러싸고 유럽 열강들의 숨막히는 외교전과 군사 증강을 그린 논픽션 다큐멘터리로, 당시 그 책이 내 수중에 들어온 것을 지금은 하나님의 은혜라 여기고 있다. 당시 유럽 제패를 목표로 프러시아 군의 엘리트 '슐리펜' 백작이 마련한 전격전電擊戰, 소위 '슐리펜 플랜'의 전모를 밝힌 책으로, 저자는 이 책으로 퓰리처 상을 수상했고(생전의 케네디 대통령이 제일 권장했던 책이었다) 난 그 책을 읽고 신문 기자가 되기로 결심한 것이다.

딱딱한 사료 더미가 그토록 위대하고 감동적인 기술로 바뀔수 있다니……. 기자 아니고는 누구도 해낼 수 없는 노작勞作이었다. 저자는 그 책에서 다음과 같은 히틀러의 언급도 기술했다. '빼어난 특파원 하나를 가진다는 건 (그 나라에) 대사관 하나를 둔 것 이상의 효과가 있다.'

한국일보 입사 첫날 작심했다. 앞으로 10년이 걸리든 20년이 걸리든, 내 중학동의 저 빼어난 인재들과 피나게 한번 겨뤄보리라! 또 동숭동을 떠나며 다짐했듯, 앞으로 30년을 최고의 준마로 달려볼 것을 다짐했다. 아울러 최고의 명기수를 찾아내리라. 그래서, 삼국지에 나오는 명마 '적토赤兎'와 관운장의 관계처럼, 그 최고 기수를 태우고 신나게 전장을 누비는 최고의 애마가 되리라 다짐했다.

아, 입사 시절의 그 오만과 대망!

지금 곰곰이 떠올려보니, 소멸했던 동숭동의 미학을 나는 중학동 한국일보에서 되찾았던 것이다. 그리고 첫 출근 날 쏘인 그 감격은 근 40년 가까운 오늘에까지 내 몸속 어느 구석에 미온으로 남아오다, 지금 새글 중학동 시절을 여는 이 순간을 맞아 서서히 전류로 바뀌고 있음을 느낀다.

중학동을 여는 첫 얘기를 한국일보의 검각 장기영으로 시작한다. 당시 한국일보의 높이, 그 웅립을 정확히 잴 필요가 있고, 그러자면 그 신문을 요새화시킨 창업주 장기영의 인물됨을 (역시) 정확히 기술해야 하기 때문이다. 우리는 툭하면 그를 '왕초'라 불렀다. 본인 스스로도 이 별명에 무척 만족했던 듯싶다.

생전의 왕초는 매주 화요일 기자 전원을 편집국에 모아놓고 사자후를 토했는데, 쉿소리 넘치는 그의 연설은 듣는 이로 하여금 공포와 경탄, 때로는 폭소에 빠트렸다.

연설은 한마디로 일사천리요, 쾌도난마였다. 연설 한마디 한마디가 번뜩이는 기지와 높은 문학성, 그리고 눈이 번쩍 뜨일 정보로 가득 차, 서울 중학동 한국일보 건물에 들어서는 내방객은 다음과 같이 쓰인 액자와 만난다.

"한국일보 창간일(6월 9일)의 6자와 9자! 이는 쓰러지면 다시 벌떡 일어나는 오뚝이를 닮지 않았는가. 한국일보의 정신은 바로 이 오뚝이 정신이다."

1968년 불탄 사옥을 다시 짓고 중학동 건물 첫 입주식에서 그가 즉석에서 토해낸 개구開口 일성이 이처럼 기록으로 남아 있다. 때로는 "기사는 시詩가 돼야 한다"고도 했다. 《한국일보》 지면에 실리는 기사 모두가 언젠가 시로 메워지는 날이 와야 한다며, 실제 《한국일보》 1면에 매일 시를 싣는 발행인이었다.

또한 툭하면 "특종은 일요일 아침에 터진다"고 갈파, 노련할수록 방심키 마련인 기자의 교만과 허세를 경계했다. 왕초의 이 경계를 엄수했기에 한국일보는 1960년대 중반 '케네디 대통령의 피살'을 특종했다. 또 이를 깜박했기에 '저우언라이周恩來 사망'을 경쟁지 조선일보에 낙종했다. 그는 주야로 엄청난 책을 읽었는데, 한국일보 도쿄 특파원의 고정 업무 가운데에는 당시 일본에서 화제에 오르거나 베스트셀러가 된 신간을 구입, 서울로 직송하는 일이 포함돼 있었다. 그가 시도 때도 없이 토해내는 명연설은 바로 이 독서의 산물이었다.

그 연설 가운데 30여 년 넘어 지금까지 나에게 기억되는 대목이 하나 있다. 부하를 독전督戰하는 일본 전국시대 어느 번주藩主의 용병술에 관한 것으로, 다음과 같은 내용이다.

> 일본의 한 지방을 장악한 번주가 다른 쪽 번주한테 서찰을 보낸다. 그 서찰을 품에 넣은 병사는 밥 한 톨 물 한 모금 삼키지 않고 사흘 밤 사흘 낮을 쉬지 않고 달려, 저쪽 번주한테 전하며 거의 탈진 상태로 죽어간다. 그러자 서찰을 받은 번주는 그 병사를 당장 목 베라고 호통 친다. 하루 반이면 충분히 올 거리를 사흘 걸려 왔다는 죄다.

그러나 이 호통으로 그 졸은 살아난다. 왕초의 설명인즉, 가만 놔두면 그 졸은 과로와 기아로 십중팔구 죽기 마련이라는 것. 목 베라고 호통 치고 기압을 넣었기에 살아났다는 얘기로, 얼핏 가진 자 또는 권력을 쥔 자의 횡포를 미화시키는 살벌한 얘기로 비칠지 모르나, 정작 내가 관찰한 왕초는 이와는 거리가 먼, 특출한 유머와 위트를 지닌 유럽형 자유인 le libre이었다.

1970년 초 김포공항 출입기자 시절이다. 출국차 공항에 나타난 왕초가 탑승을 위해 출국 대합실을 통과하던 중 그의 눈에 'ladies' 라 쓴 여자 화장실 표지판이 나타났다. 그 표지판엔 하필이면 중간의 'i' 자가 빠져 있었다. 이를 본 왕초가 예의 벽력 같은 쉿소리로 공항 측의 태만을 호되게 나무랐다. 그의 탑승을 돕던 김포공항장과 대한항공 공항지점장의 얼굴이 대번에 흙빛이 되었다. 왕초는 이어 나를 불러 세우더니 "그것도 하필이면 한 가운데 글자가 빠졌지 않았나 말야! 저 경우 한가운데가 제일 중요한 거야!"라고 호통 쳤다. 순간 그의 뒤를 따르던 공항장 등 30여 명의 수행객 모두가 배를 잡고 폭소를 터뜨렸다.

정작 그가 가장 왕초다웠던 점은 휘하의 기자 모두를 친자식처럼 아꼈다는 사실이다. 중견 기자 시절, 내가 미국 미네소타주에 유학했을 때다. 당시 미대통령 후보 유세차 미니애폴리스에 들른 지미 카터Jimmy Carter 후보를 만나 "주한 미군은 빼되 대신 주한 공군을 강화하겠다"는 다짐을 받아 이를 단독 인터뷰로 서울에 송고하고 나서 이틀이 지나서다.

머물고 있는 대학 기숙사에 전보 한 장이 날아들어 펴 본즉 "브라보,

김승웅!"이라 쓰인 왕초의 축전이었다. 거기서 그치지 않았다. 서울에 있는 나의 가친 집에 손수 전화를 걸어 '평소 어금니처럼 아끼는 기자'라 격찬했다는 걸 귀국하고서야 알았다. 예나 지금이나 기자는 알아주는 사람을 위해 죽는 법. 그러나 그 왕초한테 귀국 신고를 하지 못했다. 귀국 두 달 앞둔 1977년 4월, 그가 유명을 달리했기 때문이다.

다시 그 4월이다. 고인이 생전에 애송하던, 고故 신석초 시인의 시 「바라춤」을 새삼 꺼내 읽어본다. 시의 서문처럼 '…… 두견조차 저리 슬피 우는' 계절이다.

왕초! 이 화창한 봄날 당신한테도 저 두견 소리가 들리는가.

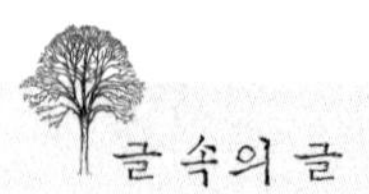

형님, 고생 많습니다.

글에서 우리들의 영원한 왕초를 재생시켰군요. 형님의 친정 한국일보에 대해 이처럼 속맘을 다 폭발시켰으니 정말 시원하겠습니다.

김수종

•••**김수종** 전 한국일보 주필_ 작심하고 바다를 건넌 제주 출신의 문객으로, 필봉 마감 후에도 뭔가 할 일이 남아 있다고 생각한 동숭동 출신 후배 언론인이다. 한국일보 뉴욕 특파원으로 필명을 날렸다.

내 정녕, 왕초와 한번 부딪치리라!

왕초에 관한 글을 써놓고 읽어보니 거듭 슬퍼진다. 앞서 '바라춤' 얘기는 그의 서거 39주기가 되던 지난 4월을 맞아 나의 친정집《한국일보》에 실린 글로 글 솜씨 자랑하려 친정집에 기고했던 것은 아니었다. 4월 들어 옛 중학동 시절이, 특히 그 중학동의 검각 왕초 생각이 절로 나기에 한 줄 써 친지들에게 돌렸더니, 이 글을 이메일로 받은 서울경제신문 사장 임종건 아우님이 우리끼리 읽기 아깝다는 생각에 현직 한국일보 편집 간부들에게 연락, 예정에 없던 왕초 추모사가 실린 것이다. 임 사장은 전직 한국일보 기자 출신이다. 임 사장의 배려에 새삼 이 자리를 빌어 감사드린다. 아울러 한국일보에도 감사드린다.

그러고보니 내 글이 친정 한국일보에 실린 게 그곳 중학동을 떠난지 정확히 17년 만이다. 그리고 또 이 무슨 조화인가! 그 추모사가 실리고 반년이 채 못 된 지금, 나는 동숭동 시절에 이어 한국일보 중학동 시절을 집필하고 있잖은가. 세상 만사, 어느 구름에 비가 들어 있는지 모를 일이다.

왕초에 대한 내 추모사가 《한국일보》에 실리고 나서 여러 사람이 전화를 주셨다. 한국일보를 갓 퇴직한 문창재 전 논설실장이 첫 전화를 건 데 이어 3선 의원 출신의 박실, 경희대학교 교수 황소웅, 국정원 차장을 역임한 박정삼, 전 한국일보 사장 윤국병 형이 차례로 전화를 걸어 "맘에 쏙 든다"고 수다를 떨었다. 이왕 얘기 나온 김에 분명히 밝혀둘 일은, 이들 역대 한국일보 맹장猛將들이 정작 맘에 들었던 건 내 글 자체가 아니라, 글의 주인공으로 왕초가 올랐기 때문이라는 점인데, 왕초 얘기만 나오면 우리 모두가 언제 어디서건 귀를 쫑긋 세워왔기 때문이다.

전화 받을 당시 난 파리 출장 중이었다. 출장 중임을 모르는 이들이 무조건 휴대전화를 거는 통에 나의 수신자부담 휴대국제전화비만 턱없이 올랐지만, 까짓것 대수랴. 우리 모두 왕초 밑에서 동문수학한 중학동 소림파 협객들 아닌가! 우리는 밤이건 낮이건, 무교동 술자리건, 아니면 이번처럼 파리의 새벽이건 일단 만났다 하면 왕초를 논했다. 어쩌다 한국일보 시절 왕초와 대결했던 무용담을 늘어놓기도 했다. 왕초한테 한번 부딪쳐 보고 싶어하는, 알렉상드르 뒤마Alexandre Dumas의 『삼총사Les Trois Mousquetaires』에 나오는 주인공 '달타냥' 기질이 강했기 때문이다.

전라도 정읍을 고향으로 둔, 3선 의원에 국회 사무총장을 역임한 박실은 기자 시절 왕초한테 도전했다가 "박실! 너, 동학東學의 두령이지?" 소리를 듣기도 했다. 그러나 무용담의 끝은 노상 왕초에 대한 그리움으로 끝난다. 출입처나 취재 현장에서 어느 누구에게 져본 적 없는 맹장

기자들이면서도 왕초한테만은 늘 백기를 들었다. 박실의 경우, 무용담을 늘어놓을 때마다 왕초가 자기에게 '두령'이라 불렀다는 대목을 빼놓지 않는 걸 미뤄, 속으로 무척 만족한 듯싶었다. 왕초는 이처럼 우리 모두를 휘어잡는 영원한 협객, 영원한 왕초였다.

초년병 기자 시절, 나 역시 왕초와 한번 부딪쳐 보고자 하는 도전과 유혹을 강하게 느끼며 살았다. "음……, 왕초, 내 정녕 당신과 한번 호되게 붙어보리라!" 하지만 지금은 안 된다, 일단 견습 6개월은 지내놓고 보자…….

견습 3개월째 일이다. 신문사 안에서 누구도 견습 기자에겐 관심을 쏟지 않았다. 친한 친구도 아직 사귀기 전이다. 같이 입사했던 동숭동 동기 이부영마저 한국일보를 떠나 동아일보로 튀어버렸다. 저 혼자 튀기가 미안했던지 "야, 열흘 후 동아일보 시험이래. 원서 같이 안 낼래?"라고 꼬셨다. 석 달 전 한국일보에 같이 원서를 냈던 것처럼, 또 다시 공모를 제안해왔지만 나는 거절했다.

"너 혼자 가!"

"왜, 같이 안 갈래?"

"……."

부영이와는 그렇게 헤어졌다. 그와는 군대서 복학 후 동숭동에서 다시 만나 한국일보에 입사하기까지 2년 남짓을 붙어 다녔다. 그러나 이제 영화 〈빠삐용Papillon〉의 고도孤島에서 더스틴 호프먼Dustin Hoffman과 스티브 맥퀸Steve Mcqueen처럼 서로 헤어진 것이다. 나처럼 한국일보에 그대로 남아있던 게 좋았는지 아니면 그처럼 떠난 게 좋았는지 당시로는 아무도 몰랐다. 실은 지금도 모른다. 왕초와 부딪쳐보겠다는 나의 의중을 차마 말로 전할 수 없었던 것이다.

동숭동 7년을 마감한 후 나의 거처는 중학동으로 바뀌었다. 거처의 정확한 위치는 서울 종로구 중학동 14번지, 한국일보사 사옥이다. 대학 졸업 이듬해인 1968년 가을, 한국일보 견습 기자가 된 것이다. 직장을 '거처'라 표기함은 그곳 중학동 14번지 한국일보사 사옥이 단순한 직장이 아니라 올챙이 견습 기간이 끝날 때까지 내가 먹고 자고 뒹굴고 생활했던 숙소였기 때문이다. 그 기간 동안 퇴근 후 집에 들어가 제대로 발 뻗고 잠을 잔 기억이 별로 없다. 집에 들르는 건 꺼멓게 바뀐 내의를 갈아입을 때에 한했다. 그나마 어머니가 내의를 들고 신문사 또는 출입 경찰서로 직접 날랐다.

예의 거처가 동숭동에서 중학동으로 바뀐 것 말고 또 하나 바뀐 것이 있다. 김승웅이라는 이름 앞에 동숭동 시절에 없었던 딱지 하나가 붙은 것이다. 한국일보 입사 시험에 붙고 이듬해 정월 초부터 편집국에 출근한 나의 직함 앞에 따라붙은 '견습 23기'라는 딱지다. 창업주 왕초가 1954년 한국일보를 설립 후 공개 채용된 첫 견습 기자들한테 '견습 1기'라는 딱지를 붙인 후, (매년 혹은 반년) 입사 때마다 기수가 매겨진 것이다. 그러니까 한국일보가 정례로 뽑은 스물세 번째 기자시험에 합격한 셈이다. 한마디로 웃기는 얘기다. 기자가 무슨 사관학교인가?

그렇다면 한국일보는 왜 이 제도를 도입했을까. 뭔가 순기능이 있기 때문일 텐데, 어떤 순기능일까. 그 견습기자 제도를 첫 도입한 왕초한테 내가 맹렬한 호기심을 느낀 건 그때부터다. 기자는 누가 뭐라 해도 자유로운 직업임에 틀림없다. 자유로운 혼을 지닌 직업이다. 바로 그런 자유로운 혼을 지녔기에 독자의 혼을 건들거나 뒤집을 수가 있는 것이다. 그런데 이 '자유'와는 정면으로 배치되는 '기수' 제도가 굳혀지다 보면 이 자유를 오히려 부추기는 승수乘數역할을 하니 놀랍다. 그 이유는 무엇 때문일까.

그 해답을 얻어낸 건 수년 지나 취재차 도쿄에 발을 들이고 나서다. 일본의 일류 복요리사는 복어탕을 끓일 때 그 맛을 극대화하기 위해 복어 알을 치사량 직전까지 넣는다는 말을 현지 일본 요리사로부터 듣고 나서 깨달은 것이다. 한계 상황에서 써지는 기사가 바로 명문 기사다. 왕초는 우리 모두를 전투 상황에 집어넣고 싶었던 것이다. 그래서 전시 체제에 가장 걸맞은, 사관학교 기수제도를 도입한 것이었다.

사냥꾼은 꿩 사냥 전날 밤 매를 잠 재우지 않는다. 왕초는 기자들을 그렇게 닦달했던 것이다. 매를 잘 재우고 배불리 먹이면 다음 날 꿩을 봐도 날지 않는다. 평소 눈을 부릅뜨고 피 말리지 않는 한, 기자로부터 특종이나 명문의 기사는 나오지 않는다. 이 모두가 왕초의 심려 깊은 용병술이다. 나는 통쾌함을 느꼈다. 맞아! 왕초의 바로 이 점을 보고 내가 한국일보에 노크했던 것 아닌가. 그리고 서서히 별렀다. 배짱을 키우기 위해서도 정녕 그 왕초와 한번 부딪쳐 보겠노라고…… .

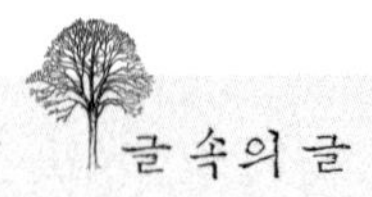

승웅아! 올 여름은 유난히도 덥구나. 그런데 네가 보내주는 글을 읽는 재미로 더위를 좇을 수 있어 참 좋았다. 승웅아! 내가 즐겨 부르는 이 '금산錦山 촌놈' 아!

너의 감수성과 기억력, 글 솜씨에 내 친구 승웅이가 이렇게 멋쟁이였구나 새삼 느끼고 있다. 하지만 좀 아쉬운 대목이 있어 한마디 해야겠다. 네 글 속에 당시의 시대 배경이 깔리면서 너의 낭만이 어떻게 변곡선을 긋는지 펼쳐주면 좀더 공감을 주지 않을까. 승웅아! 짝짝짝!!

정동익

•••**정동익** 전 동아일보 기자 · 東亞자유언론수호 투쟁위원장_ 불의와 타협한 적 없는 우국 강골로 친구의 역경이나 불운에도 매우 헌신적이다. 나와는 중학교부터 대학시절까지, 그리고 지금도 자주 어울리는 불알친구이다.

사닌의 죽음

그는 노상 검은색과 친했다. 검정 넥타이를 즐겨 착용했고 옷도 검정 계통을 골라 입었다. 기사를 쓸 때도 잉크 대신 검은 먹물이 든 만년필만을 사용했다. 검은색은 간혹 그의 한 부분처럼 생각됐고 흡사 그를 위해 존재하는 색깔 같았다. 또한 경쾌한 걸음걸이나 날씬한 체구와는 걸맞지 않게 항상 침묵을 지켰다. 이런 과묵한 성격 탓일까? 검은색은 침묵을 뜻하는 컬러로 생각되기도 했다.

그와의 첫 대면은 내가 그때 몸담고 있던 편집국 외신부 자리에서였다. 견습을 마치고 외신부에 첫발을 들였을 때 그는 시니어 기자로 일하고 있었다. 나의 첫 기자 수업은 그를 조장으로 모시고 되풀이되는 외신 야근에서부터 시작되었다. 그의 번역 솜씨는 일품이었다. 초저녁 책상 위에 수북히 쌓인 200자 원고지는 야근이 끝나는 새벽 5시 무렵이면 표가 나게 줄어 있었다. 그는 미친 듯이 번역하고 또 틈틈이 먹물 잉크를 갈아 채웠다. 기사가 뜸할 땐 담배를 피워 물고 내 쪽을 쳐다보곤 했지만 결코 나와 눈이 마주치는 법은 없었다. 새벽 5시쯤 야근이 끝나면 그는 창밖의 어둠 쪽으로 돌아앉아 있을 때가 많았다. 어쩌다 그가 눈길을 던지는 쪽을 나도 함께 내다볼라치면 그곳엔 어두움뿐이었다. 그는 어두움을, 그 검은색 어두움을 다만 '검다'는 이유 하나만으로 즐기고 있었다. 이런 어둠이 배어든 탓일까. 그의 눈 속을 들여다보면 유달리 검다라는 느낌을 받았다.

그와 웬만한 얘기를 트고 지낸 건 그로부터 서너 달이 지나서였다. 야근이 끝나고 그날도 역시 창밖을 주시하고 있던 그가 갑자기 내 쪽으로 몸을 틀더니 어떤 여자의 이야기를 꺼냈다. "지난 토요일 인천에 들렀다 상경하는 기차 속에서 웬 여자 하나를 알게 됐다"고 말문을 텄다. '저토록 과묵한 타입이 제법이다' 속으로 의아히 여기면서 그의 얘기에 말려들었다.

"서울역에 닿아 괜히 헤어지기 싫더군. 그 여자도 마찬가지 기분인 것 같았고…… 누가 먼저랄 것 없이 둘은 여관 쪽으로 걸었어. 둘이 이불 속에 들면서까지 서로가 상대방이 누군지를 몰랐어. 사실 알 필요도 없는 일이었지만."

순간 그의 말투가 소설깨나 읽은 타입이 흔히 주워섬기는 표현 방식이라 생각했다. 역하게 들릴 법한 그의 얘기가 그날따라 괜찮게 느껴진 건 고된 야근을 끝낸 데서 오는 허탈감 때문이었는지 모른다.

"여자의 온몸은 섹스의 화신 같았어. 손가락 하나만 까딱대도 여자는 몸을 떨었으니까. 다음 날 아침, 그날은 일요일이었어. 갑자기 야구 구경을 가자는 거야. 여자를 따라 서울운동장 스탠드 한구석에 쪼그리고 앉았지. 무슨 실업계 야구의 예선전 같았는데 관객도 별로 없더구먼."

"내 옆자리에 자리를 정한 여자가 하는 말이 '저기, 모자 벗고 땀을 식히는 외야수가 보이죠? 머리 빡빡 깎은 선수 말이에요' 하더니 체격이 우람한, 그러나 얼굴은 무척 순박해 보이는 선수를 가리키더군. 그러더니 뭐라는 줄 알아? 그 선수가 자기 약혼자라는 거야……."

그가 이 얘기를 들려준 이유를 여태껏 모른다. 그의 말대로 '알 필요도 없는' 얘기일지도 모른다. 그는 스탠드에서 일어나 여자를 놓아둔 채 돌아왔다고 얘기를 끝맺었다. 얘기를 끝낸 후 그의 얼굴에 나타난 표정은 무척 서글픈 것이었다고 기억된다. 그 후 야근에서 다시 만날 때도 그는 계속 침묵을 지켰다. 어쩌다 지난번 들려준 여자 얘기를 내 쪽에서 꺼내 다시 한 번 그의 입을 열게 만들고도 싶었지만, 좀 잔인한 짓 같다는 생각이 들어 내 쪽에서도 침묵으로 일관했다.

그와 고교 동창 되는 한 사회부 기자의 말을 빌리면 그는 J씨가 많이 사는 전라남도 어느 지방에서 천재 소리를 듣고 자란 걸로 돼 있다. 동숭동에서 독문과를 나온 걸로 돼 있는데, 독일어는 '독' 자도 모를 지경이고 대학 4년을 영어 탐정소설과 침묵으로만 일관했다고 한다. 기똥찬 번역 솜씨는 영어 소설에서 연유된 듯싶다. 그 후 2~3년 남짓, 밤낮으로 그와 한 조가 되어 근무하는 동안 둘이서 나눈 대화 건수는 손으로 헤아릴 정도에 불과했다. 어쩌다 술자리에 끼어 대학 얘기라도 나오면 그는 시종 입을 다물기가 일쑤였다. 마지못해 한다는 얘기가 4년 동안

"무슨 학學자가 붙은 책이라고는 읽어본 적이 없다"고 시큰둥하게, 그것도 무슨 큰 죄나 저지른 것처럼 대꾸했다.

그가 외신부에서 정치부로 옮겨 갔을 때 무척 서운했다. 또 안타까웠다. 나보다 입사 기수가 1년이나 빠른 선배의 뒷일을 걱정한다는 게 어찌보면 우스꽝스런 일이지만 '서운하고 안타까웠다'는 내 표현에는 하등 거짓이 없다. 함께 일해도 대화가 없던 둘 사이는 그가 정치부로 옮긴 다음에는 더욱 소원해졌다. 술이라고는 한두 잔밖에 못하던 그는 고주망태가 되어 밤거리를 헤맸다. 이마가 찢겨지는가 하면 손목에 붕대를 감고 나타나기도 했다. 그가 소속한 정치부는 외신부 바로 옆 자리라서 그가 하는 말을 어쩌다 어깨 너머로 들어볼라치면 과히 하고 싶은 말을 하는 것 같지가 않았다. 검은 어둠이 배어 있던 그윽한 눈매는 어떤 광채를 발했다. 활기와는 거리가 먼, 쫓기는 짐승의 안광과 비슷했다. 변한 것이 없다면 검정 넥타이와 검정 싱글, 그리고 먹물 잉크뿐이었다.

검은색이 이제 그와는 더 이상 매치되는 색이 아니라고 여길 무렵 그는 목숨을 잃었다. 어느 날 밤 술이 취해 여관방에 투숙했다가 소사燒死한 것이다. 적십자 병원 '영생의 집'에 마련된 그의 빈소를 찾았을 때 예전의 그를 다시 만났다. 영정 안에 갇힌 그의 얼굴, 눈매, 표정은 '상대를 쳐다보되 결코 눈을 마주치지 않는' 예전의 모습 그대로였다. 그의 예전 모습이 내게 눈물을 토해놨다. 검정 옷, 검정 넥타이……. 영정에 딱 어울리는 그런 차림으로 그는 마침내 '검은색'을 되찾은 것이다.

그의 죽음은 이후 내게서 검은색의 의미를 앗아갔다. 길거리에서 검은색의 악센트를 살린 뭇 남녀의 앙상블을 여러 차례 봤지만 어느 누구도 고인의 검은색을 능가하지 못했다. 그만이 검은색의 이데아를 알고 있었다. 죽음은 그렇게 다가왔다.

그곳 중학동이 앞서 동숭동과 다른 점이 바로 이 죽음이다. 동숭동에는 죽음이 없었다. 그때까지 친구나 동료의 죽음을 겪어보지 못한 나로서는 말할 수 없는 충격이었는데, 병원 빈소의 텐트 밖에서 혼자 눈물을 철철 흘리는 나를 보고 입사 동기 신우재(훗날 청와대 대변인) 녀석이 다가오더니 나를 안고 입을 맞추었다.

"자식, 울긴……."

나를 달래는 신우재도 울고 있었다. 그가 죽고 나서 깨달았다. 그를 무척 사랑했다는 걸. 벌써 30여 년 지난 이야기지만, 그때의 슬픔은 지금도 가시지 않는다. 그랬다. 그를 보낸 것도 지금처럼 장마철이 막 지나서였다. 영국산 바바리 코트에 슬픈 눈이 그토록 잘 어울리던 인물, 야근이 끝나면 캔터베리의 유령처럼 편집국 이곳 저곳을 배회하던 기자였다.

외신부 기자들의 점심은 그가 도맡아 샀다. 돈이 많아서가 아니라, 《한국일보》 자매지 《주간 여성》에 매주 고정으로 외국 소설을 번역해서 넘겨, 거기서 생기는 원고료 가지고 점심을 샀는데, 그때 그가 손댄 소설 이름이 기억난다. 영국 여류 작가 재클린 수전Jacqueline Susan이 쓴 『러브 머신Love Machine』이었는데, 작가의 첫 작품 『인형의 계곡Valley of the Dolls』이 공전의 히트를 친 여세 때문인지 그의 번역 소설을 찾아 읽는《주간 여성》 독자가 엄청나게 많았다. 또 독자뿐만 아니라 같은 편집국 안에 있는 여기자들로부터 가장 사랑받는 기자였다.

그의 사후 나 역시 그를 흉내를 내고 싶어 번역 작업에 손대기 시작했다. 스튜어디스의 자전적 소설 『Coffee, Tea or Me?』를 외국에서 입수, 같은 자매지 《주간 한국》에 『커피를 드릴까요, 나를 드릴까요?』라는 제목으로 연재해서 근 1년을 돈 걱정 없이 지냈다. 또 고인이 좋아했던 작가의 세 번째 소설 『Once is not Enough』도 구해 열심히 번역했다. 누차 강조하고 싶은 말이지만, 남을 닮는다는 건 정말 순수한 일이다. 왜 그리 일찍 갔는지, 두고두고 보고 싶은 기자다.

정치부로 옮기고 나서도 그는 툭하면 뚜벅뚜벅 외신부 쪽으로 걸어와 한참 동안 나를 물끄러미 쳐다보곤 했다. 그리곤 기껏 한다는 소리가 "악첸트가 있어 좋군!" 하고는 다시 정치부로 돌아갔다. 독문과를 나왔다는 그로부터 들은 유일한 독일어 단어였는데, 평소 독일어를 싫어하고 영어만을 주업으로 삼던 그가 왜 굳이 악첸트라고 독일어식 발음을 썼는지 지금도 궁금하다. 또 나의 어떤 점이 '악첸트'가 있었다는 건지……. 두고두고 미스터리와 그리움을 남기고 떠난 사람이다.

대학 시절 나를 미치게 만든 『사닌』의 번역가 남욱도 갔다. 견습 기자 시절 내 나름의 첫 취재 대상은 화재 사고나 열차 전복 사고가 아니라, 남욱이었다. 평양종합대학교 철학과 졸업으로, 동란 때 사단 의무대 소속 육군 대위 출신이다. 러시아 문학에 조예가 깊어 『사닌』의 저자 아르치바셰프 말고도 안톤 체호프Anton Chekhov의 작품을 번역한 책이 또 한 권 남아 있었다. 나는 한번도 그와 술자리를 갖진 않았지만, 다음 날 벌겋게 취해 출근한 이 러시아 문학도의 입에서는 계속 '네미 네미' 소리가 터져 나왔다. 그래서 사인 역시 술과 임종 전 수개월 동안 누적된 과로로 알려져 있는데, 사후 「남욱 회상」이라는 제목으로 《한국일보》 사보에 게재한 지방부장 이목우의 글에 따르면 그런 사인들은 "욱이한테만 책임을 돌릴 일은 아니다"라고 밝히고 있다.

> 그가 술에 빠진 일은 없다. 술이 그를 따랐다. 소주도 막걸리도 약주도 양주도 귀천을 따지지 않는 욱이었기에 술들이 그를 따랐다……. 미남이라서 가는 곳마다 여자도 그를 따랐다. 단 다른 미남들 처럼 여자를 울린 일은 한 번도 없다, 절대로…….

이목우의 글은 이렇게 끝난다.

> 모두가 그를 좋아했으며 모든 것이 그를 따랐다 해도 이재理財만은 그를 따르지 아니했다……. 욱! 정말로 잘 가라. 영원한 비번非番의 안식처에서, 지금은 마음껏 잠자라.

그의 죽음은 내게 사닌의 죽음을 뜻했다. 동숭동 시절이 고하는 조종이기도 했다. 내게 드디어 변신의 때가 임한 것이다. 남욱의 장지에서 두고두고 생각했다.

“나 역시 베토벤 음악을 좋아한다. 하지만 그 천재 베토벤과 더도 말고 일주일만 함께 살아보라 했을 때 나는 과연 어떤 반응을 보였을까?”

현실을 깨닫기 시작한 것이다. ‘현실적인 건 이성적이고, 이성적인 건 현실적인 것.’ 의식의 굴레를 벗어나자!

J기자 그리고 남욱 두 분께 감사한다. 두 분의 ‘소멸’을 통해 대학시절 7년 남짓의 몽환에서 마침내 깨어날 수 있었던 것이다.

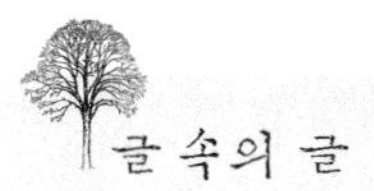

글 속의 글

우리가 공유했던 동숭동 시절의 이야기보다 나와는 일면식도 없는 중학동 이야기에 더 공감이 가는 이유는 무엇인가? 60대 중반의 고개에 있는 나이 때문인가? 40여 년 전을 되돌아보면 치기뿐이고, 회한뿐이다. 그리고 공허함뿐이고, 방황뿐이다.

황정일

이제 보니 어제가 아버님 생신이셨군요! 아버지 글은 잘 읽고 있습니다. 주마등처럼 스쳐 간 동숭동에 이은 중학동의 여러 일들……. 오늘의 아버지를 만든 뼈와 살처럼, 살아 숨쉬는 추억들이 아닌가 생각됩니다. 아버지의 펜 끝에서 그려지는 단어 하나, 문장 하나, 글의 주제 하나……, 생명을 느낍니다. '돈 덩이' 아들이 씁니다.

김현용

•••**황정일** 대학 동기 · 전 뉴스위크 편집장_ 이 놈보다 더 아름다웠던 녀석 있으면 나와보라구 해! 입학 첫 해 녀석의 빼어난 시성詩性에, 특히 십팔 번 〈섬머 타임〉에 빠져 40년을 취해 살았다. 역서가 많다.

•••**김현용** 둘째 아들 · 뉴욕 주립대학교 로스쿨 재학중_ 자식을 놓고 무슨 말을 하랴. 어서 자립해 좋은 배필 만나기를, 또 주위로부터 사랑받는 인물이 돼줬으면 한다. 돈 잘버는 변호사, 결코 바라지 않는다. 아명은 레오.

용서했어야, 진즉 했어야……

드디어 끝났다. 반년이라는, 소위 기자 '시보試補' 기간이 끝난 것이다. 견습이라는 딱지가 떨어진 것이다. 편집부, 지방부, 사회부 그리고 외신부 네 곳에서 견습 기자 순환근무를 마친 것이다. 군대로 치면 후보생 기간을 마치고 정식 사관이 된 셈인데, 지금 생각하니 견습이 끝나고부터가 기자의 시작이었다.

엄격하기 그지없던 당시 한국일보 풍토에 비춰, 상급 부장급 기자의 데스킹 없이 제대로 된 기사가 지면에 실리기 위해서는 견습이 떨어지고 나서 적어도 15년은 지나야 했다. 이렇게 강훈련을 마친 기자들은 어쩌다 타 신문사나 신생 언론사에 스카웃돼 기자 양병관養兵官 노릇을 톡톡히 했다. 그래서 한국 언론사史에 지금까지 전승돼오듯, 한국일보를 기자 사관학교라 부르는 것이다.

내가 그곳 출신이라서 하는 말이 아니라, 한국일보 기자 트레이닝…… 정말 대단했다. 농담이라도 거짓말은 일체 통하지 않았고, 특히 뇌물은 어림없는 소리였다. 이런 트레이닝 못지 않게 기자들의 간덩이도 무지무지하게 키운 신문사였다.

지금도 한국일보 편집국에서는 상급 기자를 부를 때 '~님' 자 소리를 절대 붙이지 않는다. 전통이다. 새까만 기자가 지네 부장을 부를 때도 남이 있건 말건 아무 아무개 '부장!' 하고 부르지 '부장님!' 하고 부르는 기자는 없다. 기자로 치면 하늘 같은 편집국장, 주필을 만나도 그냥 '국장!', '주필!' 하고 부른다. 편집국에서만 그런 게 아니라 술자리에서도 국장, 주필이다.

창업자 장기영 사주를 부를 때도 '사주!' 하고 불렀다. 왕초 본인이 서운해할 거라고? 천만의 말씀. 왕초 스스로가 '님' 자 붙여 불리는 걸 싫어했기 때문이다. 스스로 자신을 '장張 기자' 로 자처했고, 왕초라 불리는 걸 더 좋아했다. 왕초가 '님' 자를 싫어하는 건 딱 한가지 이유에서다. 그 기자가 취재 현장인 행정부처나 경찰서에 들이 닥쳐 장관, 차관 또는 경찰서장을 상대로 취재할 때 '장관님', '차관님' 또는 '서장님' 하고 부르는 게 어디 기자냐, 그 부처의 공무원이지……. 거기서 무슨 기사가 나오느냐! 바로 왕초가 심어놓은 전통이다. 그 관습이 그대로 편집국에 전이된 것이다. 지금도 어쩌다 타사 출신 기자들이 자기네끼리 만나는 장소에 우연히 합석했다가 저희들끼리 부장님! 주필님! 어쩌고 하는 걸 듣다보면 한마디로 웃긴다. 닭살이 돋는다.

내 경우 그 습관은 기자 시절을 마감하던 워싱턴 주재 시절까지 이어졌다. 서울에서 대통령이 오셨다. 미국 대통령과 정상회담을 마친 후 현지 한국 워싱턴 특파원단과 내셔널프레스클럽 별실에서 기자 회견이 있던 날이다. 습관대로 나는 '각하' 나 '대통령님' 이라 부르지 않고 그냥 '대통령!' 하고 불렀다. 그리고 내 취재 관습대로 고약한 것으로 치부될 수 있는 질문을 던졌다. 북핵 문제가 시끄러워지기 시작한 이 상황에서 "대통령은 북한 지도자와 의사 소통을 할 수 있는 어떤 핫라인을 가지고 있는지, 있다면 이 자리에서 밝혀달라" 고 물었다.

이왕 내친 김에 그 당시를 다 털어놓자. 두 번째 질문은 "그곳 청와대를 다녀온 이곳 워싱턴 교민들의 말을 빌리면 청와대 문턱이 너무 높은 것으로 되어 있다. 문턱을 낮추는 방안에 관해 밝혀달라" 였다. 세 번째 질문도 기억한다. "대통령의 친인척 비리는 이곳 미국 언론에서도 도마에 오르고 있다. 그 시정책을 밝혀달라." 그리고 이런 질문들이 그쪽 한국 언론 풍토에서는 금기로 돼 있지만, 우리도 이제 바뀌어야 할 때가 왔고, 청와대부터 그리고 언론부터 과거와 달라져야 하기 때문이라고 질문하는 이유까지 설명했다.

그 대통령이 어느 대통령이었는지, 또 대통령의 답변이 어떤 것이었는지는 여기서 밝히고 싶지 않다. 얘기가 자칫 내 무용담으로 끝나버릴 공산이 크기 때문이다. 지금 내가 쓰려는 얘기의 핵심이 취재원에 대해 '님' 자를 붙이느냐, 마느냐의 문제 아닌가. 다만 지금도 한 가지 뇌리에 남아 있는 것은, 대통령 좌우에 일렬로 배석해 있던 참모진들의 얼굴 표정인데……, 모두가 고개를 푹 숙인 채, 나와 얼굴을 마주치기를 꺼려했다는 점이다. 당시 나의 언행을 국가 원수에 대한 무례로 풀이하는 분도 계시겠지만, 그렇지가 않다. 당신의 머리에 지금껏 잔존하는 '스테레오타입'이 문제이기 때문이다.

국가를 보는 내 소견은 지금도 '주권 다원론'에 입각해 있다. 국가와 마찬가지로 정당이나 교회나 언론이나 다 마찬가지로 주권 기관이다. 가정도 크게는 그 범주에 속한다. 이들 여러 기관이 굳이 국가와 다른 점은, 국가가 워낙 방대하고 신으로부터 그 권세를 양여받은 기관이기 때문에 여타 주권 단체들은 그 권한의 일부를 국가에 양보했을 뿐이다. 해방 후 우리나라 정치학계를 휩쓴 영국의 정치학자 래스키Harold Joseph Laski나 매키버Robert Morrison MacIver의 주장으로, 심지어 내가 입학했던 해 '정치학 개론'을 수강하고 치른 중간고사 시험 문제로 출제됐던 것도 바로 '주권 다원론에 관해 논하라!'였다.

독자 중에는 아직도 내 행동을 무례한 것으로 여기시는 분이 계시는가? 그렇다면 변명한다. 한국일보가 나를 그렇게 가르쳤고, 또 이미 고인이 된 왕초에게 책임이 있다고……. 여하튼 나는 견습 딱지가 떨어졌다. 공식으로 배치된 첫 부서는 편집국 사회부, 시쳇말로 그날부터 '사슴앓이'가 된 것이다.

'사슴앓이'란 경찰서 출입 기자를 지칭하는 일본말이다. 일본말로 '경찰사츠·察을 도는마와리·廻り' 기자라 해서, 일본 원음으로는 '사츠 마와리'가 정확한 발음이지만, 우리는 발음하기 쉽게, 또 일본말인데 까짓 발음 좀 틀리면 대수랴 싶어 그냥 '사슴앓이'라 불렀다.

사슴앓이 김승웅이한테 출입처로 첫 배속된 경찰서는 서대문 경찰서

"어이, 이반! 안 들려, 안 들린다니까……."

1977년 어느 날 한국일보 뉴욕 특파원 김태웅이 모스크바에 진격, 편집국 전체가 아연 긴장하고 있다. 한국 기자로서 첫 모스크바 입성이기 때문이다. 그와 통화하기 위해 모스크바의 호텔 교환한테 통사정하고 있는 필자. 그리고 이 장면을 모두가 안타깝게 지켜보고 있다〈오른쪽부터 김해도 사회부장, 조세형 편집국장, 박승평 외신부장(앉아 있음), 정달영 문화부장(서 있음), 김시복 외신부 수석기자(머리털만 보임), 필자, 그리고 훗날 『칼의 노래』로 작가로 변신한 김훈 기자〉. 사진_한국일보 제공

였다. 내게 첫 취재 명령이 떨어졌다. 지금의 자하문 밖, 사람은 못 다니고 차량만 다니는 아스팔트 도로 바로 옆에 누군가 수영장을 개설했으니 이럴 수가 있느냐는 민원이 신문사에 접수된 모양이었다. 지금은 누

구나 다니는 길이지만, 당시 박정희 대통령이 사는 청와대 주변인지라 누구도 인도 통행이 일체 금지됐던 시기다. 거기다 감히 수영장을 개설하다니……. 누군지 간덩이가 커도 이만저만 큰 사람이 아니었던 것 같다.

취재차를 타고 부랴부랴 현장에 달려갔다. 당시 시내 모 호텔의 주인이 개설한 수영장으로, 일단 당국의 허가를 받고 세운 건 분명했지만, 어떻게 그런 허가가 나왔느냐가 취재의 핵심이었다. 취재를 마치고 돌아가려는데 수영장 지배인의 눈치가 이상했다. 은근슬쩍 취재차 옆으로 다가오더니, 남이 쳐다보지 않는 틈을 타 만 원권 한 다발을 슬쩍 전하는 것 아닌가. 지금 생각하니 100만 원이었다. 당시 견습 막 끝내고 받는 월급이 15만 원이었으니 봉급의 여섯 배, 결코 적지 않는 액수였다. 아무리 처음 있는 일이지만 피식 웃음이 나왔다. 그래서 웃으며 물었다.

"아저씨, 나더러 이거 가지라는 얘기요, 지금?"

"아, 뭐……."

40대 중반의 지배인도 덩달아 웃으며 어영부영했다. 난 취재차를 모는 코성(코가 컸다) 덕성 씨한테 이제 떠나자고 눈짓을 했다. 부릉! 하고 시동이 걸리고 차바퀴가 도는 순간 돈다발을 차창 밖으로 홱 내던졌다. 또 던지면서 속으로 바랐다. 다발을 비틀어 묶은 한지끈이 제발 풀어졌으면 하고…… 그래야 그 돈다발이 말 그대로 풍비박산, 훨훨 휘날릴 것 아닌가! 고맙게도 내 바람이 이뤄졌다. 뒷 창으로 바라보니 지배인은 흩어진 돈을 주울 생각도 않고 넋 놓고 서 있기만 했다.

돌아와 사회부 말단에 앉아 기사를 쓰기 시작했다. 견습 시절 괴발개발 전화로 부르는 기사가 아니라, 당당한 서대문 경찰서 출입 기자(2진이었지만)로 쓰는 첫 기사인 만큼 지금 생각해도 그 서슬이 대단했으리라. 지금 같으면 길어야 20분이면 될 기사를 근 2시간 걸려 끙끙대며 썼다.

기사를 거의 다 마무리 질 무렵, 같은 부서의 꽤 높은 고참 차장급 기자 하나가 내 옆에 오더니 "어이, 김승웅이, 얘깃거리 돼?"하고 묻는다. 그래서 자랑스레 대답했다.

"되고말고요! 내일 아침 사회면 머리기사감인데요."

그러고는 기사를 입사 1년 선배한테 맡기고 편집국을 나왔다. 그 기사가 선배 기자를 거치고 경찰 기자 대장隊長의 데스크를 거쳐, 또 거기서 그치는 게 아니라 그날 사회부 당번 데스크인 차장의 손을 거쳐 최종 책임자인 사회부장 앞에까지 이르려면 적어도 다섯 군데를 통과해야 한다는 걸 알고 있었다. 제발 무사히 거치기를 빌었다. 견습 시절의 습작 기사가 아니라, 딱지가 떨어지고 처음 써보는 기사 아닌가. 나는 운을 믿었다. 만사 시작이 좋아야 하는 법!

그러나 이상하다는 생각이 들었다. 2시간 남짓 밖에서 기다리는 코성 차에 다시 올라 경찰서로 떠나면서 그 최고참 차장급 기자가 (아주 다정하게) "얘깃거리 돼?"라고 묻던 말이 새삼 떠오른 것이다. 그 고참 차장은 평소 누구에게도 다정하지 않았고, 햇병아리 주제에 감히 다정하기를 바라기도 힘든 처지였지만, 육감이라는 게 발동했다. 내 예상은 적중했다. 그날 밤에 나오는, 다음 날 아침 《한국일보》 사회면을 아무리 뒤져봐도 '수영장' 기사는 코빼기도 비치지 않았다. 사회면 머리 좋아하네!

머리기사는 고사하고 1단 기사로도 다뤄지지 않았다. 수영장 업주가 지배인 보고를 받고 신문사에 미리 손을 쓴 듯싶었다. 에잇, 더러운 인생! 기자 좋아하네, 네미! 그날 밤, 만취해 횡설수설한 건 전혀 기억이 없다. 다음 날 눈을 뜨즉, 경찰서 기자실 냉방에 이불도 안 덮고 엎드려져 있었다. 그 최고참 선배를 탓하고 싶진 않다. 당시 사회는 그러했다. 그리고 나 자신에 더 엄격할 필요가 있었다. 선배의 표현대로 그리 '애깃거리' 가 되지 않았는지도 모른다.

그 차장급 고참 선배가 신문사 고위층으로 바뀌어 15년쯤 지나 파리에 들렀을 때 나는 그 얘기를 기어코 꺼냈다. 그곳에서 특파원하던 시절, 그를 집으로 초대한 자리에서였다. 그는 모든 걸 역력히 기억하고 있었다. 그는 낯을 들지 못했다.

다음 날 그를 샤를 드골 공항으로 실어 나르며 깊은 회한에 빠졌다. 그 얘기를 굳이 꺼냈어야 했는가! 더구나 내가 초대한 저녁자리에서……. 왜 그를 진작 용서하지 못했는가! 지금 글을 쓰는 이 순간까지 두고두고 얼굴이 달아오른다.

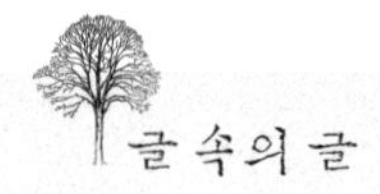

아버님, 저 며느리 영선입니다. 그간 모르는 척 글만 읽다가 도련님의 답글에 저도 용기를 내어 이렇게 답글을 보냅니다. 제가 처음 아버님을 뵌 것은 민용과 결혼을 약속한 후 아버님이 국회 사무실로 절 따로 부르셨을 때였습니다. 예비 시아버지를 처음 만난다는 것. 그것은 시어머니와 첫 대면을 하는 것과는 또 다른 느낌과 긴장을 불러일으켰습니다. 그래서 좋은 점수를 따기 위해 단정해 보이려 검은색 원피스를 입었습니다.

국회에 도착해 사무실 문을 빠끔히 열고 얼굴만 쏙 내놓고 "아버님?" 하고 불렀더니 아버님께서는 환한 얼굴로 어서 들어오라고 하셨지요. 민용이 평소 아버님에 대해 얘기할 때 "큰 눈을 번뜩이며 레이저를 쏘니 조심해야 한다"고 신신당부했던 터라 잔뜩 긴장했던 저는 아버님의 환한 미소를 보곤 맘이 편해졌지요. 아버님과 얘기를 마치고 둘이서 무슨 얘기를 나눴을까 궁금해 몸이 달은 민용은 전화로 "아버님이 너한테 레이저 막 쏘지? 무섭지?" 그러길래 "쏘지 않으시던데?"라며 아무렇지 않은 듯 일축했지요. 전 아버님이 무섭지 않았거든요.

그로부터 3년이 흘렀습니다. 그간 가족이 돼서 이런저런 일들을 많이 겪었지만 늘 집안의 만능 해결사, 만능 컨설턴트로 종횡무진 활약하셔서 저희로선 감사의 말씀밖에 드릴 게 없어요. 아시지요? 저희가, 특히 제가 얼마나 부모님께 감사해하는지. 아버님, 어머님은 민용이 제 말은 듣는다 하시지만 민용이 제일 의지하고 믿는 사람은 아버님입니다.

아마 저더러 계속 답글 쓰라고 등 떼미는 것도 자신이 못 하는 얘기를 대신 해달라는 뜻일 거예요. 아버님 글은 한 자 한 자 음미하며 읽고 있습니다. 민용도 제가 읽었는지 안 읽었는지 늘 체크합니다. 민용은 제가 김훈의 글을 좋아하는 것에 슬쩍 질투하는 것 같은데, 제가 마치 아버님보다 김훈의 글을 더 쳐준다고 착각하고 있는 것 같아요. 옆에서 보면 아주 재미있습니다.

감히 말씀드리자면, 아버님의 글은 절도가 있고 비장미가 넘치는 듯해요. 글 사이로 바람이 휙휙 지나다닙니다. 건필하세요. 넘 무리는 하지 마시고요. 글 쓰시느라 엊그제 생신 케이크 초도 불지 않으시고 2층에서 박수만 치신 아버님의 열정을 민용이 반만이라도 닮았으면 좋겠어요.

추신: 서윤이 얘기도 쓸까 하다 너무 사적인 얘기가 길어질 것 같아 안 썼습니다. 서윤이는 아빠인 민용보다 할아버지를 더 닮은 것 같아요. 5살 때 말 못한다고 놀리는 가족들을 향해 짱돌을 던지셨다면서요? 아버님이나 공 안 준다고 동네 형을 발로 차는 서윤, 닮아도 참 많이 닮았습니다.

고영선

•••**고영선**며느리_ 서울에서 제일 예쁘고 현숙한 아이다. 큰 놈을 위해 태어난 듯싶다. 그래서 늘 '평강 공주'라 부른다. 외조부가 목사님이라서 더 고맙다. 손자 서윤이가 지 에밀 빼닮았다.

왕초와 드디어 붙다

드디어 때가 왔다. 앞서 몇 차례 예고했던 대로 왕초와 한판 붙을 때가 닥친 것이다. 견습 기자 6개월 동안 두고두고 별렀던, 왕초와의 한판 대결이 드디어 전기戰機를 잡은 것이다.

견습이 끝나고 얼마 지나서다. 우리 사슴앓이들에게 대형사고가 발생했다. 동대문 경찰서를 출입하던 사슴앓이 이병일 기자가 대형 교통 사고를 당한 것이다. 사슴앓이 이병일의 사고는 우리에게 적지 않는 충격을 안겨줬다. 이런 사고를 당하면서까지 신문 기자를 속행해야만 하느냐라는, 월급쟁이 기자로서 일종의 자기 탄식 또는 푸념 같은 불만이었다. 문제는 이마와 코가 깨져 떡이 된 이병일이 붕대에 칭칭 감겨 서울대학병원에 입원해 있는데도 한국일보가 이를 방치한 채 치료비를 지급하지 않은 데서 터진 불만이었다. 자, 드디어 때가 온 것이다.

우리가 사슴앓이를 시작하던 당시만 하더라도 지금의 사슴앓이처럼 세단형 경찰 취재 차량이 지급되던 시절이 아니었다. 당시 한국일보 사습앓이들이 타고 다니던 취재 차량은 미군으로부터 헐값에 불하받은, 2차 대전 때 쓰이던 군용 지프차였다. 지금도 마찬가지지만 지프차는 운전하기가 매우 쉽다. 그래서 우리는 심야 경찰 취재를 벌일 때면 으레 지프차 운전 기사에게 술을 먹여 경찰서 기자실에 재워 놓고 직접 운전대를 잡고 서울의 밤거리를 달리고 달렸다. 지금처럼 운전면허증이 필요한 시절도 아니었다.

그러나 평소 모범생이었던 사습앓이 이병일의 사고는 그런 와중에 발생한 것이 아니라, 술 한 모금 마시지 않았고 운전대도 잡지 않았던 상태에서 운전기사가 동대문경찰서로 진입하는 순간 경찰서 정문 옆 전신주를 들이받아 코와 이마가 나간 것이다. 밤잠 못 잔 매는 사나워지기 마련이다. 사냥꾼 왕초와 대결을 벌일 유일한 찬스 아닌가. 사습앓이 선후배 10여 명이 한데 뭉쳤다.

당시 편집국장은 이원홍 씨다. 훗날 주일 공사, KBS 사장과 문광부 장관을 역임한 한국일보 견습 4기로, 최초의 견습 기자 출신 편집국장인데다 몸집 크고, 목청 크고, 만사가 크기만 한 거물이라서 편집국 안에서 누구 하나 그와 맞장 뜰 인물이 없을 만큼 절대 권력을 휘두르고 있었다. 그에 대한 왕초의 신임도 대단했다. 사습앓이들은 편집국장의 퇴근을 목 놓고 기다리다 밤 10시 넘어 그의 집무실에 모였다. 왕초를 상대로 결사 투쟁할 것을 다짐하고 그 투쟁 방법을 놓고 밤새 토론을 벌이기 위해서다.

거사의 디데이는 다음 날인 화요일로 정했다. 왕초는 매주 화요일 아침 편집국 기자 전원과 논설위원 그리고 사원 전원을 모아놓고 사자후를 토해왔는데, 그 모임을 '화요회火曜會'라 불렀고, 우리의 거사 시점을 바로 그 화요회 아침으로 잡은 것이다.

구체적인 거사 방법까지 완벽하게 세웠다. 왕초는 연설하다 물을 자주 마셨는데, 바로 그 브레이크가 생기는 순간 왕초의 마이크를 빼앗아 미리 준비한 두루마리를 꺼내 읽음으로써 우리의 불만과 원망을 토해낸다는 각본이었다. 두루마리에 연설문을 작성하고 마이크를 빼앗는 일은 나에게 할당됐다. 할당됐다는 말은 정확한 것이 아니고, 솔직히 말해 내가 자청한 것이었다. 선배 사슴앓이들 거개가 이미 장가들어 애까지 한둘 딸린 판에, 나중에라도 책임을 물어 인책 문제가 생길 경우 누군가 희생될 듯싶었고, 그럴 바에야 아직 장가들지 않은 내가 제일 무난할 거라 생각해 그 악역을 자청한 것이다.

밤을 꼬박 새워 두루마리 연설문을 작성했다. 이병일의 교통사고만으로는 명분이 설 것 같지 않았다. 그래서 당시 300여 명의 기자 모두에게 가장 절실한 문제였던 월급 인상을 본안으로 집어넣었다. 요구 사항 안에 이병일의 치료비 지급 요청을 집어넣은 건 말할 나위 없다.

두루마리 연설문을 다 쓰고 나니 날이 훤히 밝았다. 주위를 보니 아무도 없었다. 동료 사슴앓이 모두가 그날 아침 거사 장소인 편집국 화요회 현장에 10시까지 모이기로 약속 후 저마다 한숨 붙이러 편집국 숙직실 또는 인근 중학동 여관으로 자리를 옮겼기 때문이다. 왈칵 외롭다는 생각이 들었다. 나는 지금 어디 와서, 무슨 일을 하고 있는 걸까. 불쑥

1~2년 전 동숭동 시절이 떠올랐다. 그 시절 그 아름답던 친구들은 지금 어디서 무얼 하고 있을까. 외롭다는 생각을 지우기 위해 써놓은 연설 원고를 다시 읽었다. 읽고 나니 흡족했다.

우선 교통사고로 떡이 된 사슴앓이 이병일 기자의 치료비를 당장 지급하라는 요구였다. 아울러 타 신문사와 비교해서 하위 수준에 머무는 한국일보 기자의 월급을 대폭 올려줄 것, 그리고 끝으로 매 화요회 때마다 왕초 혼자서만 마이크를 독차지할 것이 아니라 우리 같은 젊은 기자에게도 발언권을 줘 하의상달을 이뤄달라고 요구한 것이다.

이제 남은 일은 왕초의 마이크를 뺏는 일이다. 날이 밝아 아침 10시 화요회가 시작되면 기회를 노려 왕초의 마이크를 빼앗아야 한다. 그리고 전 사원이 지켜보는 가운데 밤새 쓴 원고를 목청 돋워 읽기만 하면 되는 것이다. 동료 경찰 기자 10여 명은 그 시간에 맞춰 왕초 바로 앞자리에 포진키로 사전에 발을 맞췄다. 내가 왕초의 마이크 빼앗는 일을 옆에서 거들고, 내가 연설문을 낭독하면 월드컵 응원 때 일제히 '대~한민국'을 외치듯 손 흔들어 열호키로 미리 짜놨다.

시계를 보니 새벽 5시다. 이제 거사하기까지 5시간 정도 남았다. 편집국은 그 시간대면 스팀이 꺼져 춥고 썰렁했다. 밤을 홀딱 새운 야근 기자들도 모두 퇴근해버렸고 남은 거라고는 나 하나다. 텅 빈 편집국을 둘러보며 홀로 결의를 다졌다. 무슨 일이 있더라도 기어코 해낼 거다! 외롭다는 생각이 다시 엄습한다. 어린 시절부터의 습관이지만 외롭다는 생각이 들 때면 으레 목이 말랐다.

신문사를 나왔다. 어슴푸레 날이 밝아오는 겨울 거리는 무척 추웠다. 청진동 쪽을 향해 걸어가다 불이 켜진 해장국집을 찾아 들어갔다. 통금 시간이 지나설까, 손님이 바글댔다. 다들 벌겋게 취해 귀가 따가울 만큼 소란스러웠다. 소주를 시켰다. 혼자서 벌컥벌컥 한 병을 다 마셨다.

새벽 술이라설까, 대번에 취기가 돈다. '음, 나는 지금 어디까지 와 있는 거지?' 나한테 거듭 물었다. 무척 지쳐 있었다. 육신의 고달픔쯤이야 좀 쉬면 나아지려니 했지만, 정서적으로는 거의 바닥을 헤맬 때였다. 만사에 짜증이 났고, 툭하면 누구하고나 싸웠다. 어제 오후만 해도 같은 경찰서를 출입하는 경쟁 상대지 기자를 경찰서 뒷마당에서 죽어라고 팼다. 같은 동숭동 출신으로 대학 시절 이따금 교정에서도 눈이 마주쳤던 놈인데, 왜 그리 사사건건 시비를 거는지, 번번이 내 속을 뒤집어놨다.

이틀 전 세브란스 병원 응급실의 DOA 환자에 관한 기사만 해도 그러했다. DOA 환자란 Dead On Arrival의 약자로, 병원 응급실에 도착하자마자 죽거나 또는 이미 죽은 상태로 응급실에 실려 온 환자를 지칭하는 병원 용어다. 사슴앓이 기자들이 야근 시 제일 주목하는 취재 대상이다. 그 환자한테서 이따금 엄청난 기사가 터져 나오기 때문이다.

한밤중에 터지는 살인, 압사, 폭행, 자살, 음독 사건 거개가 이 DOA 환자를 제대로 취재했는냐 안했느냐에 따라 다음 날 아침 특종 아니면 낙종의 결판이 났다. 더구나 그 환자가 정계 요인이거나 VIP일 경우 그 기사는 하룻밤 사이에 사회면 머리 또는 1면 머리기사가 된다. 당시 집권 공화당 핵심자 다수가 연관됐던 '정인숙 사건'이 그 좋은 예다.

환자(또는 시체)는 응급실에 도착할 무렵 거개가 눈을 질끈 감은 상태라서 그가 누군지 식별하기가 힘들다. 그럴 때 민완 기자라면 의사나 간호사 몰래 환자의 몸을 더듬어 주민등록증을 찾아낸다. 나도 더러 해봤지만, 이미 싸늘하게 식은 시체에 손을 넣는다는 건 정말 죽을 맛이다. 환자가 아리따운 여성인 경우, 못된 기자 가운데는 시트 속으로 손을 넣어 실컷 '재미'를 보는 놈도 더러 있다. 독종 가운데는 시체로 바뀌어 있어도 만진다.

기삿거리가 되는 DOA 환자를 제대로 식별해서 본사에 기사를 부를 경우, 특히 기사 마감 직전인 새벽 3시 전후해서 전화로 부를 경우, 그 기사는 다음 날 아침 완전 특종이 된다. 낙종한 기자는 낯을 들고 다니지 못한다. 큰 사건의 경우 그 낙종은 기자에게 평생 '주홍 글씨'가 된다.

그날 경찰서 뒷마당의 손찌검 사건도 바로 전날 밤 DOA 환자에 관한 것이었다. 한마디로 제 놈의 식별이 옳았고, 그 결과 저희 신문에서 그 기사를 사회면 2단 크기로 '크게' 다뤘고, (나의 불찰로) 우리 신문에는 한 자도 다루지 않았잖느냐는 제 자랑이었다. 2단 크기 정도라면 있어도 그만, 없어도 그만인, 대세에 아무런 지장이 없는 기사에 불과할 뿐이다. 헌데도 그놈은 그게 자랑인 것이다.

식수를 걸러내는 '자갈-모래-숯-모래-자갈' 과정 가운데 숯 과정을 거른 '촌놈'이 있는 건 기자 사회라고 예외일 수는 없다. 솔직한 고백이지만, 난 왠지 경찰 취재에 관한 한 상대지한테 노상 물을 먹었다. '물 먹는다' 는 말은 상대지 기자한테 낙종을 당했다는 신문사식 표현인데, 평소 영악하지도 실속을 차리지도 못해, 야근만 걸리면 노상 기가 죽었다.

견습 딱지 떼고 첫 취재였던 자하문 '수영장' 사건도 그랬다. 그리고, (그때로 따져) 몇 달 전 대한항공 국내선기가 휴전선 부근에서 실종, 북으로 납치된 게 아닌가 해서 뉴스가 된 적이 있다. 따라서 각 신문사 사슴앓이들의 일차적인 관심은 그 탑승객들의 인물 사진을 한 장이라도 더 많이 구해 신문에 내는 일이었다.

본사로부터 전화가 걸려와 청파동에 사는 탑승객의 사진을 찾아 오라는 지시가 떨어졌다. 한국일보 지프차에 올라 그 탑승객의 주소를 확인한즉 어느 철물 가게의 주인이었다. 주인은 탑승객인지라 물론 현장에 없었고 해서, 혼자 가게를 보던 열 살 남짓의 아들에게 너네 아빠 사진 한 장 가져오라고 했더니 사진이 없다고 한다. 어떡한다? 가게를 둘러보니 무슨 영업허가서 같은 게 액자에 끼어 벽에 걸려 있었다.

"야, 꼬마야, 저기 벽에 걸린 사진 너네 아빠지? 그것 좀 떼어와봐!"

꼬마는 귀엽게도 내 말을 잘 들었다. 유리 덮개를 걷어낸 후 침까지 발라가며 그 사진을 떼어냈다. 보물이라도 되는 듯 점퍼 호주머니에 꼬깃꼬깃 넣고 막 철물 가게를 나서려는 순간이었다. 한발 늦게 가게에 도착한 경쟁지 사슴앓이 하나(DOA 환자 사건의 기자는 아니었다)가 헐레벌떡 차에서 내리더니 날 보고 물었다.

"야, 너 사진 구했어?"

"응."

"너, 구라 치는 거지? 어디 좀 봐, 좀 보자구!"

난 그 사진을 호주머니에서 꺼내 보여주었다. 아니, 그런데 이럴 수가! 녀석이 냅다 그 사진을 손바닥에서 가로채더니 그 길로 뺑소니를 치는 게 아닌가! 하도 기가 막혀 그 자리에 한참을 우두커니 서 있었다.

뒤늦게 상황이 심각하게 바뀐 걸 알고, 뒤쫓아 갔으나 녀석은 벌써 저희 취재차에 올라 큰길로 빠지고 있었다. 나 역시 우리 지프차에 올라 기사에게 "저 차 좀 잡아달라!"고 발을 동동 굴렀다. 하지만 속도 면에서 경쟁이 되지 않았다. 녀석이 탄 취재차는 새로 선보인 코로나, 내 차는 2차 대전 때 쓰던 걸 미군으로부터 헐값에 불하받은 1945년제 지프차였기 때문이다. 두 차 간의 거리는 더욱더 멀어졌고, 한참을 도망가던 녀석의 차는 광화문 네거리를 지나 저희 신문사로 쏙 사라져버렸다. 아니, 우리 중학동 선배들은 이런 건 가르쳐주지 않았는데…….

하도 기가 막혀 경쟁 신문사로 차를 몰게했다. 그리고 3층에 있는 그 신문사 편집국에 단숨에 뛰어올라 편집국 안으로 성큼 들어섰다. 더 기가 막힌 건, 발을 들인 순간 그 신문사 기자 녀석들 수십 명이 '와!' 하고 웃음을 터뜨리는 거 아닌가. 그중 어떤 놈은 박수까지 쳐대며……. 문제의 사진 절도 기자는 벌써 코빼기도 보이지 않았다. 내가 추격하는 걸 보고 사진만 전한 후 편집국 어디론가 숨은 게 분명했다. 훔친 사진을 저희 사회부장에게 부랴부랴 전하며, 그 짧은 와중에도 제 자랑을 늘어놓은 게 분명했다. 그러기에 저 야단들이지…….

왈칵 눈물이 났다. 눈물을 감추며 그 신문 사회부의 경찰 기자인 K모

캡隊長을 찾았다. 평소 취재 현장에선 깊이 아는 척 안 했지만, 나의 중학 2년 선배이자 동숭동 시절의 선배도 된다. 그 '절도' 기자의 직속 상관 기자다.

"형, 이러면 어떡해!"

글썽거리는 눈으로 원망하자 그 역시 어색한 표정으로 나를 달랬다. 그리고 조용한 톤으로 말했다.

"마음 상하지 마. 복사한 후 바로 돌려줄게."

난 한마디 더했다.

"후배들한테 이런 식으로 가르치지 마, 형!"

복사가 끝난 후 그 원본 사진을 들고 내 한국일보 편집국으로 터덜터덜 들어오자…… 아, 그때 정황은 기억조차도 하기 싫다. 경쟁 신문사 소속의 어떤 녀석이 벌써 전화를 걸어 이죽거린 것이 분명했다. 여기저기서 욕설이 터지고, 그중에도 벌겋게 얼굴이 단 내 조장 최상태 형이 악마처럼 퍼붓던 악담을 지금도 못 잊는다. 아, 아무래도 난 기자가 되기엔 함량 미달이 아닐까?

다시 DOA 환자 얘기로 넘어간다. 야근 다음 날, 녀석은 경찰서에서 날 만나자마자 저희 신문을 들쳐 보이며 2단 기사를 자랑했다. 아침 눈 뜨자마자 이미 상대지에서 읽어 알고 있는 얘기건만, 놈은 한마디 토 다는 것까지 잊지 않았다.

"봐라, 성웅아, 니 이러고도 신문기자 하겠나, 사진 뺏겨, 야근 기사 놓쳐……, 진즉 때려차뿌리고 외무부나 들어가는 게 어때?"

자식은 경상도 출신이라서 '으' 자 발음을 언제나 '어'로 했다. 그래서 내 이름 승웅은 그놈 주둥이를 거치면 늘 '성웅'으로 바뀐다. 난 놈의 지적을 시인했다.

"그래, 암만 생각해도 함량 미달이 분명해, 이 문둥아!"

이 말과 함께 귀싸대기를 올려붙였다. 이어 헤딩, 발길질……. 한마디로 죽어라고 팼다. 경찰서 형사들이 달려와 뜯어말리지 않았던들 끝장을 보려 했다.

히힛! 나는 웃었다. 세 번째 소주병이 벌써 바닥나 있었다. 그리고 새삼 내 볼을 만졌다. 몇 달 전 여자아이한테 얻어맞은 빰이 아직도 얼얼한 것 같았다. 자칫 흐름을 깨는 얘기가 될 듯싶어 자제해왔지만 신문사에 발을 들이면서 동숭동 시절 사귀었던 그 예쁜 여자아이와 헤어진 상태였다. 헤어진 이유는 조금 있다 왕초와의 대결 장면에서 구체적으로 소개하겠지만…… 아무튼, 여자아이는 헤어지면서 내 빰을 호되게 때렸다. 나는 결국 빰 얻어맞은 것을 그 상대지 기자 녀석한테 갚은 꼴이 됐다.

소주를 네 병째 시켰을 때다. 누군가가 내 앞자리에 와 앉는다. 누굴까? 취중에 자세히 들여다보니 입사 동기 사슴앓이 신우재 아닌가. 에잇, 더러운 자식! 얼마 전 J기자 빈소에서 날 껴안고 입 맞췄던 놈 아닌가. 아무리 내가 그때 울고 있기로서니 사내 새끼가 사내끼리 입 맞추는 자식이 어디 있나! 이, 사이코 새끼……! 난 떨리는 손으로 신우재한테 잔을 내밀었다. 취중임에도 내가 꽤 취해 있는 걸 알았다.

신우재는 입사 후 나를 항상 그림자처럼 따라다니며 지켜봐온 입사 동기다. 훗날 신문사를 떠나 김영삼 대통령 시절 청와대 대변인을 역임하고, 지금은 충북대학교 교수로 일하고 있다. 철학을 전공한 친구로, 나와는 같은 해 동숭동에 입학해 복학한 것도, 졸업한 것도 같고, 한국일보 입사도 같은 해에 했다. 말 그대로 동숭동 시절 7년을 공유했던 친구다.

"왜 왔어? 눈 좀 붙이지 않고." 내가 충혈된 눈으로, 억지로 정색을 하며 잔을 권하자 그는 잔을 받고도 아무 말하지 않고 가만히 쳐다보기만 했다. 그제야 조심스레 말을 꺼낸다.

"승웅이, 너 정말 일 저지를 거야?"

"……."

"너 그러다간 잘려."

"……."

그렇긴 하다. 어떻게 해서 들어온 한국일보인데……. 당시 우리가 치른 신문사 입사 경쟁률은 100대 1이 넘었다. 더구나 그때 이미 나는 실업자를 경험한 후였다. 잘 다니던 천우사를, 외국 매니저 놈이 이래라저래라 하는 잔소리가 듣기 싫어 된통 한판 붙고 때려 치운 것이다. 그렇게 놀기를 1년 남짓. 빈둥빈둥 노는 것도 힘들어 그 높은 경쟁률을 뚫고 들어와보니 월급이 앞서 천우사의 3분의 1밖에 안 되는 신문사 월급이다. 실업자가 돼보지 않고는 그 설움을 모른다. 젊은 실업자는 더욱 그렇다. 정말이다. 회사 다닐 때는 멀쩡했던 동네 개가 일단 실업자가 되고나니 짖었다. 그 개를 발길로 내지르다 개 주인과 싸움까지 벌이지 않았던가. 그런데, 지금, 지금…… 네놈 말대로 다시 그 실업자로 돌아간다 이 말이지? 크윽!

녀석의 눈길을 피한 채 한참을 침묵했다. 그리고 조용히 말했다.

"마이크 뺏기로 일단 약속했잖아? …… 크윽! …… 약속이란 건, 약속이란 건 말야, 크윽! …… 일단 했으면, 일단 했으면 …… 지켜져야 하는 거 아니냔 말야……. 이 새끼야!"

"……."

이번에는 우재가 침묵했다. 언제나 그러했듯 한참을 날 지켜보더니 슬그머니 자리를 떴다. 날은 이미 환히 밝아 있었고 거리에는 출근하는 사람들로 가득 찼다. 자리를 떴다. 몹시 비틀거렸다.

정각 10시. 한국일보 편집국. 나는 왕초가 앉을 자리에서 10여 미터 떨어져 자리를 잡았다. 그러나 취중에도 이상했다. 그 시각이면 으레 미리 와서 대기했어야 할 동료 사슴앓이 10여 명의 모습이 안 보이는 것이다. 우재도 안 보인다. 편집국은 이미 500여 명이 넘는 기자와 사원들로 가득 차, 왕초의 등장을 기다리고 있었다. 초조했다. 동료들한테 무슨 변고가 생긴 게 틀림없다. 다시 두리번댔다. 역시 아무도 안 보인다. 이러면 안 되는데…….

그때 옆의 누군가가 내 어깨를 건드렸다. 유리창 밖에서 누군가 나를 부른다고 알려준다. 눈을 돌리니 경찰기자 캡 안병찬 선배가 유리창 밖 복도에서 내게 손짓하며 빨리 편집국 밖으로 나오라고 손짓을 하고 있었다. '음, 무슨 변고가 생긴 게로군…….' 나는 직감했다. 분명 그러했다. 누군가 변절자가 생긴 게 분명했다. 왕초한테 우리 거사 계획을 밀고했을 가능성이 크다. 자, 이제 어찌한다? 에라, 할 수 없다. 나 혼자라도 결행할 수밖에!

유리창 밖을 향해 나가지 않겠노라고 머리를 내저었다. 왕초가 드디어 편집국에 거구를 들어냈다. 나는 일부러 복도 쪽 창을 쳐다보지 않았다. 옆 사람이 다시 내 어깨를 건드려 빨리 나오라는 캡의 전갈을 전했다. 나는 복도 쪽 유리창 밖을 향해 다시 머리를 좌우로 저었다. 캡이 눈을 부라렸다. 그의 깐깐한 성격을 아는 터라 더 이상 버틸 수가 없었다.

할 수 없이 자리에서 일어나 복도 쪽으로 걸어 나갔다. 그때 왕초의 쇳소리가 마이크를 통해 터지고 있었다. 화요회가 정식으로 시작된 것이다. 내가 복도로 나오자 캡이 내 손을 쥐었다. 그러면서 심각한 표정으로 말했다.

"안 되겠어."

"안 되다니요?"

"취소다. 무조건 취소야!"

"이런 x팔! …… 어떤 놈이 밀고했죠? 그렇죠?"

"……."

그렇다면 전략을 바꾸자. 캡도 수긍했다. 화요회가 끝나기를 기다린 후 편집국을 빠져나와 왕초 장기영 사주실로 올라갔다. 원래는 비서실에 전화를 넣어 사주와의 면담을 요청 후 만나주겠다는 구두 재가가 떨

'왕초' 장기영의 독무대, 화요회火曜會!

한국일보 사주社主 왕초 장기영은 매주 화요일 아침 전 직원을 편집국에 모아놓고 사자후를 토했다. 일사천리, 쾌도난마의 그 연설에 기자 모두가 때로는 기겁하고 때로는 포복절도했다. 한마디로 용병의 달인이었다. 기자 누구도 그를 이기지 못했다. 사진_한국일보 제공

어져야 정석이지만, 지금 상황이 어디 그거 따질 땐가. 사주 집무실로 곧바로 들어가려 했더니 비서들이 가로막는다. 조금 후 비서실장이 나타나더니 웬일이냐고 눈으로 묻는다. 나는 상의 안 주머니 속에 감춰둔 두루마리 연설문을 꺼내 보이며 말했다.

"사주한테 직보直報할 일이 있어 왔습니다."

비서실장은 40대 중반의 나이로, 당시 장기영 사주의 사촌 동생인 장갑영 씨였다. 당시 내 나이는 만으로 스물여섯이었다. 비서실장이 물었다.

"내가 사전에 알아도 괜찮은 일입니까?"

"무방합니다만, 직접 말씀드리고 싶습니다."

"그래요? …… 좋습니다."

비서실장은 의외로 선선하다. 기자라면 무조건 우대하는 것이 한국일보 풍토였다. 기자의 기를 죽여서는 안 된다는 왕초의 철학 때문이다. 왕초 스스로도 어디서나 자신을 장 기자로 불러주기 바랐다. 그러나 이번 경우는 좀 다르다. 비서실장이 나를 처음 보기 때문이다. 그가 거듭 물었다.

"누구시더라. 편집국 무슨 기자로 있지요?"

"23기, 김승웅입니다. 사회부 소속이고, 지금 서대문 경찰서에 2진으로 출입하고 있습니다."

비서실장이 사주실로 들어갔다. 그리고 나서 3~4분이 지났을까, 사주실에서 예의 쇳소리가 터져 나왔다.

"김승웅 기자, 들어와!"

왕초 소리다. 당시 장기영 사주는 부총리 겸 경제기획원 장관을 마치고 신문에만 전념하고 있을 때다. 심호흡을 한 후 사주실로 들어갔다. 사주는 화요회 때 입었던 점퍼를 벗어버리고 와이셔츠 차림으로 방안을 서성대고 있었다. 그는 공식석상에 나타나는 경우를 제외하고는 웬만해서는 넥타이를 매지 않았다. 왕초를 가까이서 본 건 그때가 처음이다.

완전히 호랑이 상이다. 특히 그 눈매가 매섭다. 말 그대로 호채虎彩다.

“내게 직보할 일이 뭐지?”

내가 누구고 뭣 땜에 찾아왔는지도 묻지 않았다. 문제로 곧바로 파고든다. 책상 위에 널린 대여섯 대가 넘는 전화기 가운데 반 이상이 저마다 울고 있다. 그는 전화 받을 생각도 안 하고 나를 노려봤다. 조금 질린다. 그러나 애써 침착한 표정으로 왕초를 빤히 정시했다. 그리고 만나려는 첫 번째 용건, 즉 동료 사슴앓이 이병일이 교통사고를 당했는데도 신문사가 왜 치료비를 물지 않고 여태껏 방치했느냐고 공식으로 따졌다.

전화기는 계속 울고 있다. 두루마리를 꺼내지는 않았다. 두루마리의 용도는 당초 화요회 연설장을 점거할 때 써먹을 참 아니였던가. 일이 터진 건 나의 첫 용건 설명이 채 끝나기도 전이다.

“뭐야? 야, 장갑영이!”

벽력 같은 소리로 비서실장을 불렀다.

“총무국장 오라고 해! 아니 인사과장, 경리과장, 수송과장 다 불러!”

거짓말 안 보태고 4명의 신문사 간부들이 1분 내에 집결, 사주 앞에 숨을 헐떡이며 일렬로 선다. 모두가 부동자세로 서서 와들와들 떨고 있다. 수틀리면 주먹이 날아든다는 걸 익히 알기 때문이다. 나는 의외로 침착했다. 그리고 그 장면을 애써 조용히 지켜봤다. 누가 겁먹을 줄 알고? 천만의 말씀! 드디어 왕초의 심문이 시작됐다. 4명의 관련 간부들을 쏘아보더니 무섭게 추궁했다. 이병일 기자의 치료비를 진작 지급하라 지시했거늘 왜 여태껏 지연됐느냐고 주먹을 휘두르며 닦달하는 것 아닌가. 이번에는 내가 놀랐다. 4명의 간부 모두가 약속이나 했듯 똑같이 답변했기 때문이다.

"벌써 지급했습니닷!"

아니, 이럴 수가! 이리되면 문제가 고약해진다. 정황을 소상히 파악치도 않고 덤빈 것 아닌가. 중대한 실수다. 상황은 심각해졌다. 그럴 리가, 정말 그럴 리가 없는데…… 간밤 사슴앓이들과 밤 새워 논의 할 때도, 또 오늘 새벽 5시 두루마리 연설문을 마무리 질 때까지도 치료비 지급이 안 된 걸 분명 확인했는데…… 이 무슨 낭패란 말인가! 아니나 다르랴. 왕초의 불호령이 드디어 내게 쏟아졌다. 무시무시한 눈으로 노려봤다.

"너 한국일보 기자 맞아? 몇 기라고? 기자의 생명이 뭔 줄 알아? 확인이야, 확인!"

"……."

한마디로 완전 낭패다. 유구무언이다. 이 낭패를 무엇으로 극복한단 말인가. 화가 났다. 내 자신한테 화가 난 것이다. 눈물이 날 정도로 내가 미웠다. 그래서 왕초를 마주 노려보며 분을 새기고 있었다. 왕초의 완전 승리 아닌가. 순간적으로 내가 안쓰럽게 보인 걸까, 왕초가 한결 누그러트린 목소리로 물었다.

"두 번째 질문은 뭐야?"

"없습니다."

볼멘 목소리로 대답했다.

"없다니?"

"없는 게 아니라 안 하겠다는 겁니다."

"왜 안 해?"

"처음 찾아온 기자를 이렇게 모욕해도 좋은 겁니까? 이럴 줄 알았으면 찾아오지 않는 건데…… 제가 장 사주를 잘못 알았던 것 같습니다."

그러곤 몸을 홱 돌려 사주실을 빠져나왔다. 속이 이글거렸고 귀에선 왱왱 이명이 울었다. 뒤에서 왕초의 쉿소리가 들렸다.

"기다려! 이봐, 김 기자!"

나는 뒤돌아보지 않았다.

삼촌께!

왕초와 붙는 글을 흥미진진하게 읽었습니다. 무협지를 읽는 것처럼 재미있네요. 저 같은 경우는 윗분에게 여러 번에 걸쳐서 조금씩 설득하는 방법을 구사하는 타입이라서 외삼촌의 열정이 좋아 보입니다. 훨씬 남자다워 보이네요. 하지만 저는 제 길을 가렵니다. 낙숫물이 바위를 뚫는다고 했으니 제 성격을 장점으로 이용하면서 살아야죠……. 저에게는 외삼촌처럼 불같은 성격이 부족하지만, 끝까지 해내는 끈기는 있거든요.

결혼을 앞두고 처음 인사드리러 갔을 때, 조카딸인 제 처에게 왜 이런 별 볼일 없는 놈하고 결혼하냐고 말씀하셨을 때, 무척 섭섭했습니다. 세상에서 제일 잘나가는 놈이라고 자처하던 터라서 그 충격이 컸었죠. 그렇지만 말씀을 더 나누다 보니 똑똑한 조카딸이 외삼촌처럼 기자의 길을 이어가기를 바랐던 따뜻한 마음이 읽혀져 섭섭한 감정을 접을 수 있었습니다.

세상을 다루는 기자의 세계는 사람을 다루는 의사의 세계보다 훨씬 커 보입니다. 소의小醫는 사람을 치료하고 대의는 세상을 치료한다고 했는데, 대부분은 소의로 만족하게 됩니다. 저도 그렇고요. 그래서 스케일이 큰 사람들을 보면 부럽습니다.

오늘 "덕분에 열이 내려서 고맙다"는 말라리아 환자를 퇴원시키면서 뿌듯했습니다. 하지만 여기에 만족하지 않고 국방부와 보건복지부에 자문하러 열심히 다니고 있답니다. 좋은 글, 감사드립니다.

양윤준

•••**양윤준** 의사 · 인제대학교 일산 백병원 교수_ 토종 제주산 의사로 내게 하나밖에 없는 누님의 큰 사위다. 재기 발랄해서 남한테 지기 싫어하던 지연이마저도 꼼짝 못하는 걸 보면 치처治妻에 능한 듯싶어 든든하다.

잊어라, 잊어! 내가 잘못했다

여기까지 써놓고 사무실 벽시계를 보니 벌써 밤 8시 반이다. 오늘 따라 처리할 전자 결재함도 텅 비었겠다, 점심도 거른 채 PC 자판만 죽치고 두들겨댔더니 장장 8시간 넘게 친 셈이다. 목이 아프다. 왕초와의 또 한판은 이제 왕초한테 다시 붙들려가 재대결 벌이는 대목의 기술로 이야기는 대충 끝난다. 마저 끝내버릴까…… 하다, 자리에서 일어났다. 내일 새벽 기도를 드릴려면 밤 10시 이전에 잠자리에 들어야 하기 때문이다. 집까지 가는 데 전철 타는 시간만 1시간 15분 걸린다.

좀 쑥스런 고백이지만, 1년 반 남짓 새벽 기도를 다니고 있다. 큰놈과 며느리 그리고 손자 녀석을 위해, 그리고 먼 객지에서 유학하고 있는 '돈 덩이' 둘째 놈을 위해 매일 기도한다. 제 학비랑 생활비 대느라 허덕이는 내가 불쌍했던지 저 스스로를 아예 '돈 덩이'라 낮춰 부르는, 좀 간지가 있는 놈이다. 매번 옆 자리에 앉아, 찬송가 번호까지 빠트리지 않고 적는 '편집광' 아내를 위해서도 기도한다.

매일은 아니지만, 3년 가까이 몸 담아온 '재외동포재단' 을 위해서도 기도한다. 사랑과 공의가 강처럼 흘러넘치는 직장이 돼달라고, 또 직원 서로가 요즘 세태를 닮지 말고 제발 친형제처럼 화목하게 지내게 해주십사 기도한다. 이제 나의 남은 임기도 딱 석 달, 이제 헤어지면 우리는 어디서 무엇이 되어 다시 만날까…….

또 하나, 우리 최현규 목사님을 위해 기도한다. 지금처럼 매일 새벽기도에 출석하는 것도 그 목사님을 만나고 나서 얻은 변화다. 그리고 매일은 아니고 가끔 드리는 기도지만, 동숭동 그리고 지금의 중학동 이야기를 쓰는 데 평소 늘 모자라다 여기는 지혜와 총기를 달라고 기도한다. 술은 거의 끊었다. 특히 얼마 전 동기 김학준으로부터 "1년에 서너 번 날짜를 정해 작심하고 마실 뿐, 평소 마시지 않는다"는 말을 듣고부터, '음! 나도 그를 흉내내야지!' 하고 참는다. 담배는 끊기 어렵다. 더구나 지금처럼 글을 쓸 때는 더 피우게 된다. 하지만 중학동 얘기가 끝날 무렵쯤 담배도 끊게 될 것 같다. 술을 끊었더니 여자한테 한눈파는 것도 표나게 줄었다.

쓰다 보니 낯이 간지러 여기서 그만 지워버릴까…… 하다가 계속 쓴다. 쓰기를 고집함은 이 글을 기술하고 있는 김승웅의 지금 일상을 독자들한테 조금이라도 알리는 게 의무라 여겨지고, 그래야 글의 부가가치가 늘 거라 여기기 때문이다.

전철에 오른다. 빈 자리 하나가 눈에 띄어 자리 잡고 눈을 감는다.지금

막 사무실에서 독자들께 띄운 글에 생각이 미친다. 한참 동안 내 글 속을 헤맨다. 눈을 감은 채 이상하다 여긴다. 오늘 글의 주인공 왕초는 어디 가고 엉뚱하게도, 글 속에서 내 사진을 훔쳐 달아났던 기자의 얼굴만 떠오르니……. 더구나 벌써 35년 전 이야기 아닌가. 녀석이 그 후 무슨 무슨 '투위鬪委'로 바뀌어 그 신문사를 그만 두고, 다른 신생 언론사 간부가 됐다는 얘기를 풍편에 들은 것 같은데, 나 역시 그 후 20년 가까이 외국으로만 돌고 도느라 단 한번도 얼굴을 마주 친 적이 없다. 지금쯤 어디서 뭘 하고 있는지 오늘 따라 궁금하기만 하다. '나와는 이제 무관한 사람, 제 인생 제가 살 뿐인 걸' 하고 생각을 바꾸려는데도 이상하다, 계속 그 녀석한테만 생각이 미치니. 이왕 생각에 머무는 것, 까짓, 오늘만은 본격적으로 그 녀석을 생각해보자. 언제 또 이런 때가 오겠는가.

교대역에서 2호선 전철로 갈아탔다. 대놓고 말은 안 했지만, 그날 그 사건 이후 사실 심한 회의에 빠져 들었다. 앞으로 계속해야 할 이 기자라는 직업, '정말 그대로 지속할 필요가 있는가' 라는 회의에 빠진 것이다. 곰곰이 생각해보니, 그때만으로 끝난 회의가 아니었다. 그 후 30년 넘게 언론사에 몸담아 지내면서도, 그리고 더 정확히 말하자면, 신문사 붓을 놓은 지 8년이 지난 지금에 와서도 나는 그 회의에서 완전히 자유롭지 못함을 느끼고 살았다.

집약해서 말하자면 가책과 자기 불신이다. 심한 경우 피가 말랐다. 특정 기사를 놓고 기자와 기자가 심한 경쟁 관계에 놓였을 때 더욱 그걸 느꼈다. 경쟁은 사람에 따라서는 활력을 불어넣고, 새로운 의욕을 고취시킨다. 나 역시 이를 부인하지 않는다.

우리가 초등학교 시절 청군과 백군으로 나뉘어 운동 시합을 벌인 건, 좀 교과서 같은 표현이지만, 우리의 체력과 기술을 학부형들에게 자랑하고, 이 자랑을 통해 그들의 기대를 고취시키자는 데 근본 목적이 있다. 다시 말해서 청군과 백군이라는 형식을 빌렸을 뿐이다. 따라서 운동회의 소멸과 함께 청군과 백군이라는 포맷 역시 소멸되기 마련이다.

내게 괴롭고 피가 마르는 고통이 됐던 것은 이 청군과 백군이라는 대결 포맷을 기자라는 직업을 생업으로 지니는 한, 죽을 때까지 간직해야 한다는 점이었다. 신문 또는 방송이란 매체는 기자의 공연이 독자(시청자)들에게 전달되는 무대를 뜻한다. 이 무대를 갖기 위해 기자는 어느 신문 또는 방송이라는 특정 극단에 가입하지 않으면 안 된다. 극단에 가입하지 않고는 공연이 불가능하다. 그 공연이 합작 공연이든, 솔로 공연이든 특정 극단에 가입한 사람에게만 무대 이용이 허용되고 있다. 세계 언론 시장의 법칙이다.

우리나라 역시 마찬가지다. 아예 무대를 포기하고 개인 저술과 출판을 통해 독자 무대를 갖는 기자도 물론 있겠지만, 그런 사람을 엄밀한 의미에서 기자라고 부르지는 않는다. 저술가 또는 문필가라고 불러, 창작 활동을 하는 소설가나 작가와 구분은 하지만, 기자라는 이름을 붙이지는 않는다.

극단에의 가입이 불가피하다는 건 뭘 의미하느냐하면 다른 극단과 벌이는 경쟁에 그 소속 극단원들 모두가 무비판적으로 빠져들어야 한다는 걸 뜻한다. 극단주의 눈 밖에 벗어나면 그 사람은 일단 공연 자격을 박탈 당한다. 무대가 주어지지 않는다. 따라서 기자들은 막말로 혀 빼물고 경쟁을 벌여야 한다. 무대에 올라서 관중을 향해 뭔가 다른 걸 보여줘야 하고, 이를 장만하기 위해 타 극단 소속원들과 피나는 경쟁을 벌여야 한다.

극단주들은 열이면 열, 타 극단 소속 기자의 공연과는 다른 공연을 요청한다. 기자들의 공연이 말 그대로 예술가들의 공연이라면 별 문제가 없다. 같은 햄릿을 연기하거나 베토벤의 음악을 연주하더라도 배우나 연주가에 따라 다를 수가 있고, 또 달라야 그게 정상이다.

기자들의 경우 예술 공연이 아니라 사실 공연이다. 사실은 하나밖에 없다. 예술 활동처럼, 연출가나 연주자에 따른 베리에이션variation이 존재할 수가 없다. 이 사실에의 접근은 또한 공연 기술상 강한 배타성을 지닌다. 어느 특정 극단이 '불멸의 영웅 이순신'이라는 기삿거리를 공연했을 경우 타 극단이 이를 흉내내지 못한다. 관객이 없기 때문이다. 이 점에서 예술 작품의 공연과 다르다. 이 사실을 주워 관객들에게 까발리기 위해 기자들 간에 박 터지는 싸움이 벌어진다.

운동회 기간에만 국한된 싸움이 아닌, 평생에 걸친 싸움이다. 이 싸움에 무위를 느끼는 데 나의 문제점이 있다는 말이다. 젊어 한때는 남과 경쟁하고, 남을 이기는 맛에 재미를 느끼고 거기에 보람을 느꼈지만 지금은 생각이 다르다. 정작 경쟁할 만한 경쟁이 아니라, 기껏 극단주를 즐겁게 하는 경쟁, 그리고 이런 상업적 경쟁을 자칫 '기자 정신'으로 잘못 알고 불나방처럼 우쭐대온 나의 '함량 미달'에 좌절과 가책을 느끼는 것이다.

사실 보도와 상업주의는 절대로 양립이 불가능하다. 기자는 사실을 보도하지 않고 자기 소속 극단의 사익을 대변할 때가 많기 때문이다. 알려야 할 대상이 시민 또는 국민 전체인 만큼 이를 영리추구가 목적인 개인 극단이 맡을 수 있느냐는 근본적인 의문을 가지고 있다.

민·형사 재판을 재벌 그룹이 맡을 수 없고, 초등학교 교사허가증을 재벌 그룹이 발급하지 못하는 것과 같다. 그렇다고 신문 방송의 공영제를 말하자는 건 아니다. 기자의 보도 업무는 사익을 초월하는 공익적 사업임에 분명하되, 그렇다고 운영을 정부가 맡아서도 안 된다. 국가엔 국가 이익이란 게 있되, 이 국가 이익이란 것이 안타깝게도 일부 집권 세력의 사익으로 둔갑하는 속성을 지녔기 때문이다.

언론은 비영리성을 띠는 사기업이 운영의 주체가 돼야 옳다. 안타까운 건 지금의 언론 주체 거개가 영리추구의 장삿속이란 사실이다. 이런 환경 속에서 기자의 정신입네, 언론의 정도正道입네를 따져온, 물정 모르고 살아온 내 꼴이 안타깝고 숨막힐 뿐이다.

전철이 당산역에 섰다. 집에 닿아 PC를 켠즉, 조카사위 양 서방이 보낸 이메일이 기다리고 있었다. 사무실에서 보낸 글을 벌써 읽고 보낸 메일 같다. 치과의사 하는 내 첫째 조카딸 오지연의 남편으로, 대학교수 겸 의사다.

그런데 그의 메일을 읽고 깜짝 놀랐다. 그랬구나, 그랬구나 ! 내가 그토록 못된 삼촌이었구나! 도시 믿어지지 않는다. 양 서방, 날 용서해라!

내가 젊은 시절의 사진 도둑을 용서했듯, 또 자하문 밖 풀장 사건에 연루된 고참 차장을 용서했듯 너도 이 삼촌을 용서해야 한다. 지금까지의 관행대로 〈글 속의 글〉에 뜬 글에 관한 한 일체 코멘트 하지 않았지만, 이번만은 예외다. 나의 이런 못된 짓까지도 독자들이 의당 알아야 할 듯 싶어 이렇게 본문에 소개하는 것이다.

동숭동과 지금의 중학동 이야기를 쓰도록 도와주신 하나님께 감사드린다. 또 글을 쓰는 도중, 큰놈한테서 처음으로 편지를 받고 정말 기뻤다. 설령 제 아내를 시켜 쓰게 한 글이지만, 그놈 낳고 36년 만에 처음 받아본 글 아닌가! 이 모두를 하나님께 감사드린다. 거기다 조카사위한테서까지 글을 받은 것이다. 결혼 후 15~16년을 나만 보면 늘 시무룩했던 게 바로 그래서였구나, 세상에!

양 서방! 잊어라, 다 잊어! 이 삼촌이 잘못했다.

김 형, 오늘부터 개강이라 일찍 학교 와서 글 읽었습니다. 그런데 술 끊고 (여자도 같이 끊고), 담배 끊으면 그 다음엔 무얼 끊으실려우?

구대열

시간에 쫓기는 형의 모습이 역력합니다. 며칠 전 형이 주선하시고 한승주 전 외무장관께서 쏘신 오찬 석상에서 "어이, 노 사장도 내 글에 댓글 좀 달아"라고 하셨을 때 제가 한 대답이 생각나실 겁니다. "형한테 손해일 텐데"라고 했지요. 오늘 일요일이라 공주에 있는 교회에 새벽 6시 30분께 자동차로 달려갔다가 예배를 마치고 바로 회사로 달려오니 오후 1시 40분이 지나서였습니다.

형이 새벽 기도 나가신다는 사실을 오늘 글 「잊어라, 잊어! 내가 잘못했다」를 읽고 알았습니다. 인간이 종국에는 하나님 나라를 찾게 마련이라는 깨달음을 형도 늦게나마 터득하신 것 같아 기쁘기도 합니다. 형의 새벽 기도 못지않게 저도 하나님을 좀 별나게 믿는 사람이 됐습니다.

노진환

•••**노진환** 서울신문 사장 · 전 한국일보 주필_ 분별력과 리더십이 돋보이는 언론인. 기자시절 정치인, 장관, 대사들이 노상 그의 눈치를 살폈던 거물 기자. 서울신문, 머잖아 다른 신문과 다른 신문이 될 것이다.

지금도 깨어보면 중학동 술집인걸!

왕초와 다시 대면했다. 뒤쫓아 나온 왕초 비서실장 장갑영 씨에게 붙잡혀 왕초 방으로 다시 들어간 것이다.

"어디서 배운 버르장머리야?"

왕초가 예의 무서운 호채를 굴리며 다그쳐왔다.

"……."

"어디서 배운 버르장머리냐고?"

"…… ."

대답하지 않았다. 한참이 흘렀다.

"고향이 어디야?"

"금산錦山입니다. 전북 금산."

전북이라는 말에 힘주어 대답했다.

"금산이면 충남이잖나?"

사실은 그렇다. 금산은 5·16 군사정변 이후 , 그러니까 내가 대학에 진학한 그해 전북에서 충남으로 바뀌었기 때문이다.

"제가 태어날 때는 전북이었습니다."

계속 볼멘 소리로 대답했다. 조금 빗나가는 얘기지만, 고향을 묻는 질문에 나는 지금도 '전북 금산' 이라고 고집한다. 충청도가 딱히 싫어서가 아니다. 정작 싫은 건 전라도 출신 서울 사람들이 전라도를 고향으로 둔 걸 꺼려하는 통념 그 자체가 싫었던 것이다.

대학 시절부터 사귀어온 여자아이가 내 뺨을 때리며 "넌 전라도라 할 수 없어!" 소리를 내뱉는 순간 악에 바쳐 전라도 금산을 고집해온 것이다. 그 여자아이를 지금껏 미워해 본 적은 없다. 미워하다니……. 간이라도 꺼내주고 싶었던 아이였고 뺨 맞은 것 역시 용서할 수 있었지만 "넌 전라도라……" 대목에 생각이 이르면 지금도 눈물이 돈다.

5·16 군사정변 이전까지만 해도, 다시 말해서 박정희 대통령이 등장하기 전까지만 해도 이런 갈등은 없었다. 또 나의 절친한 대학 친구들 가운데는 경상도 친구들이 더 많다. 박 대통령의 치적도 다 인정한다. 오늘 우리가 이렇게 잘살게 된 것도 다 그 사람 덕임을 인정한다.

하지만 지역 문제로 국민들을 이간질시키고 갈등에 빠트린 죄과는, 그것도 정권 연장을 위해, 다시 말해서 '표' 를 의식해서 만들어낸 지역 갈등은 용서할 수 없다. 사람은 누구나 실수할 수 있고 또 남한테 알게 모르게 해악을 끼칠 수가 있다. 단 하나, 용서받지 못할 일이 있다면 그게 바로 남과 남 사이를 이간질시키는 짓이다.

살다 보면 별의별 사람을 다 만나게 된다. 내게 아첨하는 사람도 적지

드디어 유신維新…… 올 것이 왔다!

정치부 자리에서 본 그날의 편집국 풍경. 박정희 대통령의 유신 발표를 TV를 통해 메모하고 있는 정치부 기자들〈왼쪽부터 안희명 정치부 차장, 권혁승 경제부장, 이태영 체육부 차장, 안택수, 윤국병, 황소웅, 김시복 정치부 기자〉. 사진_한국일보 제공

않다. '음…… 이 녀석이 지금 아첨하고 있구나' 하고 속으로 대번에 안다. 그리고 솔직히 말해서 그 아첨이라는 게 싫지 않다. 단 하나, 남을 비방하고 이간질시키는 사람을 볼 때는 오싹해진다.

나는 하나님이 실존함을 믿듯 악마 역시 존재한다고 믿는 사람이다. 이간질하는 사람을 보면 순간적으로 그 사람이 지금 무엇에 씌어 살고 있는지, 그 사람의 영혼 저 밑바닥을 지금 무엇이 장악하고 있는지를 더 듬게 된다. 악마의 일차적인 특징이 바로 남을 이간질하는 짓이다.

다시 고향 얘기로 돌아간다. 요즘 와서는 충청도가 고향이라고 말 한다. 노래방에 가면 '내 고향은 충청도' 라는 조영남 노래도 즐겨 부른다. 특히 지난번 전라도 정권이 들어선 후부터는 고향이 어디냐는 질문에 '충남 금산' 이라 대답할 때가 더러 있다. 아, 나는 왜 늘 이 모양으로 살까.

왕초는 나를 한참 동안 바라보더니 그제야 자리에 앉으라고 턱으로 소파를 가리켰다. 그러고 보니 나는 처음 왕초 방에 들어올 때와 마찬가지로 서 있었던 것이다.

"두 번째 용건은 뭐야?"

자리에 앉자마자 왕초가 물었다. 퉁명하기는 종전과 마찬가지였지만 그의 노기는 훨씬 가셔 있었다. 내가 전북 출신임을 강조했기 때문일지도 모른다. 나중에 누군가로부터 들은 얘기지만 왕초의 출생지는 전북 고창이라 했다. 전형적으로 대가 센 곳이다.

그의 노기가 가라앉았음을 파악하자 나는 비장의 용건을 꺼냈다. 왕초 장기영 회장을 만나려던 것도 바로 이 용건 때문이었잖는가. 동료 사슴앓이 이병일 기자의 치료비 보상 건은 엄밀히는 이 용건을 꺼내기 위한 말미에 불과했을 뿐이다.

"월급입니다. 월급 좀 올려주십시오. 제 월급만 아니고, 기자 모두의 월급을 올려달라는 말씀입니다."

나는 한국일보 기자 월급이 타사 기자에 비해 얼마나 열악한지를 힘주어 설명했다. 여자아이한테 대놓고 말은 안 했지만, 헤어지자고 먼저 말을 꺼낸 것도 알고 보면 월급 때문이었다. 그토록 귀엽고 사랑스러웠던 아이를 이 알량한 월급으로 행복하게 해줄 자신이 없었기 때문이다.

왕초의 얼굴은 대번에 짜증난다는 표정으로 바뀌었다. 순간 나는 왕초 스스로도 자기 부하 기자 월급이 어떤 수준임을 익히 알고 있다는 것을 간파했다. 그러나 여기서 밀리면 죽도 밥도 안 된다. 구체적으로 예를 들었다. 이런 국면이 분명 등장하리라 싶어 밤새 써둔 두루마리 연설문 속에 구체적인 사례를 적어놓지 않았던가.

"친구 만나 술 한 잔 살 돈이 없단 말씀입니다. 매번 얻어마신다고요."

"……."

이번엔 왕초가 침묵했다. 그러더니 회사 실정을 얘기했다. 한마디로 월급 인상은 지금으로서는 불가라는 얘기다. 세 번째 용건은 말하지 않았다. 말해봐야 무슨 소용인가. 월급 인상이라는 핵심 용건이 무산된 마당에 화요회의 동참, 다시 말해서 상의하달이 어떻고 하의상달이 어떻고를 따져 무슨 소용 있단 말인가.

완패다. 이 점, 근 30년이 지난 얘기지만, 동숭동 시절을 끝내고 중학동 시절로 옮긴 후 내가 왕초를 상대로 처음 벌인 '밥과의 싸움'은 이처럼 완패로 끝났음을 솔직히 시인한다. 그리고 왕초 방을 나오며 속으로 고소하게 여겼다. 김승웅이, 네까짓 게 뭔데! 나는 길게 한숨을 쉬었다.

우선 졸렸다. 밤을 꼬박 샌 탓에 무척 피곤했다. 월급이고 술값이고 만사가 귀찮았다. 터덜터덜 편집국으로 돌아왔다. 그런데 깜짝 놀랐다.

편집국 전체가 웅성대고 있었기 때문이다. 웅성댄 데는 그럴 만한 충분한 이유가 있었다. 내가 왕초와 어렵사리 독대를 하고 있는 동안 '대포형' 신중식이 일을 저지른 것이다. 동숭동 캠퍼스의 어느 봄날, 영문과 송욱 교수를 놀려먹던 바로 그 신중식이다.

신중식은 당시 같은 사회부 소속이었지만, 안병찬 캡의 지시에 따라 안에서 내근을 하며 우리들이 전화로 부르는 기사를 받아 데스크에 넘기는 역할을 하고 있었다. 나보다 1년 먼저 한국일보에 들어왔다. 평소 행동의 보폭이 크고 대담했으며 '모르는 것 없고, 아는 것 없고' 소리를 들을 정도로 엉뚱한 구석이 많아 선배 동료 사이에는 통상 '대포'로 통했다.

대기자 조세형을 '조코'라 명명한 별명의 귀재 안병찬의 작품인데, 그는 지금 국회의원 신분이면서도 통화할 때는 으레 "예, 신대폽니다"라고 대답한다. 그 대포가 내가 왕초와 독대를 하고 있는 도중 편집국 옆 화장실에 들어가 화장실 문을 걸어 잠그고 호주머니 속에서 미리 간직했던 시국 선언문을 꺼내 화장실 벽에 붙인 것이다.

시국 선언문은 의외로 간단했다.

"3선개헌 절대 지지! 봉급 인상 결사 반대! - 한국일보 편집국 기자 일동."

선언문 내용은 즉시 편집국장 이원홍에게 보고됐다. 편집국장으로서는 미치고 환장할 노릇이었다. 3선개헌을 당시 언론 중의 언론 한국일보가, 그것도 편집국 기자 전체의 이름으로 결의하고 나섰으니, 이 사실을 독자들이 알면 한국일보는 당장 무엇이 되는가. 또 당시 집권 공화당 국회의원으로 출마 의지를 굳히고 있던 왕초 입장은 무엇이 되는가.

한국일보가 월급을 얼마나 짜게 줬으면 기자들이 이런 역설적인 선언을 하고 나왔겠느냐고 당 안팎은 물론 청와대에서까지 화제가 될 것이 분명했다. 신대포는 바로 이걸 노린 것이다. 더구나 당시 대포의 친형은 공화당 사무총장을 맡고 있던 신형식이었다. 그런데도 대포는 대놓고 박정희를 규탄하고 다니는 기자였다.

편집국의 웅성거림은 얼마 가지 않았다. 선언문 내용이 곧바로 왕초에게 보고됐기 때문이다. 내가 편집국으로 내려오고 나서 10분쯤 지나설까, 왕초가 편집국에 다시 거구를 드러냈다. 당장 선언문을 떼어 내라고 엄명을 내린 왕초는 곧이어 편집국장 자리에 턱 앉았다. 그러고는 사슴앓이 모두를 나오라 하더니 자기 앞에 일렬 횡대로 세웠다.

왕초의 직관은 역시 빨랐다. 견습 막 떨어진 새카만 초년 기자 녀석이 자기방에 들러 되는 말, 안 되는 말로 설을 풀 때부터 뭔가 일이 이상하게 돌아간다고 느낀 것 같았다. 그러더니 그 당시 집권 세력이면 누구나 쉬쉬하던 3선개헌을 턱 보라는 듯 '절대지지' 한다고 편집국 기자 일동의 이름으로 선언하고 나왔으니 왕초인들 얼마나 놀랐겠는가. 왕초는 자기 앞에 불려 세워진 우리 모두에게 그리 큰 야단은 치지 않았다. 우리가 무엇을 요구하며, 왜 상황이 이렇게 되었는지를 누구보다도 훤히 알고 있었기 때문이다.

그 후 월급은 꽤 올랐다. 만족스럽지는 않아도, 내 경우 술 두 번 얻어

마시고 한 번 살 정도는 됐다. 이병일도 완쾌되어 퇴원했고, 사슴앓이한테 회사로부터 아무런 보복 조처도 없었다. 보복은 커녕, 몇 달 후 열린 화요회 석상에서 왕초는 대포를 '장래 한국일보 사장감'이라고 격찬까지 했다. 바로 이 점이 그가 우리에게 지금껏 영원한 왕초로 남는 이유다. 또 그 휘하에서 성장한 기자 모두가 훗날 크게 대성했다. 한국일보다운 것이다.

대포 신중식은 지금 국회의원이다. 최근 그는 누군가의 대망론을 펴 화제의 인물로 바뀌어 있다. 내가 국회에 근무할 기회가 있어 사정을 좀 아는데, 초선 의원한테는 웬만해서는 기자들이 따라붙지 않는다. 그렇지만 대포 신중식 의원의 경우 다르다. 입만 열면 국회 출입 기자들이 몰려드는 걸 봐도 그렇다. 초선이면서도 이미 4선이나 5선급 의원으로 자리 매김을 한 것 같다.

그에게는 타고난 정치인 기질이 있다. '3선개헌 절대지지! 봉급 인상 결사 반대!' 때 진즉 발휘했던 그의 천재성이 30년이 지나서야 슬슬 결실을 거둘 때가 온 것 아닌가 생각이 든다.

그 사슴앓이들 거개가 한국일보를 떠났거나 일부는 죽었다. 왕초가 세상을 떠나고 십수 년이 지난 어느 해 봄, 나 역시 파리 특파원을 마치고 돌아와 한국일보와 조용히 하직했다. 그렇지만 17년이 지난 지금도 어쩌다 술이 취해 정신을 차려보면 매번 중학동 한국일보 부근의 술집에 머물고 있는걸!

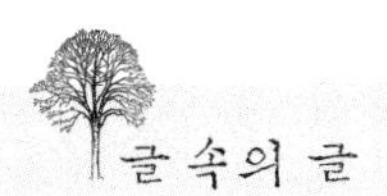

김승웅 님, 우선 주제 설정의 시대 배경을 1960~1970년대로 압축, 우리가 공유하고 참여하는 '시대 회고록'을 창출해 내겠다는 귀공의 소신에 공감합니다. 그리고 그 서두의 주제를 '모든 사라진 것들을 위하여'로 시작했습니다.

45년 전의 어느 봄날, 자신이 갓 입학했던 대학의 교문과 교정에 서서 자기를 돌아보는 글을 쓰기 시작하는 일로부터 앞으로 펼쳐질 명칼럼 문장가의 필치를 선보이기 시작한 겁니다.

이제 예순 살을 훌쩍 넘은 '대기자'로서 그 특유의 수준 높은 안목과 예리한 통찰력을 총동원하고, 무거운 고뇌와 깊은 사색 끝에 쏟아낼 명문 칼럼을 상념하면서 벌써부터 감동과 희열의 늪 속으로 빠져들고 있습니다. 특히 「성도의 달밤」 속에 어우러지는 왕초 선생의 김포공항 여자화장실 표지판에 관한 일화는 포복절도할 해학이면서도, 당대의 거물다운 넉넉한 정치적 운치의 표상이라고도 여겨집니다.

아무쪼록 귀공의 아름다운 대서사시를 많은 사람들이 계속해서 오래도록 접하여 음미할 수 있도록, 또 건강에 무리가 안 가도록 유념하면서 글 써주기를 우리 '말코' 선생에게 당부합니다.

김홍철

•••**김홍철** 대학 은사 · 훗날 한양대학교 사회과학대학장 역임_ 스승들이 (사회과학이라는) 학문의 실천성을 이유로 정계 관계로 점프했지만 그만은 달랐다. 우리가 그를 늘 반기는 건 그 지조때문이다.

공항의 로맨티시즘

지금 제주도 서귀포에 와서 이 글을 쓴다. 어제 이 시간에 띄웠던 글 「지금도 깨어보면 중학동 술집인걸!」 역시 이곳 서귀포의 호텔에서 쓴 글이다. '너 무슨 유명 작가 행세하냐? 호텔에서만 놀게…….' 하고 자문도 해보지만, 지금 몸담고 있는 재외동포재단의 공식 출장 일정의 하나로, 며칠 전 재단이 주관한 '제6회 한민족 문화 공동체 대회'를 성공리에 마치고 참석한 해외 예술인 동포 40명을 인솔, 그분들의 노고를 풀어드리고자 2박 3일 일정으로 이곳 제주도에 관광차 내려온 것이다.

호텔 객실 창밖으로 멀리 해안가가 펼쳐져 있다. 백사장의 흰 모래가 눈부시고, 오후의 햇살을 즐기는 몇몇 산보객들의 모습도 저 멀리 보인다. 신혼부부들 같다. 아니면 이웃 후쿠오카에서 단체로 놀러온 일본 관광객들인지도 모른다. 뭐라 자기들끼리 크게 손짓하며 떠드는 듯싶은데, 바닷소리에 덮여 들리지가 않는다. 백사장은 그 몇 배나 더 긴 갯벌로 이어지고, 그 갯벌이 끝나는 곳에서 바다가 시작된다. 바다는, 특히 지금처럼 먼발치로 보이는 한낮의 바다는 신비롭기 그지없다. 무릇 바다란 가능한 한 멀리 두고 봐야 제대로 보는 바다라 여긴다.

바다에서 섬 쪽으로 이따금 바람이 불어온다. 언뜻 지중해 연안, 마그레브의 한여름이 떠오른다. 멀리 아프리카 알제리의 해안 도시 제밀라 해변의 새벽, 바다 쪽에서 불어오는 바람 속에서 제신諸神들의 속삭임에 귀 기울이던 반항 작가 알베르 카뮈Albert Camus가 보낸 어느 여름 말이다.

까뮈가 중편 에세이 「제밀라의 바람Le vent à Djémila」에서 묘사한 알제리의 해변은, 밤이면 신들이 거닐고 숲 속의 나무와 나무, 풀과 풀이 대화를 나누는 이상한 해변이다. 카뮈가 젊은 시절 여름을 보내러 자주 찾았던 그곳 제밀라에는, 대부분 모조품이긴 하지만 로마의 유적들이 잘 보존돼 있다. 그가 작품 속에 곧잘 드러내 보인 부조리나 반항적 기질은 도시 속의 그런 허구와 조작에 대한 혐오와 불신에서 비롯된 게 아닐까 여겨진다. 아니면 그런 부조리의 동네 제밀라를 부러 찾았는지도 모르고…….

그러고 보면 그가 소설 『이방인L'étranger』에서 조립해낸 주인공 '뫼르소' 라는 인물은 그 제밀라 해변의 바람 속에서 신들의 속삭임을 전해 듣고 못되게 변신한 작가 자신일지도 모른다. 그러기에 주인공 '뫼르소' 는 어머니가 죽은 바로 다음 날, 작부를 방 안에 불러들여 분탕질을 치고, 해변에 나와서는 아랍인을 권총으로 쏴 죽이고, 방아쇠를 당긴 이유 역시 '해변의 강한 햇볕 때문이었다' 고 반문명적으로 기술하고 있다.

다음 날 새벽, 습관대로 일찍 잠에서 깼다. 침대 머리의 디지털 시계를 본즉 새벽 4시. 바닷소리가 들려왔다. 침대에 누운 채 바닷소리를 한참 들었다.

바다는 밤새껏 앓고 있는 짐승 소리를 냈다. 오순이가 저렇게 울었다. 이 책의 서문에서 잠시 소개했던, 온몸이 까만 암컷 진돗개. 2년 사이 도둑 고양이를 다섯 마리나 물어 죽여 마당 한구석에 질펀하게 패대기쳐진 그 고양이 사체를 치우느라 아내와 번번이 눈을 부릅뜨고 싸움을 벌여야 했다.

결국 오순이를 남한테 주기로 결정하고, 평소 개를 좋아하는 양천구청 배수장 집 주인한테 맡겼는데, 한 달도 채 못 돼 아내 몰래 사흘 걸러 배수장을 찾았고 먼발치로 오순이를 보고 왔다. 그렇지만 아내는 달랐다. 점점 말수가 줄더니 나중에는 실어증 증세까지 보이는 것이다. 안 되겠다 싶어 오순이를 다시 데리고 오기로 작정했는데, 문제는 그 배수장 집 주인더러 뭐라 말한단 말인가. 나만 실없는 놈 되는 거 아닌가.

그 고민을 나의 전 직장 동료인 국회사무처 사진 작가 최석민한테 털어놨더니 "그런 건 나한테 맡기라"며 오토바이를 타고 떠났다. 그리고 오순이의 새 주인을 만나 내 아내의 실어증까지 설명한 후 가까스로 오순이를 데리고 올 수 있었다.

거기까지는 좋았다. 돌아온 오순이는 그러나 네 발바닥 모두가 홀랑 까진 채 피를 철철 흘렸다. 최석민, 이 우라질 놈! 낯선 사람의 오토바이에 끌려 따라오기를 한사코 거부하다, 시멘트 포도鋪道에 발가락 뼈가 드러날 정도로 저항했기 때문이다. 진돗개는 이 정도로 독종이다. 돌아온 오순이는 밤새 앓았다. 지금처럼 새벽의 바닷소리를 내며 앓았다.

지금 오순이는 우리 집에 살지 않는다. 발바닥에 새살이 돋고 반년이 지나 또 한번 사고를 쳤기 때문이다. 대문 틈을 비집고 나가 무슨 이유였는지 동넷집 애완견을 물어 죽인 것이다. 물린 개는 두 달 후 죽었고, 그 동안 동네 가축병원에 우리가 문 치료비만 80만 원이 넘었다. 결국 길 건너 대우 세탁소 주인의 차에 실려, 그의 장모가 사는 충청도 서산 시골집에 끌려가 살고 있는데, 서울 살 때와는 달리 묶여 살고 있다고 들었다. 풀어놓으면 되돌아올 게 뻔한 탓이다.

얼마 지나 세탁소에 들러 오순이 안부를 물은 적이 있는데, 세탁소 주인은 매일 밤 온 동네가 시끄러 원성이 잦다는 장모의 말을 그대로 전하며, "아따, 웬 눔의 개가 그리 청승맞게 운대유?"라고 입을 삐죽거렸다. 오순이가 울다니…… 발바닥 까졌을 때 빼고는 운 적이 없는데!

그 후로는 오순이 안부를 묻지 않았다. 그렇게 1년 넘게 오순이 생각을 접고 살았다. 그러다 이번 출장으로 제주도에 내려와 그 첫새벽, 바다한테서 그 오순이의 울음소리를 들은 것이다.

요즘도 매일 밤 울까? 침대에 누운 채 오순이 울음소리를 계속 들었다. 짖을 줄만 알던 오순이가 이제 맘 놓고 울기까지 한다. 아, 제발 바라건대, '오순아! 매일 밤 울어줘!' 했다.

오순이 넌, 제법 아닌가? 이제 울 줄도 알고, 제 년한테 우는 성대도 갖춰져 있는 걸 만각晩覺한 거 아닌가! 처음엔 까진 발바닥의 통증을 통해 울음을 깨쳤지만, 막판엔 옛 주인에 대한 사랑과 그리움까지도 매일 밤 울음으로 표현할 줄 안다는 것 아닌가.

바다는 그래서 신비로운 것이다. 카뮈가 제밀라의 바람 속에서 듣던 그 신비를 나는 제주도의 바닷소리를 통해 듣게 된 것이다.

왕초와의 한판을 마무리하고, 오늘부터 글의 무대를 김포공항 시절로 옮길까 한다. 김포공항과는 이번 제주도 출장가면서 한 번, 오면서 또 한 번, 이렇게 두 번 만났다. 이곳 제주도로 내려오던 첫날, 나는 까다로워진 탑승 점검을 받느라 두 손을 번쩍 들고 김포공항 검색대를 통과했다. 그러면서 속으로 자탄했다. 맞아, 이 김포공항 시절을 하마터면 빼먹을 뻔했잖아! 그리고 제주도에서 두 밤 자면서, 온종일 '김포 시대'를 여는 방법만을 구상했다. 거기서 얻은 해답이 바로 새벽 바다한테서 들은 우리 오순이의 울음이었다.

중학동 시절을 대충 마무리함에 있어 결코 빠트릴 수 없는 곳이 바로 김포공항 출입 시절이다. 지금은 국내선만 뜨고 내리는 공항이지만, 그때만 해도 어엿한 국제공항이었다. 사슴앓이 후 외신부 기자 3년을 마친 내가 다시 사회부로 돌아와 처음으로 부여받은 정식 출입처가 바로 김포공항이었다.

그 사이 국방부 출입을 1년 남짓 했지만, 내게는 까마득히 높은 부장 대우급 조장 뒤를 따라 다니는 조수로 출입한 만큼, 지금도 어디가서 국방부 출입 기자 했노라고 큰소리치지는 못한다. 정식 출입처로 김포공항을 배정받고서야 본격적인 취재 경력을 쌓기 시작했다. 이 과정에서 그때까지 내 맘속 어느 구석에 있는지 없는지, 있다면 어느 구석에 쳐박혀 있는지도 몰랐던 저항과 투지를 만각晩覺한 것이다! 낙종하면 이를 갈았고, 기어코 덤벼들어 특종도 해냈다. 기자로서 독이 오른 것이다.

평생 짖기만 했던 우리 오순이가 마침내 울 줄도 아는 성견成犬으로 바뀌듯, 나 역시 만날 함량 미달이라는 자학에서 깨어나 "아, 나도 울 수가 있다!"는 자신감를 발견한 시절이었다. 그곳, 공항에서 만 3년을 뒹굴었다. 공항 장돌뱅이가 된 것이다. 당시의 김포공항은 1960~1970년대를 상징하는 대표적인 장소였다.

또 하나, 지금 굳이 김포 시절에 애착을 갖는 보다 중요한 이유가 있다. 그 김포 '국제' 공항이 사라졌기 때문이다. 사라진 동숭동에서 소멸의 미학을 만끽했듯, 김포 시절을 통해 나는 다시 한 번 그 소멸의 아름다움에 노크하고 싶은 것이다.

자, 독자 여러분을 지금부터 30여 년 전의 '김포국제공항'으로 안내한다. 그리고 그 첫 이야기를 '안개'로 시작한다. 항공기의 천적은 안개다. 공항 활주로에 안개가 꼈다 하면 모든 항공기의 발이 묶이고 만다. 눈이나 비, 강풍이나 천둥에도 끄떡없이 이착륙을 감행하는 파일럿들도 일단 안개만 꼈다 하면 맥을 못 춘다.

'맥을 못 춘다'는 표현은 어폐가 있을지 모른다. 안개 속이라도 이착륙을 못할 건 없다. 그것도 자동차처럼 핸들 조종이 아니고 자동 계기착륙방식ILS에 의한 계기 조종인 탓에 계기만 맞춰놓으면 저절로 뜨고 내리는 것이 항공기의 특징이다. 그런데도 굳이 안개를 마다하는 이유는 무엇인가. 시계 탓이다. 500미터 전방이 안개 때문에 아물거린다고 치자. 다른 항공기나 차량이 눈앞에 불쑥 나타날 경우 항공기에는 불행하게도 급정거나 급회전을 할 수 있는 시스템이 갖춰져 있지 않다.

장애물과 맞부닥뜨릴 확률은 몇만분의 1이지만 이 몇만분의 1이라는 확률이 적중됐다고 할 경우 그 피해는 한두 사람의 피해로 끝나지는 않는다. 점보기 같으면 500여 명의 승객이 눈 깜빡할 사이 생화장을 치러야 한다. 안개를 무서워하는 이유는 이런 데서 연유한다.

김포공항엔 유별 안개 끼는 날이 많았다. 지형적으로 한강을 끼고 발달한 평야 지대여서 그런지 바다와 연한 일본의 하네다나 뉴욕 JFK 공항 같은 이점을 갖지 못한다. 공항의 안개는 숱한 애환을 낳는다. 안개 때문에 출국이 지연되어서 도착 날짜를 어겨야 하는 파독派獨 간호원, 10년 만의 상봉을 못 이루고 다시 집으로 돌아가는 중동 근로자 가족들, 발 묶인 외국 여행객의 숙박을 부담해야 하는 항공사 직원들…….

이따금 로맨티시즘도 낳는다. 공항에 발을 들이던 그해, 초봄의 일이다. 그날따라 예의 안개가 자욱했다. 대한항공 출국 카운터 앞에 웬 흑인 미녀가 서 있다. 날씬한 몸매, 성장盛裝한 옷차림으로 미루어 흑인 치고는 수입이 좋은 편에 속해 보였고 두 시간 남짓 카운터를 떠나지 않는 걸 보면 안개가 걷히기만을 바라는 듯했다.

그녀는 카운터 앞을 지나는 다른 승객이나 항공사 직원들한테 의미 있는 웃음을 보낸다. 그 웃음이 묘하다. 단순히 외국인에게 보내는 의례적인 웃음은 아니다. 아니나 다르랴. 그 웃음에 걸려든 사내가 하나 나타난다. 도준명 씨다. 도씨는 서울-홍콩 간을 일주일이 멀다하고 왕래하는 비즈니스 맨으로, 김포공항을 뻔질나게 출입하는 여러 사람 가운데 각별히 신문 기자의 시선을 자극하는 인물이다.

호화로운 넥타이, 자주 바뀌는 동반 여인, 훤칠한 용모로 미루어 가히 일급 플레이보이에 속한다고 볼 수 있다. 흑인 여자의 웃음에 말려든 게 아니라, 말려든 척한 것이다. 여자에 관한 한 그만큼 노련한 사내다.

언젠가 도씨와 같은 비행기를 타고 홍콩에 내린 적이 있다. 비행기 뒷좌석에 앉은 채 홍콩계 스튜어디스와 노닥거리는 폼을 눈여겨 관찰한 적이 있다. 물론 도씨는 내가 누구인지 모른다. 내가 그의 인적사항을 손바닥처럼 꿰고 있음은, 그때 홍콩 카이탁 공항에 내려 그가 적어 내는 입국 카드를 어깨 너머로 훔쳐봤기 때문이다. 도씨의 수작이 시작된다. 유창한 영어다.

"발이 묶이셨군요.아가씨!"

"예스!"

두 남녀는 흡사 10년을 알고 지낸 것 이상으로 자연스런 대화를 나눈다. 둘은 벌써 2층 카페테리아로 옮겨 커피를 마시기로 약속을 한 것 같다. 안개 낀 날은 기삿거리가 없다. 여객기가 내리고 뜨지 않는데 무슨 기사가 있겠는가. 굳이 있다면 '오늘 김포공항은 짙은 안개로 오사카행 KE ○○2편 등 10여 건의 여객기가 발이 묶였다' 는 1단 기사가 고작일 뿐이다. 그것도 전화로 부르는 기사인 만큼 먹히지도 않는 기사가 되기 십중팔구다.

두 남녀의 뒤를 따라 나 역시 카페테리아로 들어선다. 식당 내부를 한 바퀴 돌고 난 뒤 짐짓 마땅한 자리가 없는 척 머뭇거리다가 남녀의 옆자리에 앉았다. 도씨는 내 쪽으로 등을 보이고 앉아 있다. 취재하기가 편하다.

"내 이름은 도요. 홍콩에 사무실을 내고 있지."

"전 다이앤, LA에서 TV 광고에 출연하는 광고 모델이에요."

다이앤이 예쁜 입술을 만지며 (그러고 보니 말할 때 입술을 만지는 버릇이 있었다) 신상 소개를 했다. 비누 광고의 모델이라! 피부는 검지만 먼발치로 봐도 무척 보드라워 보인다.

휴가를 얻어 동남아 관광을 한 후 오늘밤 로스앤젤레스행 대한항공을 타려다 발이 묶인 것이다. 두 사람은 긴말을 나누지 않았다. 사내가 커피 값을 치른 후 여자와 함께 식당을 나선다. 택시 정류장 쪽으로 걷는 걸 보면 공항을 벗어나려는 게 분명하다.

그러고 보니 두 사람 다 짐을 들고 있지 않다. 짐 보관소에 기탁시킨 후 안개가 걷히면 다시 출국 수속을 밟으려는 게 뻔하다. 택시를 탄 남녀가 공항 밖으로 사라진다.

'너희들이 가면 어딜 가. 부처님 손바닥이지…….'

나는 10분 후 공항 근처 호텔에 전화를 걸었다.

"여보세요, 거기 호텔이죠? 여기 공항 항공산데, 거기 흑인 여자 손님과 한국 남자 안 들었어요? 방금 들어섰다구요? 아니, 됐어, 바꿔줄 필요 없어요. 거기 계시면 됐어요."

찰칵!

안개는 아직껏 가실 줄 모른다. 여행에 지친 사람들에게 안개는 무척 고마운 존재라는 생각이 든다. 안개 때문에 인연을 맺고 안개가 걷히는 순간, 그 인연도 끝나버리는 공항의 생리…… 김포엔 그런 로맨티시즘이 있다.

집사님의 글에 때로는 무릎을, 간혹 머리를, 가끔은 손뼉을 치며 즐겁게 읽고 있습니다. 서서히 중독돼가는 것을 느끼면서도 헤어나지 못하는 마약쟁이처럼 빨려 들고 있습니다. 하지만 공짜로만 읽을 수는 없고 시간을 내시면 소찬이라도 한번 대접하고 싶습니다.

집사님이 우리 교회에 오셨을 때 엄청 긴장했습니다. 직업병이란 말도 있듯이 언론계에 오래 종사하셨기에 나의 설교나 목회에 대해서도 냉소적인 시각으로 점수를 매기고 계시지 않을까 우려했습니다. 그러나 잡아주신 손의 체온을 통해 기우임을 알았습니다.

기자의 통찰력을 사랑의 숯으로 걸러내어 더 이상 눈에서 매서운 레이저가 아니라, 입으로 발사하는 사랑의 대포를 쏘고 계셨습니다. 새벽에 드리는 타인을 위한 중보 기도가 한 예이겠지요. 그 따뜻한 격려에 젊은 애송이 목사가 용기를 얻고 있습니다. 집사님의 건투를 빌겠습니다.

최현규

지내놓고 보니 참담할 뿐이다

대한항공 김포공항 지점에 색다른 전문이 날아든다.

국적: 중화인민공화국,

성명: Alec Cheung,

생년월일: 1947년 4월 x일,

도착편: 금일 KE 001, 귀 지점의 선처 요망.

전문의 발신지는 대한항공 하와이 지점. 전문을 쥔 대한항공 공항지점장이 아연실색한다.

처음 당하는 일이기 때문이다. 시계를 본다. 이제 정확히 한 시간 후면 한국 역사상 최초로 중공(그때는 중국대신 중공이라 호칭했다)인의 서울 입국이 시작되는 것이다. 내가 감을 잡은 건 대한항공 공항지점장이 공항 법무부 출입국 관리 소장실 문을 '박차고' 들어가던 장면을 목격했을 때부터다. 음, 뭔가 있다! 연말을 맞아 가뜩이나 특종에 굶주렸던 기자의 수성獸性이 꿈틀댔다.

출입국 관리소장을 반 시간 남짓 어르고 달랜 끝에 "오늘 밤 8시 비행기를 지켜 봐" 소리를 얻어냈다. 한마디로 대어다. 본사에 전화를 걸어 내일 아침 판 1면 자리를 비워놓으라고 으스댔다. '중공인 최초로 서울에 오다!' 다음 날 아침 《한국일보》의 1면 머리기사 제목이었다.

여기서 한 가지 밝혀둘 일이 있다. 특종을 노리고 이를 갈았던 건 인정한다. 그러나 지금 이 글을 소개함은 기자 시절의 무용담을 늘어놓기 위해서가 아니다. 읽으면 아시겠지만, 오히려 그 반대다. 어쩌다 지금처럼 기자 수첩을 꺼내 이 대목을 읽을 때마다 나는 매번 참담한 심정이 든다.

정확한 상황은 이렇다. 중국인 장입군(당시 28세) 씨. 캐나다에 사는 같은 중국계 약혼녀 루이스 콴 씨와 함께 하와이 관광 후 서울에 일시 기착. 다음 날 홍콩 경유 북경으로 가려던 예정이었다. 김포공항은 그날 밤 중공인 장씨에게 임시상륙 허가증을 발급, 다음 날 홍콩행 여객기에 오를 때까지 하룻밤을 머물도록 허용했을 뿐이다.

임시상륙 허가란 여행객이 항공기나 선박의 조난 또는 재해로 여권을 분실했을 경우 상륙지 정부가 발급해 주는 임시 통행증이다. 따라서 장씨의 경우 여권 분실의 형식으로 상륙 허가가 난 것이다. 이 '최초의 중공인'은 알고 보니 약혼녀와 마찬가지로 캐나다에 영주하고 있는 화교로, 캐나다 국적도 함께 가지고 있던 '이중국적자'였다는 사실이 지금

김포국제공항의 전경

지금의 인천국제공항으로 옮겨가기 전까지 반세기 넘게 서울과 세계를 잇는 유일한 가교 역할을 했던 곳이다. 이 책의 부제 〈서울 회억, 1961~1984〉는 바로 김포 회억을 뜻할 만큼 당시의 김포는 서울의 삶, 그 자체였다. 필자에겐 신문 기자로서 첫발을 들인 출입처이자, 취재 도중 군사 정권의 강철 군화에 여러 차례 짓밟혔던 곳이다. 그래서 더욱 못 잊는다. 사진_한국일보 제공

의 나를 참담케 하는 것이다.

중공 여권 대신 집에 놓아둔 캐나다 여권만 가지고 왔던들 아무런 문제가 되지 않았을 사안이 당시 이중국적을 금기로 알고 있던 대한민국 정부와 대한항공 직원, 그리고 특종에 목말랐던 나에게 문제가 됐던 것

이다.

파리 특파원 시절 그 비슷한 경험을 한 바 있다. 이웃 나라 독일 프랑크푸르트의 행사 취재를 위해 파리 공항을 떠나는데 아차, 여권을 안 가지고 나온 것이다.

집에 다시 들를 시간은 없고, 할 수 없이 파리 공항 출입국 직원에게 사정했더니 그는 두말 않고 독일행 여객기에 태워줬다. 또 프랑크푸르트 공항에 내려 독일 직원에게도 그대로 사정을 말하면 독일 공항이 임시상륙 허가증을 발급해줄 것이고 그 벌금이라야 고작 2마르크 정도가 될 것이라는 귀띔까지 잊지 않으며.

우리나라가 이중국적에 관한 한 30년 전의 '그 당시'를 지금껏 그대로 계속하고 있다는 점도 문제다. 한국은 지금 세계에서 가장 잘 사는 나라OECD에 끼어 있다. 총 30개 OECD 국가 중 이중국적을 허용치 않는 국가는 유일하게 한국뿐이다. 또 국제법 어느 항목을 봐도 이중국적을 금한다는 대목은 없다. 국제법은 다른 법과는 달리 관습을 법원法源, Origin of Law으로 크게 삼는 법法이다. 잘사는 나라 모두가 허용한다면 이중국적은 이미 국제법화됐다고 봐야 한다.

OECD에 끼지 못하는 중국은 어떤가. 앞서 중공인 장입군 씨처럼, 지금 해외 화교 가운데 상당수가 사실상의 이중국적 소유자다. 이 화교를 지금의 거대한 공룡 자본 세력인 화상으로 바꾼 것은 두 명의 실용주의 지도자, 중국의 덩샤오핑登小平과 싱가포르의 리콴유李光耀다. 두 지도자가 사실상의 이중국적을 허용했기 때문이다. 이들 화교들이 매년 중국에 쏟아 붓는 돈은 중국 전체에 대한 외국 투자 규모의 60퍼센트다. 이 화상을 벤치마킹해서 만들어진 것이 한국의 한상이라면 한상에게도 하루빨리 화상들에 맞먹는 사실상의 이중국적이 허용돼야 옳다.

정작 참담한 이유가 또 있다. 그 공항 기사로 그해 한국일보가 주는 특종 금상을 탔다. 같이 김포를 출입하던 모 신문 기자는 그 낙종으로 출입처가 바뀌었다. 외국의 잘사는 나라에서는 특종이 될 수 없는 사안이었다. 우리가 짊어져 온 당시의 냉전 체제, 또 반공을 제일의 국시로 삼아온 당시 군사정권, 그리고 특종에 애간장 태워온 정치 후진국 기자…… 이렇게 셋이서 합작으로 만들어낸 특종이었다.

이 특종 아닌 특종을 놓고 집착했던 그 시절을, 또 특종이라는 미명하에 공공연히 자행됐던 그 당시 나의 천박함을 두고두고 용서할 수 없을 것 같다. 30여 년 전 우리는 그 시대를 살았다. 그리고 거듭거듭 생각해본다. 그 시대의 주인이 누구였고, 지금의 시대, 또 앞으로 닥칠 시대의 주인이 과연 누군지를…… .

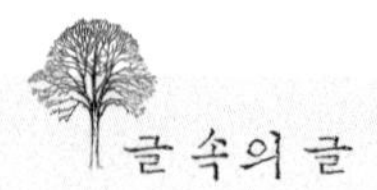

삼촌, 며칠 전 커피숍에서 뵈었네요. 오른손을 바지 호주머니에 넣고 왼손을 턱 가까이로 가져가며, 커피숍 주방 위에 매달린 메뉴를 유심히 보는…… 런던의 워털루 역에서 흔히 보이던 실루엣을 자세히 보니 바로 삼촌이었죠. 오랜 특파원 생활에서 온 스타일인지, 열심히 뭔가를 하고 있는 사람의 저녁 때 얼굴을 하고 계셨어요.

왕초에 관한 얘기는 저도 기억이 나구요. 저를 이담에 꼭 앉히겠다고 벼르셨던 편집국 풍경도 눈에 선해요. 엄마랑 삼촌 만나러 가면 절 데리고 한 바퀴 라운딩을 시키시곤 했잖아요. 제가 치과의사가 되니까 정말이지 어이없어 하셨죠.

댓글 올리시는 분들이 행복해하시는 것 같아요. 삼촌은 좋은 분인 거예요. 나중에 제가 이런 프로젝트하면 또 삼촌 따라한다고 놀리지 마세요. 저도 예전부터 생각하고 있었다고 전에 말씀드렸었죠? 예전에 이런 광고 카피가 있었죠. "따라 하는 게 아냐, 스타일을 아는 거지!" 힘내세요!!

오지연

삐둘지, 삐둘지!

기억력은 참 묘하다. 예전 것을 더 잘 기억하고, 최근 것일수록 점점 까마득해진다. 시간과 기억은 역비 관계인 듯싶다. 지금 김포 시절을 되살리며 더욱 느낀다. 앞서 동숭동 시절을 쓰며 나는 전적으로 내 기억에만 의존했다. 또 중학동 시절을 열면서도 어쩌다 한국일보 조사실에 들러 몇몇 자료를 복사한 적은 있지만, 맘 놓고 기댔던 건 내 기억뿐이었다.

그러나 김포 시절을 쓰기 시작하면서부터 흔들리기 시작했다. 김포 시절에 관한 첫 말문을 열고 나서부터 자료 찾기에 바빠졌다. 의욕은 앞서는데 기억과 자료가 따라주지 않는 것이다. 그래서 자료 찾느라 근 일주일을 집안 구석구석을 엎고 뒤집고 법석을 부렸었는데, 거기서 찾아낸 것이 『실록 김포국제공항』이라는 낡은 책이다. 근 30년 전, 김포공항 출입을 마치고 쓴 나의 첫 졸저다.

당시 어느 출판사의 권유를 받고 쓴 책인데, 그리고 까마득하게 잊었던 책인데, 그 책 한 권이 아직껏 내게 남아 있었다니…… 정말 신통방

통하다. 김포 시절 도입 부분에 소개한 공항의 안개와 스튜어디스 이야기, 그리고 특종 아닌 특종으로 지금까지도 나를 참담케 하는 한국에 왔던 첫 중공인 이야기는 그 책에서 인용했음을 이 자리를 통해 밝힌다. 내가 쓴 글, 내가 옮겨 싣는 것도 인용인가? 그만큼 낯이 설었던 책이었다.

자료 찾느라 법석을 떨다보니 그 와중에도 수확이 또 하나 늘었다. 편지 한 장을 찾아낸 것이다. 내 첫째 아들 민용이한테 써놓고도 까마득하게 잊은 편지인데, 지금부터 10여 년 전인 1995년으로 적혀 있는 걸 보면, 내가 워싱턴 특파원으로 일할 때 쓴 편지다. 대학 노트에 아무렇게나 휘갈겨 쓴 이 편지를 왠지 부치지 못했고, 부치지 못한 이유도 생각나지 않는다. 1995년이면 아들은 서울서 대학을 졸업하고 ROTC로 임관, 최전방에서 근무를 막 시작할 때였다.

이 편지를 공개한다. 아들에게 사전 양해를 구하지는 않는다. 부치지 않은 편지일진데 편지의 주인은 쓴 사람 것이라 여긴다. 공개하는 이유는 그 편지 속에 김포 시절을 체험하던 당시의 내 정서가 담겨 있기 때문이다. 편지에 담긴 건 정확히는 김포공항에 발을 들이기 한 달 전의 내 정서인데, 지금 기억을 못해서일 뿐이지, 공항 3년을 내내 이 편지 속의 정서에 묻혀 산 것이다.

민용이에게.

네게 미뇽mignon이라는 프랑스 이름을 지어 준 경위에 관해 너는 이미 여러 차례 들어왔을 줄 믿는다. 아빠가 고등학교 시절 괴테의 시 '미뇽'

을 외우다 그 민용이라는 단어의 발음한테 단번에 반했다는 것, 그래서 이 담에 내가 장가들어 아들을 낳으면 아들 이름을 민용으로 지으리라 결심했다는 것 말이다. 그리고 내가 그 시의 여러 구절을 읽으며 늦깎이 사춘기의 유포리아에 빠졌다는 것도 네게 몇 차례 얘기했던 것 같다. 시의 첫 구절을 지금도 독일어로 외우고 있다.

Kennst du das land, wo die zitronen blühen?

그대는 아는가? 레몬이 꽃피는 나라를

너도 어디서 읽은 것 같지 않느냐? 괴테가 이 시 제목으로 왜 프랑스 말 미뇽이라는 단어를 붙였는지를 난 모른다. 미뇽이라는 말은 네가 잘 알다시피 '귀엽고 우아하다'는 뜻의 프랑스 말이 아니냐.

사람 이름으로도 어쩌다 쓰인다만 흔히는 귀여운 친구나 애인을 부를 때 이 미뇽이라는 단어를 쓴다는 것, 대학에서 불문학을 전공한 네가 더 잘 알 것으로 믿는다. 괴테한테 미뇽이라는 프랑스 애인이 있었던 것 아니냐? 아니면 그 미뇽이라는 시의 주인공이 괴테처럼 독일 국적의 소녀였을지도 모른다.

파리 시절, 네가 옆에서 봤듯이 아빠는 취재 일로 유럽 각지를 오랫동안 쏘다녔다. 또 여행하는 동안, 많은 유럽인들이 살아생전 파리에 꼭 한 번 발을 들이는 꿈을 꾸며 살고 있다는 걸 보고 큰 감명을 받았다. 파리를 가보고 싶다는 그들의 꿈은 이탈리아나 영국, 또는 프랑스와 벨기에,

네덜란드, 룩셈부르크 등 서유럽 국가보다 독일을 포함한 체코, 헝가리, 루마니아, 불가리아, 오스트리아, 러시아 등 중부 유럽이나 동유럽으로 갈수록 더욱더 진하게 느껴졌다.

괴테가 살던 시절만 해도 도시나 도시 간의 인적교류가 드물던 시절이었지. 시인 괴테가 제 투박한 독일의 애인 소녀한테 꿈에 그리던 파리의 소녀이름을 달아 줬던 것도 역시 당시 유럽인이 공유했던 이러한 프랑스 지향성 때문이 아니었을까 싶다.

파리를 떠나 동유럽 여러 나라를 취재차 전전하며 나는 심한 노스텔지어에 빠지곤 했다. 그 노스텔지어의 대상이 내가 크고 자란 전주나 서울이 아니라 당시 살고 있던 파리였다는 사실을 뒤늦게 깨닫곤, 지금 살고 있는 곳에 노스텔지어를 느끼는 푼수가 다 있나…… 하고 주책없는 내 꼴에 자조를 터뜨리기도 했다만 뒤집어 생각해보면, '파리는 한마디로 그런 곳이구나' 하고 그 도시의 특성을 몸으로 느끼는 구체적인 계기도 됐다.

길고도 긴 자동차 여행을 마치고 파리로 접근하며 먼발치의 하늘 밑으로 파리의 불빛이 보이기 시작할 무렵, 특히 에펠탑의 오렌지 불빛 밑에 파리 시가의 윤곽이 드러날 무렵 나도 몰래 아! 하고 신음처럼 내뱉던 소리를 여러 차례 기억한다. 가슴 깊이 쿵쾅대던 심장소리도 기억한다.

아빠는 이처럼 항상 목말라 하며 산다. 갈증이 남보다 심하다. 이 편지 역시 그런 갈증의 소산이다. 네가 태어나고 2년쯤 됐을 무렵이다. 아빠는 신문사 외신부 기자로, 사흘 건너씩 닥치는 철야 야근으로 밤을 홀딱

지새우고 집에 들어오는 날이 많았다. 몸과 마음이 지칠 대로 지치면 잠도 오지 않았다.

네 엄마는 벌써 직장에 출근한지라 집 안에는 너와 나 둘뿐일 때다. 지금이야 상전벽해가 돼 있다만, 이십 수년 전 네가 젖먹이였던 때만 해도 신문기자 월급이 대한민국에서 제일 밑바닥을 기던 때인지라, 네 엄마 역시 잡지사 기자로 밥을 벌러 나가지 않으면 안 될 때였다.

이른 새벽 귀가 후, 벽에 등을 기댄 채 창밖의 아침 하늘을 내다보며 나는 예의 갈증을 심하게 느꼈다. 그곳 창밖으로는 유신이 시작되기 직전의 갑갑하고 견딜 수 없는 혐오감이 서울 전역을 내리 누르던 시절이었다. 잠을 청하기 위해 나는 냉장고에서 소주병을 꺼내 홀짝대곤 했다.

이른 아침, 빈 방바닥에 털썩 주저앉아 마시던 소주 맛이 어떤지를 너는 모른다. 소주는 갈증을 부추긴다. 결국 이른 아침부터 벌겋게 취해 창밖의 환한 아침을 내다보던 내 서른 살 시절의 그날그날을 지금도 기억한다. 또 그 당시 방 한쪽 귀퉁이에 유모차에 실린 채 뭐라고 옹알대던 네 젖먹이 시절의 모습 역시 눈에 선하다. 술취한 나의 눈에 너의 옹알대던 모습이 왜 그토록 신기하게 느껴졌던지 지금도 희한하기만 하다.

당시 나는 정신적으로 무정부 상태에 빠져 있던 시절이었다. 군대 시절 보초를 설 때마다 마주쳤던 철조망과 그리고 그 철조망 밖으로 환하게 펴 있던 코스모스 꽃밭을 기억 속에 되찾아, 내 사고의 양극에 골대를 세우고, 그 사이를 하루에도 여러 차례씩 피곤하게 왕복하던 시절이었다.

그 공허하고 목말랐던 기자 초년생 시절, 우리가 살던 아파트 창가엔 이따금 비둘기 한 마리가 날아와 한참을 꾸꾸대며 놀곤 했다. 너는 그 비둘기를 볼 때마다 두 손을 펼쳐 뭐라고 옹알대며 너와 비둘기 둘이서만 알아듣는 대화를 한참씩 나누곤 했다.

당시 만사가 귀찮고 짜증스러웠던 나에겐 비둘기가 놀러 와 머무는 것도, 또 젖먹이인 너와 둘이서 뭐라고 얘기를 나누는 모양새마저도 한없이 역겹고 보기 싫었다. 산다는 게 싫었고, 사내 계집 둘이서 밥 벌고, 애 낳고 키우고, 뭔가 기대를 걸고, 새 날을 기다리고, 집 늘리고…… 따위가 가증스러울 뿐이었다. 민주고 독재고 따지기도 싫었다. 나는 비둘기를 볼 때마다 쫓아버렸다. 서너 번을 계속 쫓아버리자 비둘기는 더 이상 날아오지 않았다.

그러던 어느 날, 역시 야근을 마치고 빈총 맞은 사람처럼 허탈한 상태로 집에 돌아와 방바닥에 털썩 주저앉았던 어느 날 아침이었다. 네 엄마는 여일하게 출근한 뒤였고, 너는 그날도 유모차에 실린 채 잠이 들어 있었다. 습관대로 소주병을 기울이며, 창밖의 아침을 고즈넉이 내다봤다. 그리고 며칠 전까지 거기 창틀에 놀러 와 쉬다 지금은 발길을 끊은 비둘기를 생각하며 조금은 미안하다는 생각을 하고 있었다.

바로 그때 너의 잠꼬대를 들었다. "삐둘지, 삐둘지!" 하며 꿈속에서 손을 내뻗고 안타까워하는 너를 쳐다보는 순간 왈칵 눈물을 터뜨렸다. 그리고 빌었지. '삐둘지야, 삐둘지야, 제발 다시 돌아와 다오!' 그렇게 혹시나, 혹시나 기다렸으나 비둘기는 그 후 더 이상 날아오지 않았다.

편지는 이렇게 끝난다. 내가 써놓고도 내 편지 같지가 않다. 또 써놓고 왜 부치지 않았는지도 모른다. 한 가지 분명한 건, 그 삐둘지를 애타게 그리던 어느 날 내가 외신부에서 사회부로 소속이 바뀌었고, 그날부터 김포공항에 발을 들였다는 점이다. 김포에는 그 '무정부주의'를 데리고 함께 발을 들인 것이다.

편지 속에서 내가 읊던 , 유신이 어떻고, 서울을 짓누르던 증오와 혐오가 어떻고…… 등등의 문장은 내가 쓴 책에는 물론 들어 있지 않았다. 그 책 역시 유신 치하에서 발간됐기 때문이다. 그때 만약 그런 표현이 들어있다면 시중에 나돌 수가 없던 시절이었기 때문이다.

편지 속에서, 서른 살의 내가 나를 두고 무정부주의적이라 표현한 데 대해 나는 지금 뿌듯한 생각이 든다. 당시의 나를 표현하는 데 더 이상 적확한 단어가 없다는 생각이 들기 때문이다. 써놓고 보니 정말 정말 맘에 드는 표현이다. 편지를 발견하고 더욱 확실해졌지만, 당시 김포에 첫발을 들인 나에게 가장 참고 견디기 어려웠던 고민이 하나 있었다. 그곳 김포에 쫙 깔린 정보 기관원들과의 갈등과 알력이었다.

당시 대한민국의 유일한 국제공항이라설까, 김포공항엔 엄청난 정보기관원이 파견돼 설치고 다녔다. 중앙정보부 요원은 말할 나위 없고 육군 보안사 요원, 심지어는 내무부 치안국 소속 외사과 요원까지 각 기관별로 10명 이상씩 파견돼 공항을 누비고 다닐 때다. 치안국 외사과는 현역 경찰들이라서 큰 고민이 되지 않았다. 공항 출입 기자 거개가 사슴앓이 시절 경찰을 진즉 경험했고, 그래서 서로가 서로의 활동이나 입지를 잘 알고 있었기 때문이다.

육군 보안사 역시 간첩을 잡겠다는 군 본연의 업무 연장인지라, 아무리 군사 정권 치하라 하더라고 민간 신분의 기자실에 대해 이래라저래라를 지시하고 간섭하는 일은 드물었다.

문제는 중앙정보부(이하 중정이라 칭함)였다. 사사건건 중정의 눈치를 봐야 했다. 언젠가 김포공항청사 보수 작업을 벌이다 대형 불발 폭탄이 발견된 적이 있었다. 그것을 특종으로 한국일보가 다음 날 아침 사회면에 사진과 함께 크게 실었다. 입, 출국하는 여행객은 물론 이들을 맞고 보내는 영접객과 배웅객, 그리고 공항 상주 근무자까지 하루 수만 명이 들락거리는 공항에서 대형 폭탄이 발견됐다는 건 언제 어디서 들어도 등골이 송연해질 수밖에 없는 기사다. 안 실린다면 그게 뉴스가 된다.

그러나 그날 아침 공항 기자실로 출근하자마자 나는 중정 김포 파견소의 호출을 받았다. 왜 그 기사를 본사에 송고했느냐는 타박이었다. 왜라니? 그런 기사 발굴해 보내라고 여기 김포에 나온 것 아닌가! 말이 통해야 무슨 변명이고 해명이고 늘어놓지…… 대화도, 또 이를 나눌 조율도 갖춰지지 않은 상황에서 내가 할 수 있는 일은 무엇이란 말인가.

그것도 반말 정도라면 이해가 갔다. 여러 기관원들이 내 주위를 둘러싼 후 입에 담지 못할 상스런 욕지거리를 퍼부어댔고, 자칫 주먹까지 날아들기 직전의 상황에서 나는 과연 어떻게 행동해야 하는가. 차라리 얻어터졌으면 좋겠다는 생각도 들었다. 개처럼 얻어맞아 피 멍 들고 절뚝거리는 걸음으로 귀가, 혼자 빈 방바닥에 털썩 앉아 소주병이라도 비우면 좋겠다는 생각이 든 것이다. 공항에 발을 들이기 직전까지도, 사흘돌이로 밤샘 야근 후 집에 오면 되풀이 됐던 새벽의 예식 아니던가.

나는 다른 건 다 참는다. 한 가지 못 참는 게 있다면 그건 모욕이다. 지금 이 글을 쓰는 이 나이, 이 순간까지도 못 참는 게 바로 남한테 모욕을 당하는 거다. 허나 그 모욕의 자각도, 모욕을 가하는 사람이나 받는 사람 사이에 모욕이 존재하고 있다는 상호 교감이나 공감이 따를 때 가능한 법이다. 당시 저들에겐 그런 것이 없었다. 당시 대한민국 영토 안에서라면 언제 어디서고 습관적으로 자행돼온 폭력이었다.

폭력과 마주 대하다보면, 또 거기에 익숙하다보면 사람들은 살아남는 비결을 터득한다. 그 한 가지 방법이 지금 당하는 모욕이나 고통을 내가 당하는 모욕이나 고통이 아닌, 제3자가 당하는 그것으로 스스로에게 최면을 거는 방법이다. 지금 수모와 고통을 당하고 있는 자는 내가 아니라 불특정의 제3인물이다. 내 의식은 내 육체를 떠나, 그 폭행과 가해의 현장 천장에 매달린 채 지금 고통 받고 있는 제3의 인물을 내려다보는 것이다. 그러면 산다. 아우슈비츠 수용소에서 살아남았던 한 유대인 랍비의 생존 비결이 바로 그러했다. 수년 전 워싱턴에서 읽었던 대학 교수 스티븐 코비Stephen Covey가 쓴 『성공하는 사람들의 7가지 습관The Seven Habits of Highly Effective People』이라는 책에 나오는 한 대목이다.

중정 파견소에는 그 후에도 몇 차례 더 불려갔다. 공항 활주로의 부실공사를 기사화했기 때문이다. 항공 전문 용어와 관제 용어가 여러 차례 등장하는 기사인지라, 더구나 30년 전 이야기인지라 길게 설명하기가 힘들다. 간단히 요약하면 이렇다.

당시 김포공항의 활주로를 6킬로미터라 상정한다. 그러나 이 거리는 대형 점보기가 착륙하는 과정에서 한참을 달려야 하는, 소위 활강滑降 거리로는 짧았다. 따라서 활주로를 넉넉잡고 10킬로미터로 확보하기 위해서는 4킬로미터를 추가로 늘려야 했다. 그렇지 않을 경우 기장은 민항기 바퀴가 활주로에 처음 닿는 '터치다운'의 타이밍을 자칫 놓치게 된다. 몇 초 늦게 터치다운했을 경우 활강 거리가 짧아, 최악의 경우에는 다시 이륙하기 위해 부랴부랴 조종간을 당겨야 했기 때문에 당시 김포공항의 민항기 이착륙은 매번 위험한 곡예를 되풀이해온 것이다. 결국 조종사들의 끈질긴 주장에 교통부 지방항공국도 이를 수락, 당시 4억 원(1973~1974년대 4억 원이다!)이라는 거액의 예산을 들여 4킬로미터의 활주로 확장 공사를 시작해 1년 뒤 마침내 완성했다.

하지만 완공된 활주로는 엉터리였다. 민항기가 착륙을 위해 활주로 진입 부위를 통과할 무렵이면, 그 진입 활주로 좌우에 부착해놓은 아우터 마커Outer Marker라 불리는 계기에서 빔(일종의 레이저 광선)이 발사돼, 바로 위의 상공을 날고 있는 민항기의 엔진 레이더에 닿아야 한다. 당시 대부분의 민항기에는 지금처럼 계기착륙ILS/Instrumental Landing System장치가 부착돼, 기장이 직접 조종하지 않아도 자동으로 이착륙을 하게 되어 있었다.

문제는 활주로 확장 과정에서 '아우터 마커'의 위치가 잘못 지정돼, 거기서 나오는 빔이 민항기 레이더에 정확한 시간, 정확한 거리에 맞춰

Au Revoir, 무슈!

나의 김포 공항 취재 시절, 파리 특파원으로 발령난 김성우 편집국장 대리(왼쪽)를 트랩까지 배웅하는 필자. 근 30년 전의 사진이다. 8년 후 편집국장으로 금의환향한 그는 필자를 파리 특파원으로 임명, 내 삶의 새 버전version을 제공해준, 고마운 분이다.

잡히지 않았던 데 있었다. 헛공사를 한 셈이다. 그걸 취재하느라 만 석 달이 걸렸다. 대한항공 조종사 대기실을 뻔질나게 드나들고, 일반인 출입이 금지된 관제탑까지 몰래 수시로 잠입, 여러 관제사들의 코멘트를 청취했다. 완벽한 기사를 쓰기 위해 몇몇 기장들로부터 사관학교 시절 배웠던 영문 '항공운항 교본'을 빌려 밑줄 치고 메모하며 항공기의 이착륙 원리도 깨우쳤다.

그 기사가 사회면 머리로 보도된 날, 나는 공항에 출근하기 무섭게 그곳에 다시 불려갔다. 닦달과 공갈은 말로 형언할 수 없었다.

"너, 이 새끼! 너희 신문사 사장한테 당장 알릴 거야. 공항 기자 당장 바꾸라고 말이다!"

이번에도 문책하는 초점은 뻔했다. 왜 4억 원이라는 돈 액수를 밝혔느냐는 것이었다. '아우터 마커'가 어쩌고 '이너 마커Inner Marker'나 '자동계기착륙'에 관해선 일체 언급이 없었다. 그 수모를 당하는 와중에도 속으로 생각했다.

"기사나 제대로 알고 까발릴 일이지, 개새끼들! 그게 여행객들에게 얼마나 무섭고 간 떨어지는 기사인 줄도 모르는 것들이… 무슨 말인지를 모르는 게야, 정말 모르는 게야, 관심은 오직 4억 원, 오직 4억 원이니……."

기사 쓸 때마다 그곳에 불려 다니다보니 나 역시 유대인 랍비가 아우슈비츠에서 찾아낸 생존 방법을 찾아야만 했고 다시 무정부주의자가 되는 수밖엔 묘수가 없었다. 김포에 첫 출근 할 때 함께 발을 들였던 예의 무정부주의자로 사는 길, 예전 외신부 때처럼 그 지붕 속에 숨는 수밖에 없었다.

외신부 시절 나와 호흡이 비슷한 동료 기자 하나가 있었다. 나와는 동갑으로, 동숭동 시절 심리학을 전공한 순 서울내기다. 둘이서 술을 자주 마시며 서로가 웃기는 짓거리를 했다. 술을 따르다 어쩌다 술잔이 미끄

러져 바닥에 깨지면 그 친구는 깨진 그 잔을 물끄러미 쳐다보다 이렇게 말했다.

"술잔이 떨어지니까 탁 하고 깨지네 그려"하고는 킬킬대고 웃었다. 나도 한마디 했다.

"니가 그리 말하는 걸 보니까 나도 우습네그려…… 히히!"

히죽대는 나를 보고 그가 다시 킬킬댔고, 나 역시 그걸 보고 또 히죽대고, 마침내는 한 목소리로 히히! 킬킬! 같이 웃고…….

나에겐, 또 그 친구에겐, 그리고 당시 편집국에 거하던 우리 모두도 마찬가지였지만, 폭력이나 수모에 맞설 힘이나 용기가 없었다. 용기는 어땠을지 모른다. 그러나 힘은 없었다. 싸움은 상대가 돼야 붙는다. 당시 우리에겐 그 힘의 원천이 될 정신적 무구武具가 전혀 갖춰져 있지 않았다. 과거 단 몇 년이라도 군사 독재라는 걸 경험했어야 말이지. 또 명색이 정치학사라 박힌 졸업장을 주면서도 대학은 그 해법이나 탈출로는 전혀 가르쳐주지 않았다. 우리의 숙명이었다. 무정부주의자가 될 수밖에 없었던 것이다.

매년 학기가 바뀔 때마다 수십 년 지나 케케묵은 '주권 다원론' 소리와 그 뒤에 으레 따라붙는 래스키나 매키버 같은 이름이나 귀가 닳도록 듣다, 또 정당이란 무릇 이러저러해야 한다는 에드먼드 버크Edmund Burke 얘기나 자장가처럼 듣다, 심지어 졸업을 앞둔 마지막 수업에서 마저 기껏 "자네들은 지금까지 제왕학을 공부한 거야!" 소리나 듣고 절을 내려온 것이다.

동숭동부터 시작되는 이 '시절' 얘기를 시작하며, 또 중간 중간 그 '시절'의 무대를 두서너 차례 바꾸면서도 이런 정치 얘기를 결코 하고 싶지가 않았다. 정치도 아닌 통치 시대를 살았거늘, 지금 와서 뭐가 할 말 남았다고 그 악몽의 순간들을 되살리랴.

그렇지만 이왕 내친김에 속내를 다 까발린다. 동숭동 시절의 이야기 초입에서 잠깐 비쳤듯, 졸업이 임박해 한사코 교정을 떠나기 싫었던 것도 실은 같은 이유에서였다. 교문 밖에 나가 어떻게 살아갈지, 또 무엇이 옳을지 도시 자신이 없었기 때문이다. 직장 찾아 밥격정 덜고, 착한 아내 만나 섹스 즐기다 아들딸 낳고, 승진해 집 늘리고, 골프채 번쩍이며 행복하게 살다 죽는 거…… 그게 진리였을 뿐이다, 당시 우리에겐!

폭력과 수모는 교문 밖에만 있지 않았다. 갓 입학했을 때만 해도 신입생 친구들 사이엔 영·호남 구별이 없었다. 그 폭력과 수모 그리고 거기서 배어난 악취는 친구 사이를 등 돌리게 하고, 심지어 애인 사이까지 갈라놓았다. 우리 생활 깊숙이 파고든 악취다. 더 큰 문제는 그로부터 40년 지난 지금까지 냄새가 가시지 않는다는 점이다. 여자아이한테 뺨 맞은 건 지금도 용서한다. '내가 뺨 맞을 짓을 했으니 맞았겠지……'라고 자위한다. 그러나 '전라도'라 저주받은 건, 그것도 그토록 예쁘고 간까지 다 내주고 싶던 아이한테서 들었다는 건 지금까지도 용서가 안 된다.

중정 파견소엔 그 후 한 번 더 불려 가는 것으로 끝났다. 언젠가 공항에서 일찍 시내로 돌아와 외신부 옛 동료들 5명을 술집으로 불러냈다. 앞서 '술잔 탁!'도 물론 끼어 있었다. 그날 기자실 포커 판에서 꽤 큰돈을 딴 날이었는데 무교동 술집을 두 차례 거쳐 세 번째 들린 집에서 사단이 났다.

우리들이 떠드는 걸 듣던 옆 자리 사람 넷이서 시비를 걸어왔다. 숫자가 우리보다 열세인데다, 우리가 떠드는 걸로 미뤄 기자들임을 진즉 눈치 챘을 텐데도 굳이 시비를 건 걸 보면 뭔가 한가닥하는 무리 같았다. 이어 술잔이 나르고 육박전이 벌어지고…….

결과는 예상대로 저들의 판정패로 끝났다. 문제는 그 다음이다. 누가 신고했는지 기동대가 출동하고, 우리 모두는 지금의 시청 옆에 붙어 있던 남대문 경찰서로 연행됐다. 얻어터진 저쪽 네 명도 같이 왔으나, 경찰차가 아닌, 저희들 차를 타고 따로 왔다. 그 점이 미심쩍었다. 아니나 다르랴, 알고 보니 넷 모두 중정 요원들이었다. 당직 형사과 경찰들은 신고를 받고도 손을 대지 못한 채 미적거리고 있었다. 중정 요원이라면 무소불위의 막강한 세력이었기 때문이다.

얼마 후 저쪽 팀 가운데 그때까지 얼굴을 내밀지 않았던 다섯 번째 사나이가 나타나더니 우선 당직 형사들한테 욕설을 퍼부었다. 40대 중반으로, 요원 모두가 그 앞에 굽실대는 걸로 미뤄 꽤 높은 직위의 인물 같았다. 호통인즉 우리 모두를 왜 당장 보호실에 쳐 넣지 않고 뭉그적댔는지를 댔는지를 추궁하는 거 아닌가.

'야, 이놈 봐라! 꽤 무게가 나가는 놈인 게로군……' 속으로 생각했다. 우리 모두가 진즉 사슴앓이를 경험한 기자들인지라 경찰서에만 떨어트려놓으면 모두 물 만난 고기였다. 그걸 이 녀석이 아는 거야, 모르는 거야…… 뭐? 우릴 쳐 넣으라고?

제5의 사나이가 드디어 실력을 발휘했다. 그날 당직 형사 조장한테 자신의 신분증을 보이더니 떡하니 수사관석에 앉아 우리를 일렬로 세우는 것 아닌가. 신분증을 본 당직 형사 조장은 슬그머니 자리를 비켜 주고…… 알고 보니 중정 감찰실에 근무하는 꽤 직위가 높은 자로, 그날 밤 중정 본부의 당직 조장이었다. 이어 자기 신분을 밝혔다. 중정 감찰실에 근무하는 무슨 과장이었던 것 같다.

중정 감찰실은 다른 중정 요원들의 비리를 조사하는, 그 당시 세태로 따지면 암행어사 중의 암행어사다. 그는 우선 공갈로 기선을 잡았다. "너 이놈의 기자 새끼들, 오늘 밤 네 여섯 놈 다리몽둥이부터 톱으로 쓸어 놓을 거야."

이어 본때를 보이려는지 "네 놈들 중에 누가 선임이야?" 하고 둘러보더니 하필이면 나를 지목, "너지? 너 맞지? 바로 대답해, 이 새끼야!"라고 악을 쓴 후 내 멱살을 잡아 맨 앞에 세웠다.

시비를 먼저 건 게 누구고 뭐고는 통하지도 않았다. 당직 형사들은 옆방으로 다 피해 있고, 우리는 하나하나 놈이 부르는 대로 각자 이름과 주소, 한국일보 소속 부서를 불러줬다. 다 적고 난 녀석은 이번에도 나를 지목하더니 "음…… 공항을 출입하신다? 너 이 새끼, 좀 당해봐!" 하고 냅다 발길질을 하려는 게 아닌가.

난 기가 막혔다. 그리고 그 발길질을 피하지 않았다. 이럴 수가, 세상에 이럴 수가…… 술도 한잔 걸쳤겠다, 격앙한 나머지 그 자리에서 울음을 터뜨렸다. 다른 동료 기자들로부터도 오열 소리가 들려왔다. 놈은 실컷 폼을 잡은 후 자기네 똘마니들을 태우고 의기양양하게 사라졌다.

내가 당한 수모는 그것으로 그치지 않았다. 다음 날 공항에 출근한즉, 예의 호출이 다시 기다리고 있었다. 놈으로부터 이미 전화 연락이 와 있었던 것이다. 돌아가면서 빈정대듯 물었다.

"어이, 한국일보! 당신 주먹이 그리 세다며?"

공항이 정나미 떨어졌다. 어서 빨리 이곳을 떠나고 싶었다. 아니, 한국을 떠나고 싶었다. 그리고 석 달 후 나는 미국행 노스웨스트에 올라 유학을 떠났다. 서울과는 그렇게 작별했다. 이 악몽은 그 후 두고두고 남아, 20년을 내 뇌리에 맴돌았다. 그러다 어느 날 아들한테 쓴 미발송의 편지 속에서 '삐둘지, 삐둘지……' 라는 탄식으로 터져 나온 것이다.

김포 3년을 이처럼 무척 척박한 정서 속에서 지냈다. 그러나 당시 그곳 김포에서 당한 수모와 비굴이 어디 나 혼자만 져야 했던 멍에였던가. 그 시절을 살았던 한국 기자 모두가, 아니 그 시대를 살던 한국 지식인이라면 모두가 함께 앓았던 질환 아니던가.

그 무렵은 나의 친구 이부영과 정동익 등 수십 명의 언론 동료들이 '동아일보 광고사태' 로 신문사에서 쫓겨나던 1975년의 그때와 일치하는 시절이다. 그것도 그냥 쫓겨났던가. 형사 떼거리에 팔 비틀리고 구타와 발길질 속에 개 끌리듯 떠밀려 편집국을 떠났던 시기다.

이부영과는 한국일보 견습 시절 작별한 후에도 이따금 만나 밤늦도록 술을 마셨다. 술자리에는 그의 '동아' 사슴앓이들도 늘 합석했는데, 그들 모두가 어쩌면 그리 유유상종인지, 술만 마시면 목청 높여 박 대통령을 규탄하고 시국을 개탄했다. 그들 모두가 말술을 즐기는 협객들이었다. 술마시고 통금에 걸리면, 부영이 떼거리들한테 붙잡혀 저희 동아일보 편집국에 들러 책상 위에 네 활개 펴고 하룻밤 신세를 지기도 했다.

그 시절 나 혼자만 기억하는 일이지만, 부영이한테 돈 5만 원을 꾸고 못 갚은 적이 있다. 정확히 말하자면, 못 갚은 건 아니고 일주일 후던가, 꾼 돈을 갚으려고 그의 패거리들과 다시 만나 술을 마셨는데, 2차로 옮겼을 때 그 돈을 몽땅 술 값 계산으로 치루느라 빚은 나한테 그대로 남은 것이다. 부영이야 벌써 다 잊은 일일 테고, 또 그날 내가 술값 2차 낸 걸로 빚도 다 청산이 된 것 아닌가 하겠지만, 당시 내 생각은 그렇지가 않았다. 술 값은 술 값, 빚은 빚 아닌가.

더구나 군대 복학 후 그와 교정에서 다시 만나 함께 보냈던 동숭동 말엽에 생각이 미치면 5만 원은 결코 적은 돈이 아니었다. 그는 당시 학비를 벌려고 KBS 외신부에 아르바이트 자리를 얻어 외신 번역 하느라 밤을 홀딱 새우기 일쑤였고, 그래도 모자라 가정교사로 끼니를 때웠던 걸 잘 알기 때문이다. 그 돈을 어떻게 떼먹는다는 말인가. 하지만 돈 갚을 기회는 그 후 더욱더욱 멀어졌다. 동아사태 이후 그는 툭하면 경찰에 끌려 다니거나 유치장에 갇혔고, 나는 김포로 출근해야 했기 때문에 서로 얼굴을 부딪칠 기회가 없었던 탓이다. 그리고 20여 년이 흘렀다.

그러던 어느 날, 드디어 빚을 갚을 날이 왔다. 1992년 초 국회의원에 당선된 그를 축하하기 위해 친구 몇몇이 마포 가든 호텔에 모였던 날이다. 부영이는 그날 짐 실어 나르는 픽업 차를 타고 호텔 정문에 내렸다. 그러고도 당당하던 모습이 눈에 선하다. 국회의원 당선된 놈이 픽업이라니…… 기가 막혔다. 한 달 후 나는 회사에서 돈 250만 원을 가불받아, 회사가 내게 지급한 승용차를 아예 사버렸다. 당초 새 차를 지급받았지만 3년 타고 나니 회사 측 계산으로 250만 원이 나왔던 것이다.

당시 나는 새로이 창간된 시사주간지 《시사저널》의 편집국장을 3년 동안 맡아오다 병을 얻어 (회복 차) 워싱턴 지국장 겸 특파원으로 발령났기 때문에 차를 회사에 반납해야 했다. 차적까지 아예 친구 이름으로 바꾼 후, 운전 기사를 시켜 부영이한테 직접 보냈다. 속이 시원했다.

이 글을 읽는 이부영은 '아, 그때 그 차 공짜로 준 것 아니야? 이런쯧쯧……' 하고 혀를 찰지 모르지만, 사실은 사실대로 밝히는 게 피차 좋을 성싶어 어색한 걸 무릅쓰고 밝히는 거다, 부영아! 그리고 이왕 얘기 나온 김에 여기서 분명히 해두자. 이제 너한테 빚 지은 것 없는 거야! 알았지?

그때 동아일보를 같이 떠난, 또 하나의 동숭동 친구 동익이한테는 못 갚은 빚은 없다. 그렇지만 그 친구를 만나거나 생각할 때마다 마음속에 항상 빚을 지고 산다. 동익이나 부영이 두 친구한테 비하면 나는 얼마나 유복했는가! 하는 그런 빚 말이다. 동익이는 더구나 나랑 전주 북중을 다닐 때부터 평생 동아일보 기자가 되는 꿈을 꾸고 살아온 친구다. 지금도 그렇다. 단 하루라도 좋으니 그때 불법 부당하게 쫓겨난 동아일보에

명예롭게 복직해서, 옛날 자기가 앉던 그 자리에 다시 한 번 앉아보는 게 꿈이다. 어느 놈이 그를 이렇게 만들었는가.

그를 만날 때마다 "야, 이 촌놈 동익아!" 하고 부른다. 욕으로나마 그 통한을 달래주는 게 나로서는 빚 갚는 유일한 방법으로 여겨왔기 때문이다. 웃기는 건, 녀석도 나를 부를 때 덩달아 '촌놈!' 이라 부른다는 점이다. 영원한 푼수, 우리 동익이! 그는 동아일보에서 쫓겨난 지 올해로 30여 년이 됐지만, 그동안 직장다운 직장을 가져본 적이 없는 친구다. 다른 동아 투위鬪委 멤버들도 마찬가지였다. 당시 군사정부 당국은 그가 다른 직장 갖는 걸 노골적으로 방해했기 때문이다. 그래서 평생을 출판사를 경영하며 살았다. 그는 직함은 있되 월급은 없다. 직함은 길기도 하다. '동아東亞자유언론수호 투쟁위원장'. 1960~1980년대를 우리는 그렇게 살았다.

김포 시절 3년을 무정부주의자로 살았지만, 뒤집어 생각하면 내겐 소득도 없지 않았다. 소득치고는 대단히 큰 소득이었다. 공항전문 기자가 된 것이다. 항공과 항법, 기내 구조, 하다못해 승무원의 생리나 체질에 이르기까지 "대한민국에서 나보다 더 많이 아는 기자있으면 어디 나와 봐!"라고 소리칠 만큼 자신이 있었던 것이다. 물론, 까짓 게 무슨 그리 대단한 자랑거리냐고 스스로 반문한 적도 없지 않았지만, 그게 아니었다. 그로부터 십여 년 후 특파원으로 만 14년을 해외로 돌면서 제일 많이 덕을 본 것이 바로 김포 시절 터득한 산지식이었기 때문이다.

민용이가 아기였을 때 "삐둘지, 삐둘지"라고 잠결에 애타게 찾던 대목을 읽자니 눈물을 참기 힘들다. 내 기억에 그곳은 예전 삼촌이 사시던 옥인동 아파트로 기억한다. 엄마는 가끔 옥인동 아파트에 들르실 때면(남동생을 보러 가신 거라 추정됨), 글 속에서 삼촌이 말씀하신 대로 외숙모는 출근하고 없으시고, 삼촌 혼자서 새벽에 야근 마치고 귀가, 예의 그 피곤함으로 잠에 깊숙히 빠져 있을 때가 많았다고 했다.

그런 삼촌 머리맡에는, 늘 칫솔에 치약이 묻혀진 상태로 가지런히 놓여 있었다고 한다. 곧 일어날 삼촌이 또 촌각을 다투면서 다시 신문사로 출근하실 테니까, 양치질할 시간도 없을 삼촌을 위해, 외숙모가 미리 그렇게 손을 써놓으시고 출근 하신 거라……. 엄마의 결론은 그러하셨다.

또 다른 일화는, 어느 날 엄마가 옥인동에 또 한 번 가신 날이었는데, 마침 외숙모가 퇴근하고 오실 저녁 무렵이었다고 한다. 외숙모를 기다리며(엄마에겐 '올케'가 되겠지) 아파트 밖에서 이것저것 둘러보시던 엄마 눈에 띈 건, 다름 아닌 외숙모. 근데 외숙모는 커다란 쌀가마와 설탕 꾸러미를 혼자 낑낑대며 이고 올라오시더라는 거다. 그 연약한 체구에 어찌 그런 큰 가마니를 이고 올라오신지 나도 상상이 되진 않지만……. 엄마가 "왜 이리 무거운 걸 혼자 낑낑 메고 오냐?"고 물으시니까 외숙모께서 부끄럽게 얼굴을 붉히시며 엄마에게 이렇게 말씀하시더라는 거였다.

"이걸 배달시키면 배달료도 또 줘야 하는데요……."

지금껏 항상 세련되고 쁘띠뜨petite 파리지엔느 이미지로 우리에게 입력된 외숙모 이미지와는 너무 다른, 생활 속의 그런 치열한 모습에, 내가 몇 번이나 "진짜야?"라고 엄마에게 되물었던 기억이 난다.

작은 외숙모를 뵐 때면, 우린 항상 파리지엔느의 아이콘은 저런 거구나 하며 신선한 감각을 느낄 수 있었다. 진짜 프랑스 여인들처럼 날씬한 몸매에, 미술을 전공하셔서 그랬는지 아무튼 남다른 감각……. 아직도 종종 작은 외숙모의 독특한 개성이 생각날 때가 있다. 그런데, 그런 세련된 파리지엔느에게도 삶의 그런 치열함과 억척이 공존하고 있었던가보다.

그 시절, 날아드는 비둘기도 싫고 집 늘리고 아등바등 사는 것도 다 귀찮으셨다고 하신 그 '무정부주의자' 시절을 1990년대에 대학을 다닌 나로서는 잘 이해할 수가 없다. 특히 '무정부주의' 라는 단어가 주는 특유의 '공황 상태' 가 어떤 건지 자세히 모르겠다. 유신도 모르고 4.19 혁명도 잘 모른다.

그러나 삼촌이 느끼셨던 무정부주의자의 '공허한' 피곤을, 또 작은 외숙모가 쌀가마니를 짊어지고 오르신 '치열한' 그 언덕을 이해할 수 있을 것 같다. 내 기억 속의 옥인동은 이처럼 공허와 치열함, 두 가지 모두를 느끼게 하는 곳이다. 삼촌과 외숙모가 보낸 옥인동의 30대를 생각해본다. 나의 30대도 두 분의 그 시절처럼 공허와 치열함이 뒤엉켜 정신없이 지나가겠지……. god bless!

오지명

•••**오지명** 셋째 조카딸 · 런던 거주_ 런던대학교 교수로 간 남편따라 현재 영국에 살고 있는 조카딸로, 시집가기 전엔 서울에서 제일 잘나가던 토플 학원 강사였다. 만사 따독따독 다지기 좋아하는 지모파 주부이다.

김포야, 너 정말 고맙다!

한국 외교관 도재승 서기관이 베이루트에서 현지 게릴라한테 납치됐다. 1986년 1월 말, 당시 나는 한국일보 파리 특파원으로 재직 중이었다. 서울 본사로부터 꼭두새벽 전화가 걸려왔다. 도재승이 납치된 레바논의 수도 베이루트로 당장 떠나라는 명령이 떨어졌다.

전화를 받는 순간 픽 웃었다. '베이루트가 어디 이웃집인 줄 아시나?' 취재 지시 내리는 본사 편집국의 무지가 가소로웠다. 아랍 국가는 비자 없이는 얼씬도 할 수 없던 당시였다. 더구나 베이루트가 수도인 레바논의 경우, 파리 주재 레바논 대사관에 비자 신청을 넣어도 한 달 안에 비자가 발급된다는 보장이 없던 시절이었다. 그러나 데스크의 그런 무지가 어떤 때는 일을 저지르고 만다. 그의 무지를 탓하면서도 할 수 없이 샤를 드골 공항으로 차를 몰 수밖에 없었다. 뭐 별다른 묘수가 있어서가 아니라, 당시 상황에서 현장 베이루트와 가장 가까운 곳이 파리의 샤를 드골 공항이었기 때문이다.

기자라는 직업은 참 묘하다. 뉴스를 직접 줍지는 못할망정, 그 현장에 가장 가까운 데 머물고 있다는 것 하나만으로도 뭔가 위로와 명분을 얻기 때문이다. 기자라는 직업, 뭔가에 씌운 직업임에 틀림없다. 드골 공항에 차를 댄 후, 에어 프랑스의 공항 카운터 쪽으로 어슬렁어슬렁 걸어갔다. 문제의 베이루트행 출발 스케줄을 살펴보니, 마지막 항공편이 한 시간 전에 이미 끝나 있었다.

베이루트 말고 인근 지역을 살핀즉 쿠웨이트행 에어 프랑스 항공편 하나가 지금 막 체킹을 끝내고 탑승을 마무리 짓는 상황이었다. 쿠웨이트는 파리로부터 따지면 베이루트 상공을 지나 2시간을 더 달려가야 나온다. 따라서 일단 쿠웨이트에 도착했더라도 다시 2시간 동안을 거꾸로 돌아와야 베이루트에 닿는다.

거기에다 비자마저 없다. 베이루트는 고사하고, 쿠웨이트 비자마저 없는 상황 아닌가! 그러나 결행에 나섰다. 그라운드 스튜어디스(기내 승무원이 아니라 카운터에서 티켓팅하는 직원을 이렇게 부른다)에게 쿠웨이트행 왕복 항공권을 주문했다.

"Vous avez visa?"

프랑스의 그라운드 매표원은 내 국적을 체크하더니 이렇게 "비자가 있느냐?"고 물었다. 당연한 질문이다. 만약 비자 없이 태웠다가 내가 입국 못하고 다시 파리로 돌아올 경우 그 책임과 왕복 비용을 항공사가 부담토록 되어 있기 때문이다. 내가 왕복권을 주문한 이유는 그 아가씨를 턱 보는 순간 감을 잡았기 때문이다.

금발의 그 아가씨는 한마디로 애송이였다. 바로 저거다! 그녀의 짧은 경험, 병아리 직원이라는 사실에 주목한 것이다. 나는 프랑스 외무성이 발급한 특파원증을 꺼내 보이면서 진지한 눈빛으로 대답했다.

"En cas de diplomat ou corresondant comme moi, il n'y a pas besoin de visa. Vous ne savez pas?"

외교관과 특파원의 경우 비자 없이도 국제선을 탈 수 있다고 둘러대고 (지금까지) 그것도 몰랐냐고 반문까지 했다. 물론 새빨간 거짓말이었다. 금발의 아가씨는 내 말을 곧이곧대로 믿고 티켓팅 작업을 서둘렀다. 그러나 뭔가 켕기는 듯 파리 시내의 에어 프랑스 본사에 전화를 걸더니, 한국인 승객 한 사람의 무비자 탑승이 옳은지 그른지를 알아보기 시작했다.

나는 다급했다. 티켓을 가로챈 후 "지금 탑승이 마감되지 않느냐! 이상이 있으면 다시 비행기에서 내리면 된다"는 말로 그 애송이를 달랜 후 달려가 여객기 안으로 그대로 뛰어들었다. 탑승한 지 2~3분이 못 돼 항공기는 이륙했다. 그 2~3분이 왜 그리 길었던지…… 지금껏 두고두고 기억에 남는다.

8시간을 날아 쿠웨이트 공항에 내렸다. 깜깜한 밤이었다. 공항대합실 보세 구역 안에서 3~4시간을 보내다 아침 6시가 됐을 때 쿠웨이트 주재 박종상 대사 댁에 전화를 넣어 나의 위급한 상황을 알렸다. 이곳 쿠웨이트 공항 밖으로 나갈 수도 없고, 하물며 베이루트행 여객기로 옮겨 탈 수도 없는 처지이니, 박 대사께서 공항에 좀 나와 레바논행 항공사 측에 내 보증을 서달라고 부탁한 것이다. 박 대사는 내가 외무부(지금의 외교통상부) 출입 기자 당시 중동국장을 역임했던 직업 외교관이다. 근 5년 만에 그의 주재국 공항으로 불러내 다시 만난 것이다.

박 대사는 "또 일을 저지르셨군요!" 하고 씩 웃더니 두말 않고 나를 레바논 항공사 쪽으로 데리고 갔다. 그리고 비행기를 태웠다. 어디 그 뿐인가. 이륙 후, 그곳 베이루트 주재 한국대사에게 전화를 걸어 그곳 공항에 내리는 즉시 현지발급 비자Spot Visa를 발급 받을 수 있도록 조처를 해놓겠다며, 어서 안심하고 가라고 다시 씩 웃었다.

베이루트에 열흘 동안 체류하면서 나는 그곳에서 노다지 기사를 연일 캤다. 이번 한국 외교관 실종 사건이 당시 온 국민의 관심사였기 때문이다. 전화로 부르면 그게 다 기사가 됐다. 실종된 도재승은 그때 베이루트 공항 부근의 어느 밀실에서 발목에 족쇄가 채워져 비탄에 젖어 있던 무렵이었다.

기자의 '현장' 독점은 심리적으로 묘한 갈등을 수반한다. 여러 경쟁 기자들을 물리치고 현장에 단독 골인했다는 점에서 흡사 보물섬에 혼자 상륙한 해적 왕이 된 기분에 빠져든다. 딱히 그렇게 느낄 필요가 없는데도 왠지 다른 기자한테 송구스런 맘이 들고, 그 저변에는 뭔가 범죄 심리 비슷한 정서까지 깃든다.

베이루트는 한마디로 무서운 도시였다. '만인이 만인의 적' 이란 토머스 홉스Thomas Hobbes의 말이 정말 실감이 갔다. 도처에서 전투가 벌어지고, 길모퉁이마다 저격병들이 온종일 몸을 숨긴 채 표적을 노리는 거리, 언제 어디서 터질지 모르는 폭발물 때문에 아무 데도 맘놓고 활보할 수 없는 도시…… 당시의 베이루트는 그러했다.

도재승이 억류돼 있을 비밀 아지트가 어딘지는 처음부터 취재 영역 밖이었다. 알 수도 없을뿐더러, 설령 안다 해도 감히 접근을 시도할 수 없을 만큼 그토록 험악하고 소름끼치는 도시였다. 도시 전체가 증오로 가득 차 있었다. 그 증오의 맨 밑바닥에 종교가 하얀 이를 드러낸 채 웃고 있는 걸 느꼈다. 기독교 민병대, 회교군, 카톨릭 세력이 저마다 암세포 덩어리처럼 도시를 할거해 있었다. 또 인접 이스라엘에는 유대 세력들이 눈을 부릅뜬 채 긴장을 고조시키고 있었다.

레바논은 한마디로 그런 나라였다. 이웃 이스라엘의 예루살렘 성전을 짓던 솔로몬 왕이 그 궁궐의 대들보로 이곳 레바논(수도 베이루트)의 아름답고 우람했던 전나무를 공출받아 썼다는 구약의 한 대목이 떠올라 숙연한 기분에 빠져든다.

지금부터 3,000년 전의 얘기다. 앞으로 다시 3,000년이 흐르고 나서도 그 대목, 그 구절은 계속 살아남아 있으려니…… 4개의 종교가 미국 같은 곳에서는 불편 없이 동거를 하는 편인데 왜 이곳에서만은 저토록 피가 피를 부르는 악순환을 계속하는지 알 수가 없다. 더 한심스런 일은, 그 4개 종교의 정상에 있는 신의 이름은 하나님, 알라, 천주, 여호와로 각기 서로 달리 불릴 뿐 사실 같은 분이라는 데 있다. 한 얼굴, 같은 신이 4개의 다른 의자에 나눠 앉아 이를 드러내놓고 웃는 이 형국을 과연 무엇으로 설명해야 옳은가. 베이루트의 증오는 바로 이런 패러독스의 증오다. 그래서 더욱 전율하는 증오다.

대사관에서 소개하는 택시 기사를 일주일간 고용했다. 이브라힘이라는 이름의 이 택시 기사가 허리춤에 차고 다니는 권총을 유심히 쳐다봤다. 하긴 미국에서야 장난감만큼이나 흔한 권총이지만, (당시) 내가 상주하던 파리에서도 권총만큼은 아무나 휴대할 수가 없었다.

그 권총을 택시 기사 이브라힘은 마치 장난감 권총처럼 차고 다니는 것이었다. 나의 시선이 자기의 권총에 쏠려 있음을 눈치 챈 듯이 이브라힘이 농담처럼 말을 건넸다.

"권총 한 자루 줄까요?"

나 역시 농담으로 받아넘겼다.

"한 자루 주시겠소? 값이 얼마요?"

"한 자루 150달러지만 선물로 거저 드리지요."

그는 주머니에 손을 넣더니 권총 한 자루를 꺼내 불쑥 내밀었다. 45구경 권총이었다. 총구는 잘 닦여져 언제라도 쓸 수 있었다. 탄창에는 실탄이 8발 들어 있었고, 안전 자물쇠마저 풀려 있었다. 난 그제서야 깜짝 놀랐다.

"이거 정말 나한테 주는 거요?"

"물론이지요. 집에 9자루나 있는걸요."

허리춤에 차고 있는 것까지 합치면 그는 지금 11자루의 권총을 가지고 있는 거다! 아무리 노다지 취재라지만 이런 도시의 취재는 지치고 버거울 수밖에 없다. 무엇보다도 외톨이라는 부담에서 쉬 벗어날 수가 없었다. 첫날의 흥분과는 달리 누군가 어서 빨리 이곳 베이루트에 닿아 함께 도시를 쏘다니기를 절실히 바랐다.

그러나 타사 동료 특파원들이 파리 주재 레바논 대사관에 공식으로 비자를 신청한 후, 이곳에 오려면 빨라도 한 달 이상은 걸려야 했다. 그나마 비자를 쉽게 내주지 않는 것이 회교 국가의 특징이었다. 서울의 한국일보 본사에서야 단독 특파원을 현지에 파견한 셈인 만큼 완전히 노다지를 캐는 기분이었을 것이 분명했다. 내가 열흘간 서울로 송고했던 기사는 매일 1면 머리기사에 걸렸다. 전화 송고 도중 나의 기침 소리마저 기사화된다는 생각이 들 만큼 한 자 한 자가 알알이 지면에 반영됐다.

수화기를 한번 잡으면 1시간 내지 2시간 통화가 예사였다. 더구나 베이루트에서 국제전화를 걸기란 하늘의 별 따기처럼 힘이 들었다. 도시 곳곳이 폭격으로 파괴된 데다 전화 통화량마저 엄청나게 불어, 평균 2시간 정도를 다이얼과 씨름해야 겨우 한 통화가 걸리는 그런 처지였다. 통화가 됐다 하면 쉽게 끊을 수가 없었다. 막말로 괴발개발 기사가 되는 건 무조건 다 불러 재껴야 수지가 맞았다.

글을 쓰다 잠시 담배를 피우며 곰곰이 생각해본다. 베이루트를 비자도 없이 어떻게 천신만고 끝에 들어갔는지, 그 살벌한 험지에서 서울과의 국제통화를 성사시키느라 얼마만큼 애간장을 태웠는지를, 또 외로움과 갈증(무얼 그리 목말라 했던지 지금껏 의문이지만) 속에 열흘을 어떻게 지냈는지를 독자들은 둘째 치고 한국일보 동료들조차 전혀 몰랐으리라 여기고 보니, 퍽 삭막하다는 생각이 든다.

실리는 건 오직 기사뿐, 그 기사를 캐내는 데 기자 개인이 치른 품과 땀방울은 기자 본인이 떠벌이지 않는 한 결코 신문에 실리지 않는 법이다. 또 제대로 눈이 박힌 기자치고 그런 품과 땀방울을 제 입으로 떠벌이는 기자는 거의 없다. 기자를 놓고 이러쿵저러쿵 말이 많지만 기자 사회에는 아직도 이런 룰이 아름답게 통하고 있다. 지금 쓰는 이 글을 다른 독자들이 아닌, 예전 한국일보의 동료들이 먼저 읽어줬으면하는 욕심이 간절하다.

햇수로 벌써 20년이 지난 사건인 만큼, 그때 그 시절의 후일담을 넋두리처럼 늘어놔도 그리 크게 욕되지는 않을 것으로 안다. 무엇보다 내가 한국일보를 떠난 지 17년이 되는 만큼 내 넋두리는 충분히 그 효용 가치를 인정받을 수 있다고 여긴다. 또 이런 넋두리와 함께, 더 솔직히는 이런 넋두리를 유발케 만든 원인이기도 하지만, 그곳 베이루트 취재를 마치고 파리로 돌아왔을 때 나를 기다리고 있던 서울 본사로부터의 팩스는 한마디로 내 기를 팍 죽이는 것이었다. 베이루트와 서울 간의 국제통화 전화료가 (당시로) 150만 원이 나왔는데, 그 이유를 설명하라는 서울 본사로부터의 추궁이었다.

사흘 후 조선일보의 파리 특파원이 역시 천신만고 끝에 베이루트에 잠입했다. 당시도 서울의 조간 신문은 《한국일보》와 《조선일보》 둘밖에 없던 시절이라서 평면적인 구도로 본다면, 두 원수가 외나무다리에서 만난 격이다.

독자들은 잘 모르겠지만, 우리나라에서 신문과 신문의 경쟁은, 특히 《한국일보》와 《조선일보》의 당시 경쟁은 상상을 초월했다. 이 경쟁을 합리화할 어떤 논리나 원칙도 존재하지 않을 만큼 그 경쟁은 원초적이고 동물적인 것이었다. 기자들 역시 소속 언론사 간의 경쟁을 무비판적으로 받아들이고 이 경쟁 속에 몸을 사른다.

안타까운 점은, 앞에서도 언급했지만, 이 경쟁을 기자 정신으로 잘못 파악한 채 불꽃 속에 뛰어든다는 점이다. 더 가혹한 사실은 은퇴할 때까지 그런 착각을 지속하다 막판 죽을 때까지도 뭐가 뭔지를 깨닫지 못한 채 숨을 넘긴다는 점이다. 훌륭한 기자란 특종을 많이 한 기자이고 따라서 남을 골탕 먹인 기자가 자기 소속사로부터 박수를 받는다는 얘기인데, 이 공식은 적어도 한국 언론 풍토에서는 100년이 가도 깨지지 않을 공식임을 단언한다.

베이루트에 먼저 도착한 후 예의 그 외로움이 없었던들, 두 특파원의 관계는 퍽 살벌했을 것임이 분명했다. 허나 둘은 함께 지내는 동안 같은 호텔에 투숙했고, 택시 기사 이브라힘의 차를 함께 썼다.

그러나 납치범들이 으레 납치 후 거듭해온 관습대로, 도재승이 타임지를 들고 있는 사진을 딱 한 장 보내왔을 때는 어느 기자가 먼저 이 사진을 쓰느냐를 놓고 한때 거북하고 어색한 분위기에 빠졌다. 이 사진을 입수한 당시 베이루트 주재 한국 대사가 처신만 잘했던들 아무런 문제도 생길 일이 아니었다. 두 특파원은 각각 자기 카메라로 이 사진을 복사한 후 현지 주재 AP통신을 통해 본사로 각각 전송했기 때문이다. 일을 잘 마무리 지은 나는 대사실의 문을 걸어 잠근 후 대사에게 가혹한 말씨로 경고를 했다.

"그 사진을 어느 한쪽 특파원에게 줄 생각을 버렸어야 했습니다, 대사 양반! 두 특파원을 함께 만족시키는 방안을 생각했어야지요. 외교도 그런 식으로 해야 하는 게 아닙니까?"

두 특파원은 일주일을 같이 보낸 후 다시 파리로 돌아왔다. 10명이 넘던 타사 특파원들이 나를 쳐다보는 눈은 정말 원한에 차 있었다. 그러나 그 눈빛은 얼마 못 가 가셨고, 특파원들 간의 경쟁은 그 후 21개월간 소강 상태에 들어갔다. 납치범들이 직접 한국 정부를 상대로 흥정을 벌였고, 그 흥정 내용이나 교섭 경위는 일체 외부로 흘러나오지 않았기 때문이었다. 또 납치범들이 써온 그런 비밀 교섭은 지금까지도 통용되고 있는 흥정 방식의 전형이기도 하다.

21개월이 지나 다시 한 번 치열한 취재전이 벌어졌다. 전쟁을 벌인 장소는 이번에는 기내다. 석방된 도재승을 태우고 서울로 귀국하는 기내에서, 파리 특파원들의 관심사는 딱 하나였다. 그의 억류기를 받아내는 경쟁이었다. 억류 21개월 동안 그가 무슨 고생을 했고, 어떻게 지냈는지, 끼니는 무엇으로 때웠고, 그 고생을 무엇으로 메웠는지…… 매번 생환객한테서 나올 법한 빤한 얘기지만, 한 자라도 더 적고 더 많이 불러대야 기사 경쟁에서 이기는 것이다.

문제는 이 결정적 대목에 관해 도재승 본인이 입도 뻥끗하지 않았다는 점이다. 본인 스스로가 옆에서 보기에도 화가 치밀 만큼 과묵형인 데다, 신변 보호를 맡은 우리나라 수사관들의 꼴답잖은 과보호의 입김까지 쐬어 무슨 말을 물어도 소가 닭 쳐다보기를 되풀이할 뿐이었다.

그가 베이루트에서 석방돼 제네바에 도착, 거기서 하루 머물고 다음 날 프랑크푸르트를 거쳐 서울행 대한항공으로 옮겨 타기까지, 거기서 다시 김포공항에 닿기까지 근 20여 시간의 기내 취재는 내가 경험한 것 가운데 가장 숨 가빴던 취재 전쟁이었다. 일본 취재 기자들만 해도 너댓 명이 동승했다.

이 경우 기자의 '현장'은 비좁은 기내가 된다. 입체적 취재고 두더지 취재고가 없다. 한사코 입을 다무는 취재원, 또 그를 상대로 뭘 묻고 뭘 적으려는 기자의 행태에 노골적으로 반발하는, 심지어 위협적 시선까지 굴리는 수사관들의 작태를 놓고 뭘 취재한단 말인가.

한마디로 난공불락의 전투였다. 수사관들의 함구는 대개의 경우 수사 진행을 방해받지 않기 위한 것으로 알려져 있으나, 그건 상당 부분 거짓이다. 하급 수사관들은 상급자에 보고하기 전에 얘기가 새어 나가는 것에 대한 원초적 공포를 가지고 있기 때문이다. 이야기가 새어 나갈 경우, 상급자로부터의 추궁과 닦달을 겁내기 때문이다.

이제 석방되어 한시바삐 서로를 끌어안아야 할 도재승의 가족과 그의 생환 소식을 가족 못지않게 귀 기울일 국민들을 염두에 둔다면 정부는 모든 가용의 수단을 동원해서라도 도재승의 석방 취재를 도왔어야 했다. 그것이 정상적인 정부다. 비단 정부의 도리나 원칙만을 강조하려는 것이 아님은, 그때 그 시국의 국내 정세에 비추어보면 더욱 자명해진다. 당시의 사분오열된 국민 정서를 한데로 묶어 결속시키기 위해서도 도재승의 석방 귀환이라는 빅뉴스가 당시의 전두환 정권 입장에서 볼 때 얼마나 소중한 호재였을까를 생각해보면…… 이런 천치들! 정말 안타깝기만 했다.

정권이고 나라고, 심지어 국민들조차도 문화라는 게 뭔지를 도시 모르고 살아온 탓이다. 샹송 가수 이브 몽땅Yves Montand이 죽으면 프랑스 신문들은 이를 1면 머리기사로 다룬다. 그게 바로 문화다. 당시 서울에 존재하는 거라고는 독재, 그리고 그 독 이빨에 물리지 않으려고 몸 사리는 눈치밖에 없던 시절이었다.

동행한 수사관들의 수사 진행으로 범인들의 범행 동기나 범행 단체의 신분이 밝혀진 건 하나도 없었다. 엄밀히 말해, 수사는 무슨 얼어 죽을 수사란 말인가. 아랍 게릴라들한테까지 국제 봉으로 찍혔던 한국 정부였다. 도재승 씨 개인한테는 대단히 죄송스런 일이지만, 그는 한국 정부가 봉이 되어 매 맞는 걸 대신해서 맞은 거나 진배없었다. 그가 어떤 조건, 어떤 보상으로 풀려났는지는 당시 나로서는 관심 밖의 일이었다. 설령 안다 해도 이를 기사화하면 막후 흥정을 악의로 누설하는 것이 되므로 도재승 개인에게나 정부한테 화를 초래하게 된다. 따라서 현명한 짓이 못 된다.

그러나 그가 억류 기간 동안 뭘 먹고 무슨 생각 속에 지내왔는지는 흥정이나 수사와는 하등의 관계가 없는 일들이었다. 또 수사 수사하지만, 우리나라 수사관이 그 석방이나 생환을 위해 도대체 무엇을 했단 말인가. 굳이 수사라면 기자들에게 노골적으로 반감을 드러내는 일, 심지어

눈까지 굴리며 적의를 표하는 게 수사였을 뿐이다. 이런 개탄이나 울분은 당시의 취재 상황에서는 느끼지 못했다. 현장이 하도 절박한 데다, 수사관 또는 기관원들의 횡포나 무례가 어제오늘의 얘기가 아닌 탓이었다. 김포 시절 3년 내내 당하지 않았던가.

근 20년 지나, 이 글을 쓰는 지금에 와서야 보인다. 우리가 어떤 사회를 어떻게 살아왔는지, 또 우리의 삶이 얼마만큼 찌들고 원론에서부터 얼마나 멀리 이탈해 있었던지가 보인다. 세월은 이래서 좋다. 도재승에의 집착을 캐내어가다 수사관의 횡포라는 바윗돌을 만나고, 그 바윗돌을 제치고 마침내 세월이라는 명약 뿌리를 찾아낸 기분이다.

다시 얘기를 기내로 돌린다. 김포공항은 서서히 가까워오고, 나 역시 서서히 초조해지기 시작했다. 프랑크푸르트 공항에서 대한항공기에 탑승 직전, 국제전화로 서울 본사에 송고한 짤막한 스케치용 단신 기사 외에는 이렇다 할 기사가 없었기 때문이다. 정확히 말하면 기사가 없는 것이 아니라, 수사관들의 등쌀에 취재가 안 됐던 것이다. 나뿐만이 아니라, 함께 동승했던 파리 상주의 한국 신문·방송 특파원 열댓 명 모두가 같은 고민에 빠졌다. 기내 취재 기사 한 줄 못 부르는 상황에서 그 먼 거리를 도재승과 동승해 귀국할 하등의 이유나 명분이 없었기 때문이다.

할 수 없이 마지막 비방을 쓸 수밖에 없었다. 도재승 옆 자리의 취재 기자석을 훌쩍 떠나, 멀찌감치 자리를 잡고 창밖만을 주시했다. 기내의 화장실과 가까운 자리로 기억하는데, 이따금 화장실을 들락대는 수사관들의 눈에 쉽게 띄는 자리를 의도적으로 골랐다. 그리고 도재승 사건과는 애써 무관한 듯, 아니면 취재를 포기한 듯, 애써 홀가분한 자세로 한참을 기다렸다.

그때다. 도재승 바로 옆과 뒤에서 순번제로 기자의 접근이나 질문을 감시하던 기관원 한 사람이 임무 교대 후 화장실에 가려고 내 옆을 통과했다. 용변을 마친 그는 자기 자리로 돌아가면서 힐끗 나를 뒤돌아봤다. 먼발치로 이를 지켜보면서도 시선은 계속 기창밖에 두고 있었다. 그가 내 곁에 오더니 옆 자리에 앉았다. 그러고는 뭔가 쏟아내지 않고는 견디기 어렵다는 듯, 도재승으로부터 들었던 21개월의 억류 생활을 차근차근 얘기해주는 것 아닌가.

인간은 누구나 비밀을 털어놓고 싶어 한다. 다만 그 방식을 놓고 신경을 쓸 뿐이다. 의도적으로 측은하게 보였던 나의 계략에 그 수사관이 걸려든 것이다. 그러나 수사관이 입을 뗐다고 웬 떡이냐하고 취재 노트나 볼펜을 꺼내면 그건 삼류다. 수사관의 얘기를 듣되, 고개만 이따금 끄덕거리고, 별다른 반문을 던지지 않아야 한다. 한마디로 큰 관심을 두지 않는 표정을 계속 지어야 했다. 그래야 술술 나온다. 볼펜을 꺼내면 누구건 생리상 입을 다물게 된다. 새를 쫓는다. 난 공동회견 자리가 아니고는 웬만해서 취재 노트를 꺼내지 않는 편이다.

수사관이 다시 제자리로 돌아간 후 갈겨쓰기 시작했다. 수사관이 내게 들려준 얘기는 바로 도재승이 수사 기간 중 수사관한테 털어놨던 자신의 억류기 아닌가! 짧은 시간 내에 엄청난 분량의 기사가 됐다. 자, 이제 남은 문제는 어떻게 이를 서울 시내 편집국에 송고하느냐는 건데, 시계를 보니 이미 지방판 마감을 2시간밖에 남겨놓지 않은 시간이었다. 이런 경우의 해법도 김포 시절 진즉 터득해뒀다.

유니폼 소매에 금테 둘 달린 퍼서(기내 사무장)를 조용히 불렀다. 이어 조종실에 있는 기장에게 잠깐 나와달라고 부탁했다. 기장이 나오자 나는 기장에게 신문 마감 시간의 절박함을 설명하고, 내 기사를 건네주며 대한항공 김포 운항실 쪽에다 그대로 읽어줘 녹음시켜줄 것, 그리고 이를 다시 신문사 편집국에 릴레이 시켜줄 것도 아울러 부탁했다. 기장이 알겠다며 내 기사를 가지고 조종실로 돌아갔다.

그러나 기장을 상대로 펼치던 나의 음모는 눈치 빠른 몇몇 특파원들에게 발각됐다. 너도나도 "내 기사도 그렇게 불러 달라"고 신신당부하는 것 아닌가! 속으로 기가 막혔다. '내 기사라니…….' 당신들이 도대체 누구한테 무슨 얘깃거리를 들었다고 '내 기사'라는 말인가……. 도재승의 억류기를 통째로 들은 건 기내에서 오직 나 혼자뿐이거늘!

기장 역시 여러 명의 주문이 함께 쇄도하자, 당초의 내 부탁마저 묵살해버렸다. 이제 어떡한다? 순간 20년 전 김포공항의 구조를 머릿속에 상기시켰다. 바로 그거다!

KAL기가 김포에 내리자마자 나는 통관 수속을 거른 채 보세 구역CIQ 안에 있는 법무부 출입국 관리사무실로 달려갔다. 전화통을 붙잡고 기내에서 쓴 기사를 마구 불렀다. 손목시계를 연신 살피며…… 드디어 다 불렀다. 지방판 마감 시간 2분을 남겨놓고 '도재승 억류기'의 송고에 성공을 거둔 것이다.

송고를 마친 후, 모르는 척 기웃거려보니 다른 특파원들은 짐 찾느라 정신이 없었다. 쾌재를 불렀다. 김포야, 너 정말 고맙다!

존경하는 친구 김승웅에게

항공 분야에 40여 년(항공사와 항공대학)간 종사한 사람으로 누구보다 생동감 있게 자네의 김포 시절을 실감하고 감탄하며 읽었다. 나 역시 대한항공의 본사에서 기획, 국제, 영업관리 부서에 근무하다 LA, 홍콩, 워싱턴 지점장으로 근무하다보니 김포공항 현장의 내용을 대충 들어 알지만, 자네처럼 그렇게 세세하고 깊이 있는 분석적 지식이 결여되어 있음을 부끄럽게 여기며 자네를 감히 항공 문제 대기자로 부르고 싶네.

보통 관찰력 없이는 모르는 사실이며, 김포공항 활주로 확장 공사의 부실 및 하자 내용을 수개월에 걸쳐 항공 역학 및 조종 이론을 연구·적용시켜 파헤쳐서 개선시킨 쾌거와 그로 인해 항공 안전에 기여한 점은 김승웅 대기자 아니면 어느 출입 기자도 불가능한 일로서, 특수 기관에 불려가 혼날 일이 아니라 오히려 훈장을 받을 일이다. 다시 한 번 자네에게 찬사와 감사의 마음을 표하고 싶네.

홍순길

•••**홍순길** 대학 동기 · 항공대학교 교수, 전 총장_ 대한항공 워싱턴 지점장까지하고도 마흔 살 넘어 꾸준히 공부하여 학계로 진출한 만학의 학구파로서 한국항공우주법학회장을 맡고있다. 술은 즐기되 과음하지 않는 외유내강의 표본이다.

늘 재미있게 읽고 있습니다. 조선 후기에 권 모라는 선비가 시귀詩鬼가 들린 것처럼 일정한 시기에 집중적으로 수많은 시를 썼다는데, 김 선배님의 요즘 글을 보면서 같은 생각을 했습니다.

선배님 글 중 기자 월급에 관한 부분이 있어서요. 제가 1974년 입사 후 6개월간 받았던 월급은 3만 원이었고 저는 그 돈이 적다고 은하수(당시 가장 비쌌던 담배) 200갑이라고 말했었는데…… 견습이 떨어지니 5만 2천원. 선배들이 한꺼번에 많이 올랐다고 부러워했던 기억이 납니다.

임철순

•••**임철순** 한국일보 주필 · 전 편집국장_ 속 확 뒤집고, 심벽 뚫는 글 쓰기로 말하자면 대한민국에서 둘째 가라면 서운해할 필사로서 저널리즘 문학이 가시화 되리라 확신을 주는 문학도 겸 언론인이다.

야만을 벌하는 법法은 없어요

김포 시절 3년도 이제 슬슬 마감할 때가 된 듯싶다. 우리가 공유했던 1960~1970년대 이야기 속에 굳이 김포 시절을 끼워 넣었던 건, 몇 차례 강조했듯, 그 김포가 소멸했기 때문이다. 돌아가신 어머니의 소멸 그리고 동숭동의 소멸에서 보았듯 이 소멸의 현장에는 으레 채우고 또 채워도 넘치지 않는 미학이 질펀했기 때문이었다.

김포는 보기에 따라 입학 첫날 대학 교정에서 떠올랐던 '금각金閣'의 환영으로도 나타났다. 소설 『25시La vingt cinquième heure』 작가 게오르규Consatantin Gheorghiu가 서울에 도착 한 날, 김포는 동숭동 시절 내가 진즉 버리고 떠났던 몽환의 '변경'으로 둔갑해 나타나기도 했다.

"김포공항을 떠날 무렵 그는 공항 시계탑의 시침을 몇 시에 맞춰놓을까?"

작가의 방한을 맞아 당시 한국일보 문화부 기자 양평은 문화면 문학

란에 이렇게 적었다. 당시 김포엔 시계탑이 없었다. 있다면 세계 주요 도시의 표준 시간을 알리는 몇 개의 '고성능' 숫자판 시계Digital Watch가 고작이었을 뿐이다.

'없는' 시계탑을 있는 것처럼 표현한 양 기자의 허위 보도를 탓하려는 게 아니다. 오히려 그 반대다. 양평만큼 완벽한 표현을 구사한 기자가 없던 것 같다. '그날'의 몽환을 되살려볼 때 이런 탄복은 나로서는 매우 당연한 것이었다.

작가는 소설을 통해 말해왔다.

> "25시, 인류의 모든 구제가 끝난 시간이라는 뜻이지. 설사 메시아가 다시 강림한다 해도 아무런 구제도 할 수 없는 시간이라는 말야. 이건 최후의 시간이 아니라고. 마지막 시간에서도 한 시간이나 더 지난 시간이다. 이것이 서구 사회의 정확한 시간이란 말야. …… 현재의 시간이란 말야……." (25시, 판타나 15절)

작가는 성자 차림이었다. 검은색 수단에 역시 검은색 사제모를 썼다. 트랩을 내려서자 보도진이 밀려들었다. 밀치고 당기는 소란 속에서도 성자는 웃음을 잃지 않았다. 방한 소감을 캐려는 기자들의 성급을 미소로 달랬다. 그러고는 입을 열었다.

"우리 서로 인사말을 하지 않아도 됩니다. 이 세상에는 말을 나누지 않아도 서로의 울타리를 무너뜨리는 공통의 무엇이 있기 때문입니다.

다만 저는 '뜨거운 우정을 느끼게 하는 나라'에 올 수 있어 말할 수 없이 가슴이 두근거릴 따름입니다."

일순 보도진들의 소란이 멎었다.

1974년 3월 20일, 『25시』의 작가 콘스탄틴 게오르규Constantin Gheorghiu의 방한은 이렇게 시작됐다. 『25시』가 쓰여진 지 하필이면 25년 만에, 평소 그의 표현대로 한국을 찾아온 '극동의 파수꾼' 게오르규의 첫 방한 소감은 이처럼 서두부터가 숙연했다.

"동양은 서양의 산소 공급자입니다. 모든 것을 숫자로 분석하며, 카드 작업을 통해 파악하려 들고, 기계로 처리하려 드는 서구 문명은 사람의 숨통을 누릅니다. 이에 비해 동양인들은 직감이나 전체적인 측면에서 사물을 인식합니다. 제가 말하는 '산소'는 이런 식의 여유에서 생기는 문화의 근본을 말합니다."

소설 『25시』는 작가가 겪은 반 체험적 소설이다. 순박한 루마니아 농부 요한 모리츠가 기계화되고 도식화된 서구 문물에 희생되어 100여 군데의 수용소를 이유도 모르는 채 13년 동안이나 끌려 다니던 비극을 다루고 있다. 작가가 책의 서두에서 밝히듯, 트라이안 코루가라는 작중 인물을 등장시켜, 현대 기계 문명의 모순과 몰인간화를 대변시켰다. 트라이안 코루가는 그리스정교회 코루가 신부의 아들로, 게오르규 자신을 뜻했다.

소설은 하나의 허구를 다룬다. 허구를 통해 진실을 말한다. 진실을 '진실되게' 나타내기 위해 최소한의 필요악으로 허구를 등장시킨다. 그

실례를 게오르규한테서 봤다. 동행한 부인 에카테리나 여사와 만나 결혼한 사연은 작품 『25시』 내용과 그대로 닮아 있다. 방한 소감에서 밝힌 '산소', '흰 토끼'는 모두가 소설 『25시』에 나오는 등장 요소들이다.

"내가 2차 대전 중 승선 명령을 받은 잠수함 속엔 구리통이 하나 있었고, 그 안엔 흰 토끼 한 마리가 들어 있었습니다. 산소가 결핍된 토끼는 사람보다 7시간쯤 먼저 죽게 됩니다. 이틀 후 내가 토끼 역을 맡게 됐어요. 승무원들은 전에 토끼를 관찰하듯 나의 건강 상태를 살피더군요. 음식을 먹지 않고 괴로운 표정을 지으면 잠수함 내에 산소가 결핍됐다고 판단하더군요."

그에게 교회의 역할을 물어봤다.

"교회요? 교회는 한 번도 사회를 전체적으로 구제한 일은 없어요. 하지만 사회 구성원 한 사람 한 사람의 구제는 보장해왔습니다."

이 대답도 소설에 기술한 그대로다. 그는 덧붙였다.

"죄의 근원이 뭡니까, 야만 아니겠어요? 그러나 야만인이라는 이름의 죄를 벌하는 법은 아직껏 없어요. 야만이라는 게 확실히 드러나도 기껏 비합리적인 것 정도로 치부될 뿐이에요."

열흘간의 방한 일정을 마친 게오르규 부부는 약간 지친 모습으로 공항에 다시 나타났다. 경주 불국사를 돌아보고 판문점에도 들른 듯했다. 공항에서 고별 회견을 끝내고 트랩을 향해 걸어가는 노작가의 손가방을 들어줬다. 뭔가 한마디, 지금까지의 공식 스케줄과는 무관한 얘기를 묻고 싶었지만 질문이 떠오르지 않았다. 형식과 프로토콜을 싫어하는 노

작가에게 초청 측은 너무 잔인하지 않았던가 싶다.

작가가 작품에서 밝혔듯 현대 사회는 "식권, 숙박계, 여행 제한, 주소 변경·신고…… 인간을 통제하는 갖가지 관료주의적 기술을 너무나 많이 터득하고 있는 것 같다"는 생각이 들었다. 트랩에 도착했다. 게오르규 부처와 나뿐이다. 가방을 건네며 인사를 했다.

"안녕히 가세요!"

작가는 나를 끌어안고 내 이마에 입술을 댔다. 그리고 예의 미소를 흘리며 속삭이듯 말했다.

"신의 가호가 함께하기를……."

하오 2시 31분. 공항의 시계탑이 아쉬웠다.

1959년생인 저에게 1960~1970년대는 '심증은 가나, 물증이 없는' 시간대입니다. 하지만 나의 20대와 이사님의 20대를 같은 키 높이로 놓고 보면 확연히 다른 점을 발견합니다. 하나의 예로, 대학 시절만 해도 나 자신은 성쌓기에 바빴던 그때에 이사님은 자신을 해체하고 있었으니……, 나는 방어에 치중하고 스스로 높아지고자 했을 때, 이사님은 변경으로 향했습니다.

8년 전 '말코' 이사님을 공보국장으로 모시고 제가 느낀 인상은 전형적인 프로 '문사철' 이었습니다. 그리고 저 양반 "푼수는 분명히 푼수인데……"라 여겼지만, 파고 들어가보면 큰 바위가 나타나고, 이것 참 실체를 알 수가 없으니 난감했습니다. 한마디로, 법이나 제도, 규정 같은 그물망은 아예 윗목에 밀쳐둔 찬밥 덩이로 취급해버리고, 모든 걸 합리성과 상식적인 차원에서 일을 물었습니다. 아하, 바로 이거구나, 만사에 격을 두지 않는 바로 격외格外 인물이로구나! 하고 느꼈죠. 〈국회보〉 1면에 '편집인으로부터의 편지' 를 턱하고 게재할 때는 '저분 저러다 목 날아가고, 나는 새로운 공보국장과 일하게 되는 것 아닐까' 마음 졸이기도 했지요. 도대체 국회의장보다 자신을 더 높이 두고……. 그러나 지금 생각해보니, 〈국회보〉의 구각舊殼은 그렇게 조금씩 벗어났던 겁니다.

저로서는 아직도 스크린 앞에 너무 가까이 앉아 김승웅이라는 전체 화면을 다 보지 못하고 있는 것 같습니다.

김종해

••• **김종해** 국회 사무처 조사관_ 관복은 걸쳤되 사고는 고산준령을 넘나든다. 여리되 비굴하지 않고, 강하되 교만하지 않은 영남 문객으로 삼총사에 나오는 총사 아라미스와 꼭 닮은 가톨릭 신자다.

1984년, 서울과의 작별

아버지는 쥔 손을 놓지 않는다

제정구는 내가 워싱턴 시절 건졌던 가장 큰 수확이었고

그가 1999년 병으로 죽었을 때, 하늘이 정말 원망스러웠다.

그리고 이 글을 쓰면서 다시 생각한다.

그런 인물이 어쩐지 다시 태어날 것 같지가 않다고…….

제가 독재자를 닮아간답니다!

글을 쓰면서 인간에겐 남을 닮으려는 버릇이 있다는 것, 그 버릇이 또한 매우 순수하다는 걸 누차 강조해왔다. 특히 흉내내려는 대상이 평소 존경하는 분이라면 그 버릇은 더욱 완연해진다. 대학 시절 나의 슈퍼스타는 단연 고故 동주東洲 이용희 박사였다. 외교학과를 창설하신 은사다. 나뿐 아니라 대학 친구들 모두가 그 유장한 학문 세계와 탁월한 표현력을, 평소의 진지한 눈매와 처신을, 심지어 그의 걸음걸이까지 다투어 흉내냈다.

나는 첫째와 둘째 아들 이름에 은사의 존함 중 '용' 자를 넣을 정도였고 심지어 한문도 '쓸 용用' 자를 그대로 넣었다. 고인께서는 이 사실을 모르신다. 말씀드린 적이 없기 때문이다.

누군가를 닮으려는 심리는 엉뚱한 데로도 통한다. 적대적인 인물, 심지어는 타도 대상이 되는 인물을 알게 모르게 닮고마는, 가역可逆의 논리로까지 펼쳐진다.

고故 제정구 의원을 워싱턴에서 만났을 때다. 오랜 반독재 투쟁 끝에 제도 정치권으로 갓 진입한 그에게 물었다. 의례적인 질문이었다.

"국회의원이 된 이후의 고충이 뭐요?"

그가 깜짝 놀랄 대답을 했다.

"독재자가 총탄에 숨진 걸 옥중에서 알았습니다. 그때 저는 심한 허탈감에 빠졌습니다. 오매불망의 타도 대상이 어느 날 갑자기 사라졌다고 느꼈을 때, 그 무력감과 허탈감은 말로 표현하기 힘든 것이었습니다."

"……."

더욱 놀란 건 그 다음 대목이다.

"그 독재자를 제가 닮아간다는 사실이 지금 저의 가장 큰 고민입니다. 다른 누가 뭐래도 나는 나 자신이 가장 잘 아는 법입니다. 국회의원이 된 후 내 무의식의 말과 행동 속에 그 독재자의 태도가 나타나는걸요!"

식사 중에 나온 그의 말을 지금까지 토씨 하나 빠뜨리지 않고 기억하는 것은 그 언어가 지닌 담력 때문이다. 그 언어 속에 들어 있는 영성 때문이다. 그의 말은 어쩌다 '얼굴을 지닌 정치인'을 만났을 때 건질 수 있던 고백의 차원을 훌쩍 뛰어넘는 수준이었다. 알게 모르게 자신의 언행에 깃든 독재자의 잔재를 감별해낼 만큼 그의 통찰력은 가히 종교적이었다.

정치인과 종교를 생각해본다. 한 통계에 따르면 우리나라 국회의원 가운데 절반 이상이 기독교 신자다. 우리나라가 신정국가도 아니고, 따라서 정치인에게 종교가 필수적인 것은 아니다. 그러나 적어도 종교적

일 필요는 있다고 본다. 다시 한 번 말한다면, 정치인이 되려고 교회나 절에 다니지 않아도 된다. 그렇지만 종교적일 필요는 있다. 왜냐하면 영성의 특장特長이 바로 비전인데, 이 비전은 종교적인 사람, 또는 종교적 영성이 있는 사람만이 가질 수 있기 때문이다. 정치인 개인의 야심이나 포부를 비전이라 부르지는 않는다.

반대로, 당신이 지금 의원 신분으로 다른 동료 의원처럼 교회를 나가면서도 당신의 꿈이 한갓 야망이나 포부에 그친다면, 당신은 지금 당신의 신과 결별하는 편이 낫다. 그건 마치 신을 거부하는 이유로 "어둠 속을 더 똑똑히 보기 위해서"라던 철학자 니체Friedrich Wilhelm Nietzsche의 항변 속에서 차라리 연민이 더 느껴지는 것과 같은 이치다. 제정구 의원을 만난 후 내린 결론이다. 그만큼 그에게서 강력한 인상을 받은 것이다. 알고 보니 그는 독실한 가톨릭 신자였고 나를 의식하고 던진 답변이라 여기지는 않는다.

그가 다시 워싱턴에 들른 건 1년 후다. 그의 두 번째 워싱턴 나들이 역시 처음과 같은 감동의 장이 되기를 은근히 기대했지만 이번에는 별다른 말을 남기지 않고 엉뚱하게 책 한 권만 덜렁 전하고 갔다. 『신부와 벽돌공』이라는 자전적 에세이집이었다. 출판 일자가 (당시로부터) 석 달 전인 것으로 미뤄 그는 서울에서 책이 나오자마자 한짐 지고 곧장 워싱턴으로 달려온 것 같다.

누구나 마찬가지겠지만 나 역시 정치인의 저술에 큰 관심을 두지 않는다. 책을 통독한 것 역시 예의 첫 나들이 때의 감동을 기대했기 때문

"제가 독재자를 닮아간답니다!"

"국회의원이 된 후 가장 큰 걱정거리가 뭐냐?"는 나의 질문에 고故 제정구 의원은 사진 제목처럼 대답했다. 한마디로 영성靈性을 지닌 정치인이었다. 사진은 미국을 방문한 제정구 의원과 오찬을 함께하는 당시 주미 특파원들〈왼쪽부터 한국일보 정일화 특파원(현 세종대학교 교수), 문화일보 특파원이던 필자, 제정구 의원, 한겨레신문 정연주 특파원(현 KBS 사장)〉.

인데, 밤새워 그 책을 읽고 나서 느낀 건 그가 한마디로 오싹할 정도의 독종이었다는 사실이다.

책은 지방 명문고를 수석으로 졸업한 그가 5수 끝에 서울대학교 정치학과에 입학하던 1966년부터 시작된다. 당시 그의 나이 스물두 살이었다. 그 후 펼쳐진 '30년 한국'이 이 책의 배경이다. 아, 이런 인물도 있었구나…… 나의 김포 시절이, 또 이를 견디다 못해 미국, 일본, 프랑스로 도피한 나의 경박함이 두고두고 부끄러웠다. 재학 시절 민청학련 사건 때 제정구는 학우 이철에게 자신의 등록금을 '자금'으로 넘겨준 혐의로 20년 형을 선고받는다. 그러나 사형이 선고된 유인태와 이철에게 그는 "너희들은 참 좋겠다"고 부러워할 정도로 독종이었다. 책장을 넘길 때마다 독자는 자문에 빠져든다. '나는 그때 어디서 무얼하고 있었는가'라는 자괴에 절로 빠진다. 책을 읽고 나면 또 지난 군사 통치 30년의 의미가 다르게 나타난다는 점도 주목할 만하다.

이 점이 책의 진가이자 마력이기도 하다. 책에 등장하는 주인공은 분명 저자 자신이고, 주제 역시 저자의 눈에 비친 군사독재 30년이 분명한데도, 중반부를 넘으면 주인공과 주제가 바뀌는 것이다. 그 30년을 이 땅에 할애한, 그리고 그가 마침내 만나고야 마는 하나님으로 바뀌니 놀랍다. 이 하나님을 그는 청계천 판자촌에서, 목동의 철거민촌에서, 때로는 넝마를 줍거나 벽돌공 노릇을 하면서, 그리고 (당시처럼) 국회의석에서 수시로 만난다고 술회한다.

그의 특허인 독기도 함께 변색돼 간다.

"박 정권 덕에 출세 대신 삶이 무엇인가를 이해하며 사람의 길을 가게 된 것이다. 지금 생각하면 얼마나 다행스러운 일인지 모른다. 감옥에 갈 수 있었던 덕택에 참 신앙에 눈을 떴다"

라고 고백하기에 이른다. 더 인상적인 것은 그의 주특기였던 증오와 타도 정신, 앙갚음에 대한 재진단이다.

'악에 대항하는 바람직한 방법은 그 악 앞에 의연히 존재하고 서기만 하면 되는 것'으로 보고 있다. 투쟁 대상을 자기 자신으로 지목한, 지난 첫 나들이 때의 답변은 바로 이런 정서에서 나왔던 것이다. 이 책은 그런 의미에서 정치인들이 툭하면 표를 의식하고 펴낸 책이 아니라 일종의 구도서에 가깝다.

책을 읽고 나니 제정구라는 인물이야말로 우리의 지난 30년이 작심하고 투자해 거둬들인 '작품' 같다는 생각이 든다. 이 작품을 통해 우리들의 지난 30년이 홀연 호흡을 재개하는, 우리들의 '교사教師'로 바뀌는 것이다.

그의 책을 각별히 주목했던 이유로 또 한 가지 더 추가할 것이 있다. 그는 전형적인 투사 출신인데 반해 (당시) 집권당 대권 주자들 거개가 대학교수, 총장, 판사, 대법관 등 하나같이 재사才士 출신이라는 점이다. 제정구 본인이 이를 느끼고 말고에 관계없이 시류는 이제 투사에서 재사 시대로 바뀌고 있다는 걸 절감했다.

이에 대한 제정구 본인의 심사는 어떤 것인지 알고 싶었으나 그의 책은 이에 답변하지 않았다. 한때 말 달리던 투사는 어느덧 하나님으로부터 기름 부음을 기다리는 유사油士로 바뀌었기 때문이다. 제정구는 내가 워싱턴 시절 건졌던 가장 큰 수확이었고 그가 1999년 병으로 죽었을 때, 하늘이 정말 원망스러웠다. 그리고 이 글을 쓰면서 다시 생각한다. 그런 인물이 어쩐지 다시 태어날 것 같지가 않다고…….

참 이사님 다우십니다. 언제나 직관으로 투명한 식견을 정리하시되 여기에 인간적인 판단과 이해를 여유로 남겨 가져가시는 혜안이라 할까요? 그런가하면 지금까지 새벽마다 기도로 당신을 낮추시고, 매번 우리 동료 직원들을 결코 비굴에 빠지지 않게 해주셨고, 그 덕에 우리 모두를 어려운 시기에서 벗어나게 해주셨습니다.

또한 이사님의 말씀 한마디 한마디가 마치 잘 다듬어진 한 편의 글을 읽는 듯했습니다. 사고의 깊이와 여운, 또 그 생략 속에 남긴 뜻을 저희는 두고두고 존경하고 감사드립니다. 독자 한 사람 한 사람의 가슴을 비장한 감동에 빠트리는 독특한 필체, 이사님 아니고는 누구도 지닐 수 없는 재능이라 여깁니다. 이사님과 함께 일할 기회가 있었다는 것, 하나님께 정말 감사드립니다.

전영순

•••**전영순** 재외동포재단 정보화사업과장_ 담략과 두뇌가 뛰어나고, 눈물도 많다. 출판사와 인연을 맺게 해 이 책이 출간되게 한 장본인으로 시련을 기도로 이기는 신자이다.

제정구의 죽음

제정구가 죽던 1999년, 나는 워싱턴 임기를 모두 마치고 서울에 돌아와 있었다. 워싱턴 임기만이 아니고 근 30년에 걸친 언론사 생활을 모두 청산하고, 집에서 놀고 있던 때다. 누구나 겪는 은퇴 생활의 시작이지만, 또 누구든지 언젠가는 당하는 일이라 예상은 했었지만 당하고 보니 무척 착잡했다. 우리가 언젠가 맞게 될 죽음도 이러하리라.

마치 지도에 나와 있던 도로가 어느 날 갑자기 끊긴 것 같았다. 그 길을 따라 자동차를 운전하다 갑자기 길이 끊길 때 어떻게 해야 하는가. 일단 차를 갓길에 세워둔 후, 끊긴 길을 따라 계속 걸으며 사방을 둘러 길 찾기에 나서는 수밖에 묘안이 없지 않은가. 그러다 '길을 찾으면 차 있는 곳으로 돌아와 다시 시동을 걸면 되겠지' 라고 여겼다.

한결 맘이 놓였다. 그 길을 언젠가는 찾게 될 터이고, 그 길이 그 때까지 해오던 일의 연속이 될지 아니면 전혀 새로운 길이 될지는 오직 하나님만이 아실 터이고, 설령 길을 못 찾더라도 집으로 돌아오면 된다고 여졌다. 그래서 결론을 내렸다. 내게 쓰일 용도가 남아 있다면, 하나님은 새 길을 분명 찾게 해주시리라 믿었다. 그 길을 못 찾으면 이 역시 하나님의 뜻으로 받아들이기로 했다. '하나님 보시기에 내 용도와 용처用處가 그 정도였구나' 라고 여기면 되잖은가.

은퇴는 많은 사람에게 시험의 시작이다. 그리고 이 시험은 일단 겪고 나면 하나님이 내게 주신 은총임을 알게 된다. 문제는 '그 시험이 내게 은총이냐, 아니냐' 하는 판단이 설 때까지 조용히 참고 기다릴 수 있는가에 달려 있다.

갑자기 종교적인 얘기로 번졌지만, 이 대목과 관련해서 한 가지 분명히 밝혀두고 싶은 일이 있다. 하나님은 일단 손을 한번 잡으면 결코 놓는 분이 아니라는 점이다.

제일 감명깊게 봤던 영화 〈닥터 지바고Doctor Zhivago〉에 이런 대목이 나온다. 영화가 거의 끝날 무렵 등장하기 때문에 유심히 지켜보지 않으면 놓치기 쉬운 대목이다. 지바고의 친형이 혁명 정부의 장군으로 등장, 동생 지바고의 외동딸을 불러내 제 아비 지바고와 마지막으로 헤어지던 장면을 설명해보라고 말한다. 조카딸은 어리디어린 시절 아빠 손에 붙잡힌 채 전란 속을 헤매던 장면을 떠올린다. 그리고 훌쩍이며 이렇게 말한다.

"아빠가 제 손을 놨어요."

그래서 결국 미아가 됐고, 그 후 여기저기 전전하다 발전소의 여자 직공으로 전락, 이렇게 큰아버지를 만나게 됐노라고 그동안의 경위를 설명한다. 그 말을 듣던 장군은 오랫동안 침묵한다. 그러더니 이렇게 말한다.

"그건 네 아버지가 아니었다. 아버지는 손을 놓는 법이 없단다."

사실이 그러했다. 어린것의 손을 잡고 전란 속을 헤매던 사내는, 그래서 어린것한텐 자칫 진짜 생부로 비쳤던 그 사내는, 독자들도 익히 아시겠지만, 여 주인공 '라라'를 처녀 시절 겁탈한 후 막판엔 아내로 데리고 살던 라라의 외삼촌이었기 때문이다. 친아버지였다면 아무리 전란 속이지만 어린것의 손을 놓지 않았다는 것이다. 하물며 하나님 아버지이실진데 어련하시겠는가……. 나는 그렇게 믿어왔고, 지금도 그렇게 산다.

그리고 얼마 이따 박실 형이 집으로 전화를 했다. 국회에 공보국장 자리가 비어 있는데, 함께 일할 생각이 없는지 물어 온 것이다. 박실 형은 나의 대학 3년 선배이자 한국일보 선배, 또 전주 선배로 당시 장관급인 국회 사무총장 자리에 있었다. 앞서 3선 국회의원도 역임한 바 있다.

국회 공보국장 자리면 이사관급의 입법부 공무원으로, 국회 입법고시에 합격한 국회 사무관이라도 서기관 부이사관을 거쳐 고참 이사관이 돼야 임명될 수 있는, 최고위 국회 공무원 자리였다. 중앙청 일반 행정부처의 국장과 똑같은 자리로, 당시 입법고시 합격자 중엔 행정고시에 붙고도 그대로 입법부 공무원으로 남는 사람도 적지 않았다.

정말 고마웠다. 그러나 정중히 사양했다. 30년 가까이 기자 생활에 중독돼 살아온 나에게 과분한 자리였고, 그보다 우선 공무원 생활이 체질에 맞지 않았기 때문이다. 그러다 그 해를 넘기고 맞은 다음 해 1999년 2월, 제정구의 비보를 접한 것이다.

나와는 워싱턴 시절 단 두 번 얼굴을 부딪쳤을 뿐이지만, 정말 소중하고 귀한 인물이었다. 나보다 한 살 어렸으니, 만약 5수를 안 하고 제대로 대학에 입학했다면 강의도 같이 듣고 술잔도 함께 나눌 친구가 될 수도 있었다. 죽고 나니 더 소중하게 느껴졌다. 박실 형한테 다시 연락했지만 '반드시 제정구의 체취를 맡고 싶어서' 라고 말하긴 싫었다.

"형님, 그 공보국장 자리, 아직도 비어 있수?"

"빨리 나와, 이놈아!"

그 지난해 첫 전화를 받고 나서 정확히 1년 만이다. 또 제정구가 죽고 정확히 석 달 후다. 팔자에도 없는 공무원이 된 것이다. 그리고 거기서 만 5년을 보냈다.

결론부터 말하자. 그곳 국회에서 제정구 같은 의원은 찾지 못했다. 굳이 찾은 게 있다면 의원들의 무지다. 거슬러 올라가자면 건국 초기 제헌 의원들부터 시작된 그 무지가 두고두고 뇌리에 남는다. 무지의 단초는 어찌보면 초대 국회의장 고故 이승만이 제공했다.

지금도 국회 의사당에 발들이는 분이면 쉬 볼 수 있을 것이다. 의원들이 등원할 때 밟는 붉은 카펫을 따라 계단을 오르다 보면 국회 본회의장 입구 양 옆으로, 오른쪽에 이승만 대통령, 왼쪽에 신익희 초대 국회의장의 동상을 볼 수 있다.

이 동상 건립은 그 당시 국회에 출근하고 나서 처음으로 맡았던 업무였다. 동상 하나에 각각 1억 원씩의 예산이 들었다. 이승만 동상은 서울대학교 조각과 교수한테, 신익희 동상은 홍익대학교 교수한테 의뢰했다. 두 교수의 작업장을 직접 찾아 작품 완성을 채근하랴, 2억 원의 예산 집행을 점검하랴, 또 무엇보다도 동상 제막식에 대비해서 두 인물의 동상 건립이 왜 필요한지를 설명할 홍보 책자 만들랴 눈코 뜰 새 없이 7~8개월이 지났다.

200자 원고지 30매 분량의 동상 건립 취지문을 쓰려고 국회 도서관에서 살다시피 했다. 그런데 한 가지, 이승만의 최종 학력을 많은 사람들이 아직도 미국의 명문 프린스턴대학교의 철학박사로 알고 있다. 그 대학의 박사인 것은 틀림없으나, 철학박사는 아니었다. 국회 도서관에서 그의 졸업 논문에 관련된 모든 자료를 찾아본즉 프린스턴 국제정치학박사였다.

박사를 표시하는 영어 표기 Ph.D가 당시 먹물깨나 든 사람들한테 '철학박사'로 비친 것이다. 물론 국제 정치라는 말 자체가 2차 대전 이후 만들어진 학문 용어라서 낯도 설었겠지만, 아무튼 이승만은 죽을 때까지 철학박사로 불렸다.

지금 동아일보 사장으로 재직 중인 친구 김학준은 프린스턴대학교에 들러 졸업증 원본을 직접 확인하기까지 했다. 다수의 이러한 무지를 나는 동상 건립 취지문에서 밝혔다.

이승만을 향해 당시 제헌의원들이 우를 범했다. 초대 대통령 이승만은 잘 알려져 있듯이 민선 대통령이 아니라 우리나라 제헌국회가 뽑은 전직 제헌국회의장이다. 대통령에 뽑힌 이승만이 당시로 치면 시정연설 겸 연두교서를 밝히고자 국회에 처음 출석했을 때다. 국회 본회의석상에서 연설 차례를 기다리는 이승만에게 제헌의원들은 자리를 권하지 않았다. 이승만은 그때 일흔 살을 넘긴 할아버지였다. 다리도 아프고 몸도 피곤했을 것이다. 그러나 국회는 그가 잠시 앉을 의자도 마련하지 않았다. 이승만이 두리번거리며 앞 자리 빈 의석을 찾아 잠깐 앉으려 하자 제헌의원들은 눈을 부라렸다. 냅다 고함을 질러대는 의원들도 있었다. "행정부에 있는 사람이 어디 감히 의회에 나와 앉을 생각을 하느냐?"였다.

어느 고증에도 나와 있지 않은 이 대목을 당시 박준규 국회 의장한테 직접 들었다. 내가 동상 건립 취지문을 쓰느라 이리저리 뛰어다닌다는 소식을 전해 들은 박 의장이 어느 날 집무실로 불러 들려준 얘기다. 당시 박 의장은 유석 조병옥 박사의 비서관으로 일했던 만큼, 현장의 목격자나 진배없었다. 동상 건립 취지문에 이 얘기 역시 빠트리지 않았다. 그렇다! 바로 무지가 문제인 것이다.

앞서 김포 시절, 중정 요원들이 공항에서 내게 퍼부은 폭언과 모욕도 알고 보면 이 무지 탓이었다. 중정의 원조격인 미 중앙정보부CIA는 그런 무지한 짓을 하지 않는다. 군사 정권의 행패는 정권 자체도 문제지만, 정권을 드라이브할 당시의 군복 문화, 그리고 그 배경이 되던 바로 우리의 정서, 우리의 문화에서 비롯된 것이다. 그 척박한 문화의 배경이 바로 무지다.

제정구가 워싱턴에서 내게 "타도 대상이었던 바로 그 독재자를 알게 모르게 닮아가고 있다"던 고백의 진수를 바로 거기서 실감했던 것이다. "그 의원들의 무지를 겪을 당시 이승만이 어떤 표정이었느냐?"는 질문에 박준규 의장은 "그저 빙긋이 웃기만 하더라"는 조병옥 박사가 본 인상을 그대로 전했다.

이승만이 국회에 모습을 나타낸 것은 그때가 처음이자 마지막이었다. 제헌국회에서 당한 수모 때문일 것이다. 그 후 4·19 혁명으로 물러나 하와이로 떠날 때까지 그가 국회에 있는 기사나 사진을 단 한 번도 본 적이 없다. 동상 제막은 성공리에 마쳤지만, 이승만은 국회 건물 안에 웅립雄立해서 지금 이 순간에도 의원들의 출입을 지켜보고 있지만, 이승만의 동상을 그곳에 세워놓은 나는 지금도 맘이 편치 못하다. 그토록 싫어했던 국회를 죽어서까지 계속 지켜 보게 만든 건 망자에게 너무 가혹한 일이 아닐지…….

그가 미국 땅에 첫발을 들인 것은 고종의 밀서를 들고 루스벨트 Theodore Roosevelt 대통령을 만나러 왔던 1904년 겨울이었다. 시점으로 따져 한민족의 하와이 사탕수수 이민이 시작되고 나서 1년 후요, 저 밑으로 멕시코 유카탄 반도의 애니깽 농장에서 비롯된 남미 이민이 시작되기 2년 전이다. 그러고 보면 이승만의 신분은 초기 한국 미주 이민이다. 또 그가 루스벨트와의 면담에 실패한 후 그대로 미국에 남아 조지 워싱턴대학교에 진학, 이어 하버드대학교(석사), 프린스턴대학교(박사)에 진학한 걸 보면 그는 초창기 한인 미주 유학생 겸 재미동포이기도 했다. 우리나라 초대 대통령은 알고 보면 재미동포에서 배출됐다는 말이다.

요즘 『일월오악도日月五岳圖』라는 책을 읽고 있다. 이 책은 조선조 임금님이 앉는 용상의 뒤를 장식하는 그림으로 해, 달, 산, 솔, 물 등 왕실을 나타내는 다섯 가지 물체를 역시 홍, 청, 백, 녹, 회색의 다섯 가지 색상으로 그린 일종의 민족 전통 무늬로, 구대한제국의 황실을 상징한다. 서울교육대학교의 안천 교수가 쓴 책으로, 이 책에 이승만을 언급한 부분이 다음과 같이 실려 있다.

> 그는 (대통령이 된 후) 고궁에 가면 이따금 임금님의 용상에 앉아보며 흡족한 얼굴로 이렇게 말하곤 했다.
>
> '이래서 임금 노릇도 할 만한 것이군!'

용상에 대한 이승만의 눈독을 더 구체적으로 입증하고자 저자는 책 속에서 고맙게도 나의 글까지 인용했다. 지금부터 20여 년 전 내가 한국일보 기자였을 때 이승만의 분신에 가까웠던 경무대의 미국인 정치고문 올리버 박사를 그가 입원 중인 병원에서 인터뷰했던 기사로, 기사를 썼던 나마저도 까마득히 잊고 있었던 글이다.

> 이승만 대통령의 비서 겸 고문이었던 올리버 박사를 서울 메디컬 센터에서 인터뷰했을 때, 그가 이승만에 관해 들려준 토막 평전은 결코 유쾌한 것이 아니었다. 그가 말하는 이승만은 '민주주의의 신봉자였음엔 틀림없으나, 다른 한편 자신을 늘 이씨 왕가를 계승할 인물로 여긴 분'이었다.

저자는 이승만의 정치 스타일이 진즉부터 이중인격이었음을 강조하려는 것 같다. 20여 년 전 같으면 나 역시 공감했을 부분이다. 하지만 이 점에 관한 한 우리 역시 상당 부분 이중적이 되어 이승만을 봤어야 하지 않았을까 싶다.

마흔 살만 넘어도 인생관을 바꾸기가 힘들다. 하물며 일흔 살의 노인으로 귀국해 권좌에 오른 이승만에게는 서로 화합될 수 없는 두 가지 가치 체계가 진작부터 공존해왔다고 봐야 한다.

미국에서 체득한 의회민주주의와 시장경제의 신봉이라는 하나의 가치 체계와, 100여 년 전 스물아홉 살의 나이로 미국에 첫발을 들이기까지 그를 지배했던 이조 왕조라는 앙시앵 레짐Ancien Régime 지향 체계가 공존해 있었던 것이다. 이런 양면적 가치 체계의 혼재는 아시아 여러 나라 지도자한테서도 공통으로 감지된다.

말레이시아를 20여 년간 번영과 공포의 두 수레바퀴로 이끌어온 마하티르Mahathir bin Mohamad 전 총리가 대표적인 사례다. 또 싱가포르를 건국부터 40여 년간 역시 법통과 공포로 통치해온 리콴유 전 수상도 마찬가지다. 대만의 리덩후이李登輝 전 총통도 같은 반열에 속한다. 자칫 독재로까지 분류되는 강력한 리더십, 그러면서도 입만 열면 국민과 민주주의 제일을 외쳤던, 숨겨진 카리스마가 혼재했던 인물들이다.

이승만을 포함한 네 명의 지도자들에겐 공통점이 있었다. 첫째는 모두 식민지 출신이라는 점, 둘째는 집권에 성공하고 나서 그 나라 국부 또는 중흥자로 추앙받았다는 점이고, 셋째는 모두 그 나라 재외동포 출신이라는 점이다. 말레이시아의 마하티르는 캐나다로 이민가서 산부인과 의사를 하다 귀국, 집권에 성공한 지도자다. 리콴유는 어려서 영국에 유학, 귀국 후 싱가포르 공산주의 준동을 척결한 싱가포르 국부다. 대만의 리덩후이 전 총통 역시 대학 시절부터 미국에 유학, 클린턴 전 미국 대통령과 교분을 쌓았던 친미주의자였다.

그리고 또 하나, 이들 지도자한테 무엇보다도 두드러지게 나타났던 공통점은 이들 넷 모두가 자기 나라 의회에 정나미가 떨어졌거나, (그래서인지) 대놓고 무시하려 들었다는 점이다.

제헌의원들의 무지에 눈뜨기 전까지만 해도 나는 이승만에 대해 비판적이었다. 이씨 왕조를 항상 노스텔지어로 품고 살았던 인물, 그래서 의회와는 별 볼일 없고 오히려 탄압까지 했던 인물을 굳이 국회 안에 동상으로 세운다는 것이 불만이었다.

그의 동상 건립 취지문을 쓰느라 그토록 동분서주했던 것도, 지금 고백하거니와, 나의 이런 정서적 간격을 메우기 위한 합리화 작업의 하나였다. 거기서 대안으로 등장시킨 것이 바로 국회의(구체적으로는 의원들의) 무지였던 것이다. 국회가 역대 정권에게 멸시와 푸대접을 받은 것도, 또 국민들이 등을 돌리는 것도 따지고 보면 국회의 자업자득이라 여겨왔던 것이다. 무지와 촌놈 짓이 그 주범이라고…….

불현듯 워싱턴 시절 하루 한 차례씩 들리던 캐피털 힐(미 국회의사당)이 떠오른다. 복도 곳곳에서 자주 마주치던 미국의 여러 의원들도 덩달아 떠오른다. 그중에서도 특히 '100명의 대통령' 소리를 듣던 상원의원들의 멋진 처신이 돋보였다.

두 명씩 50개 주를 대표하는 100명의 상원의원들이었지만, 국가 대사를 논할 때 결코 당이나 소속 주민의 눈치를 보지 않았다. 대학 시절 때 읽은, 케네디John F. Kennedy가 매사추세츠 상원의원 시절에 썼던 책『용기 있는 사람들Profiles in Courage』그대로였다. 주민들 또한 자기네 주 출신 의원의 그런 처신에 오히려 박수를 보냈다. 생김새도 멋이 철철 흘러 넘쳤다. 지긋한 나이에, 희끗희끗한 은발 머리, 거기에 온화한 눈빛까지 가진 상원의원들은 한 사람 한 사람이 할리우드의 영화에 나오는 주인공 같았다.

그중에서 특히 오하이오주의 '우주 비행사' 출신 존 글렌John Glen 상원의원이 기억에 남는다. 내가 워싱턴에 부임하고 얼마 안 있어 그는 현직 상원의원임에도 자원해서 우주선 탑승에 다시 도전했다. 당시 그의 나이 일흔일곱 살이었다.

인간의 수명(또는 노화)과 시차와의 관계를 규명하고자 그는 자신의 노구를 국가에 선뜻 헌납한 것이다. 비단 노화와 시차 간의 관계 규명뿐만 아니라, 노화와 평형감각, 노화와 뼈의 근육, 노화와 심장 및 혈관 사이의 관계도 아울러 검증하기 위해서다.

일단 지구를 벗어나면 건강한 승무원도 노화 증상을 나타낸다. 뼈의 근육은 퇴행 증세를 나타내며 평형감각을 잃어간다. 심장은 작아지고 박동은 약해지며 수면 장애를 일으킨다. 노인의 육체라면 이런 상황에서 과연 어떤 반응을 보일 것인가.

글렌 의원이 노구를 던진 것은 바로 이 반응을 알아내기 위해서다. 즉 무중력 상태는 노화 과정을 촉진하는가 아니면 노화를 단지 모방할 뿐인가를 규명하기 위해서다. 글렌의 용단으로 평형감각 하나만이라도 밝혀진다면 당시 미국에서 만성 평형감각 장애로 고통을 받던 1,250만 명의 노인들이 병상이나 휠체어 신세를 면하게 된다. 또 뼈와 근육의 관계가 규명된다면 골다공증으로 고통받는 전 세계 노인들에게 희소식이 아닐 수 없었다.

따라서 다시 우주로 날아간 글렌 의원의 용단을 흔히들 생각하듯 40여 년 전 첫 우주선에 오르던 명성의 회복 때문으로 평가해서는 삭막해진다. 자신의 노구 하나를 던져 수백, 수천만 명의 다른 노인들을 건지려는 '회색 빛grey 양키즘'이 정답일 것이다. 글렌은 2차 우주 등정에 오르면서 미 항공우주국NASA 직원들에게 자신을 상원의원이 아닌, 그저 '존'으로 불러 줄 것을 고집했다. 그 정도로 서민적이고 다감한 성격을 지녔던 정치인이다.

또 소년 시절 학교에서 제일 즐겨했던 놀이의 상대는 심한 말더듬이로 교실에서 말도 제대로 하지 못했던 동갑내기 여학생 애니 캐스터였다. 글렌은 훗날 "나는 애니가 어떤 여성인지 정확히 알았기 때문에 그녀와 결혼했다"고 밝힌 적이 있다.

그 애니마저 남편의 2차 우주 출정을 대놓고 반대했다. 1962년 첫 우주 비행에 나선 남편의 '프랜드 십' 호가 대기권 재진입 시 다 타버린 무서운 악몽을 지닌 탓이다.

1977년 봄 그가 사는 집에 강도가 든 적이 있다. 글렌은 놀란 아내의 곁을 지켜주느라 두문불출, 근 한 달 동안 의사당에 모습을 나타내지 않았다. 당시 미네소타에서 공부하며 워싱턴에 있는 그의 의원 사무실에서 인턴십을 갖도록 돼 있던 나의 수학修學 계획은 그 사건으로 결국 한 달간 그의 사무실을 지키기만 하다 돌아온 셈이 됐지만, 아내를 그토록 아끼고 위하던 한 미국 정치인의 치성이 내게 무척 신선하게 와 닿았던 걸 기억한다.

2차 우주 등정은 그런 아내의 간청마저 무시한 채 치러진 것이다. 더 인상적이었던 것은, 노병의 두 번째 출격을 생중계하던 당시 미 원로 방송인 월터 크롱카이트Walter Cronkite의 찬사 방송이었다.

> 나는 글렌이 (우주비행사로) 선정된 데 대해 그에게 전화를 걸어 공평하지 않다고 불평했다. 내 나이가 더 많기 때문에 내가 적임자였다. …… 영웅이 드문 시대에 그는 진정한 미국의 영웅이었다.

우리는 지금 무서운 시대에 살고 있다. 말로는 권위주의 청산을 내세우면서도 정작 거기서 탈피하지 못하고 있다. 그것도 아주 저질의 권위주의에서 말이다. 제정구가 우려했던 것도 바로 알게 모르게 자신의 몸속에 배어든 이 권위주의였을 것이다. 그 제정구가 기필코 다시 나타나리라…… 이렇게 여기며 산다.

'앙시앵 레짐' 과 이승만 대통령을 회고한 나의 삼촌 김승웅은 늘 촌각을 다투는, 사활이 걸린 문제에 투입되던 제일선의 기자다. 글 가운데 삼촌이 가끔 언급하는 그의 어머니(나에게는 외할머니 된다)는 가끔씩 신문사에 있는 삼촌에게 전화를 걸어야 할 일이 있다고 하면서, 나보고 전화 다이얼을 돌리는 심부름을 시키신 적이 많다. 다이얼을 돌려, 냉큼 할머니에게 수화기를 건네드리면 할머니는 "김승웅 기자 있습니까?" 라는 물음이 채 끝나기가 무섭게 곧이어 "그래, 알았다" 라는 못내 서운한 기색으로 전화를 끊으셨다. 내가 "할머니, 왜? 삼촌이 뭐라 그러는데?" 하고 궁금해서 물으면, 할머니께서는 계속 시무룩한 표정으로, 삼촌의 말투를 그대로 흉내내셨다.

"어, 어, 지금 굉장히 바쁘니까요… 뭔데요. 아, 이따 다시 통화할게요."

이승만이 '앙시앵 레짐' 과 '신문명' 사이에서 늘 벗어나지 못하는 이중구조를 가진 슬픈 인간이었다면 어머니한테 걸려온 전화 한 통 받을 틈 없이 그렇게 불철주야 뛰어야 했던 울트라 비지맨 '김 기자' 에게, 그리고 그 시절 그렇게 살다 이룬 모든 결실을 지금의 386시대에 넘겨주고 지금은 한가로이 석양 볕을 쪼이고 계실 삼촌과 그 세대들에게 우리는 훗날 무슨 평가를 내려야 할까. 오늘도 템스 강을 걸으며 흐르는 그 강물을 내려다보고 있노라면 나는 망명해 온 '이승만' 이 되기도 하고 서울과 해외를 사냥꾼처럼 헤집고 다녔던 '승웅이 삼촌' 이 되기도 한다.

오지명

사회주의 여인과의 춤

1987년 사회주의 국가 체코슬로바키아의 겨울을 생각한다. 밤늦게 체코 당국이 지정하는 호텔에 여장을 푼 후 아래층 나이트클럽으로 내려갔다. 그리고 깜짝 놀랐다. 할리우드 영화에서나 봄직한 야회복 차림의 귀부인들이 무도장 복도를 가득 메웠기 때문이다. 더 놀란 건 귀부인 모두가 하나같이 젊고 미인들이었다는 점이다.

당시 내 신분은 파리 주재 한국일보 특파원이었다. 서울 올림픽을 1년 남겨놓은 시점이었던 만큼 당시 파리에 주재하는 15명의 한국 신문·방송 특파원들이 누가 먼저 동유럽에 들어가느냐를 놓고 박 터지는 경쟁에 휘말려 있을 때다. 베를린 장벽이 무너지기 직전이라, 동유럽 여러 나라들이 서서히 빗장을 열던 무렵이었다. 그래서 파리 주재 체코 대사를 슬슬 달래고 포섭한 결과 체코 입국 비자를 얻어낸 것이다. 동독과 헝가리, 불가리아는 이미 다녀왔던 참이고, 이제 (당시의) 소련 비자만 얻으면 내 임무는 완성되는 셈이었다. 체코 입국은 바로 그 중간 과정에서 이뤄진 경사였다.

사회주의와 야회복이라! 어딘지 격에 맞지 않는다고 느끼면서도 여인들의 출중한 미모에 감탄했다. 당시는 동유럽에 슬슬 개방의 물결이 일면서 사회주의 역시 자본주의의 앞치마를 두르기 시작할 무렵이었다.

한 여인에게 춤을 권했다. 플로어에 끌려 나오며 부끄러워하던 여인의 뺨이 어두운 조명 밑에서도 역연했다. 그녀의 부끄러움이 나를 왈칵 슬프게 했다. 이름은 마리아라 했다. 당의 지시를 받고 나온 여염집 여인이었다. 발발 떨며 스텝을 밟던 마리아와의 춤은 사회주의 여인과 춰 본 최초의 춤이기도 했다. 무도장의 커튼 밖으로 겨울의 블타바(몰다우) 강이 프라하 시내 복판을 검게 흐르고 있었다.

그 후 6~7년이 지나 워싱턴으로 임지가 바뀌었을 무렵 나와 춤췄던 최초의 사회주의 여인 마리아가 다시 떠올랐다. 미국 최초의 여성 국무장관으로 매들린 올브라이트Madeline Albright 여사가 임명된 것이다. TV를 통해 체코계 미국 여성인 그녀의 임명 소식을 접하는 순간, 특히 동구 여성 특유의, 클린턴 말마따나 '엄마 닮은 올브라이트의 눈매'를 화면에서 보는 순간 까마득히 잊었던 마리아가 떠오른 것이다.

그날 밤 호텔 창밖으로 검게 흐르던 블타바 강이 떠올랐다. 부끄럼 많던 마리아가 언제 저토록 당당한 여걸로 바뀐 걸까. 한 나라의 변화가 강처럼 느껴진다. 어둠 속에서도 유속을 늦추지 않던 그날 밤의 검은 강처럼.

올브라이트는 어린 시절 바로 그 블타바 강변을 달리던 소녀다. 열세 살의 나이로 아버지를 따라 체코를 떠나 미국 생활을 시작한 유대계 체코인이다. 자신의 미국 이민사를 '처음엔 히틀러에게, 두 번째는 스탈린에게 쫓겼기 때문'이라고 조국 체코의 역사 속에 담을 줄 아는 여걸이다. 그런가 하면 슬하의 세 딸에게 "이제부터는 내 보호만 받지 말고 너희 어머니가 국가를 위해 무슨 일을 하는지 지켜볼 분별의 나이"라고 강조하는 당찬 어머니이기도 했다.

얼핏 우리 얘기 같지 않은가. 똑똑하고 당차기 그지없이 키운 바로 나의 누이, 나의 딸 얘기 같지 않은가. 특히 한 체코 여인의 이민 경위가 우리 재미 동포와 너무 흡사하지 않은가.

지금도 마찬가지라 여기지만, 미 국무부는 매일 정오에 정례 기자회견Noon Briefing을 치른다. 이 자리에는 매년 미 국무부 외교관 시험에 합격한 20여 명의 남녀 신참 외교관들도 한 차례 모습을 나타낸다. 그때마다 나는 노루목을 지키는 사냥꾼의 눈이 되어 동양계 신참 외교관들을 주시한다. '저 중에 분명히 한국계도 끼어 있으리라' 혼자 생각해왔다.

박세리나 미셸 위의 명성을 접할 때도 마찬가지다. 미 골프계를 저 정도로 지배하고 있으니, 미 국무부의 장악 역시 시간문제라 여긴다. 미국으로 이민 간 친구들을 만나면 불만도 터뜨린다. 왜 툭하면 아들딸을 변호사나 의사만 시키려 드느냐, 제발 국무부에 보내라고 간청한다.

초대 한국계 국무장관이 배출될 경우, 아니, 차선으로 주한 미국 대사

하나만 건져도, 주한 미군 10개 사단에 맞먹는 역할을 할 것이라 장담해 왔다. 자신의 조국 체코를 EU(유럽연합)에 가입시켜 국력을 배가시킨 배후 인물은 다름 아닌 올브라이트였다.

또 하나의 예를 들자면, 지금 내가 근무하는 재외동포재단의 위층에 집무실을 두고 있는 비탈리 펜 주한 우즈베키스탄 대사는 한국계 러시아 이민 3세다. 그 나라 대외 교역량의 60퍼센트를 한국이 차지하도록 조종했고, 2~3년 전 한-우즈베키스탄 양국 정상 회담을 성사시킨 장본인이기도 하다. 언젠가 점심을 함께한 자리에서 그가 남겼던 말이 인상적이다.

"(그렇다고) 저를 한국인으로 보시면 오해입니다. 내 조국 우즈베키스탄을 위해 일할 뿐입니다."

얼마나 당당한가. 당연히 그래야 옳다.

30여 년 넘게 매일 외신을 접하는 가운데 내가 제일 관심 있게 살피는 뉴스는 외교관들의 동태다. 특히 우리나라 외교관들의 동태, 그중에서도 주미 한국대사관 소속 외교관들의 동태를 유독 관심 깊게 읽으며 북핵 문제는 물론 주한 미군을 둘러싼 작통권 문제와 자유무역협정FTA 등으로 한-미 두 나라 사이가 지금처럼 불편하거나, 자칫 위기로까지 치닫을 경우를 대비해 모든 걸 맡기고 전담시킬 만한 대사大蛇급 대사나 또 이를 배후에서 지원할 제갈공명급 외교장관의 등장을 기다리고 있다.

외교란 국방과 마찬가지로 국가 원수의 통치권 행위인지라 일개 외교장관이나 대사가 좌지우지할 일이 아니라고 반박할 분도 계시겠지만,

그렇지 않다.

멀리 예를 들 필요도 없다. 노태우 정권 당시 캐치프레이즈가 됐던 '북방 외교'의 기본 청사진을 제공한 사람은 오스트리아 대사를 역임했던 직업 외교관 이장춘 씨다. 그리고 이 청사진을 당시 청와대 참모들이 확장하고 응용해서 소련·중국과 수교하는 데, 그리고 결과적으로 지금의 동북아 정세를 낳는 데 외교 간접자본으로 활용한 것이다.

그러나 이 정책은 두 가지 큰 실책을 낳았다. 첫 번째 실책은 북한을 핵과 미사일로 한반도와 세계를 위협하는 '불량 국가Rogue State'로 바꿔놓는 데 당시의 이 '북방 정책'이 결정적으로 기여한 것이다. 북한의 전통적인 두 맹방 소련과 중국이 한국과 악수를 나누고 수교까지 이른 데 대해 북한의 정서와 심기는 어떠했겠는가.

당시 북한 측 정서 파악은 워싱턴에 재임 중이던 나의 가장 큰 관심사였다. 당시 한반도 문제에 정통했던 한 미국 학자의 코멘트를 지금도 기억하고 있다.

"당시 북한이 당한 수모는 공식 석상에서 중국과 소련한테 귀싸대기를 얻어맞은 기분이었을 겁니다. 그것도 다름 아닌 바로 한국의 면전에서 말입니다."

그 학자의 진단은 정확했다. 2년이 채 못되어 북한이 핵 개발로 치고 나온 것이다. 철석같이 믿었던 두 맹방 중국과 소련이 떨어져나간 마당에 북한이 의지할 곳이라고는 핵밖에 없었던 것이다.

지금 북한의 모습은 우리의 자업자득이다. 우리가 당시 좀더 신중했더라면, 한-중, 한-소 수교와 더불어 당시 북-미, 북-일의 수교도 병행시켰어야 했다. 외교를 외교로 보지 않고 군복 문화의 무지 그대로 (군사)작전으로 봤기 때문이다. 단지 승패 개념으로 본 것이다.

두 번째 실책은 북방 외교를 우리의 두 외교 산맥인 미국·일본과 단 한마디의 상의도 없이 단독 수행했다는 점이다. 당시 워싱턴에서 미국의 토라진 정서를 읽을 수 있었다.

"(그렇다면) 너네들 맘대로 해봐!"

당시 다혈질이던 미 국무부 한 고참 외교관이 내게 털어놓던 정서를 지금도 생생히 기억한다. 지금 작통권 문제에 관한 미국의 정서나 심기 역시 당시와 별 차이가 없을 것으로 파악한다.

이야기를 처음으로 돌린다. 예의 '북방 외교'를 창안한 이장춘 같은 외교관이 다시 나오기를 바라기 때문에 하는 말이다. 설령 다시 나오더라도 노태우 정권처럼 이를 정치적으로 악용해서는 안 된다. 정치적으로 악용했다는 표현에 대해 이의를 제기할 분이 계실까 싶어 하는 말이지만, 나로서는 확신을 가지고 하는 말이다.

파리 주재 시절 속칭 '마유미 사건'을 취재하느라 근 20일을 중동 지역에서 고생한 적이 있다. 대한항공 폭파범 마유미가 잡혔고, 그녀의 신병 인도를 요구하는 한국 정부와 일본 정부 사이에 낀 바레인 당국(당시 그녀가 억류됐던 나라가 중동의 바레인이었다)은 한국 정부의 집요한 외교와 설득 덕에 그녀를 한국 측에 넘기기로 결정했다.

문제는 그 다음이다. 바레인 당국이 신병 인도를 결정했음에도 당시

바레인 현장에 나와 있던 우리나라 외교 특사는 그녀를 대동하고 귀국하지 않았던 것이다.

신병 인도 날짜까지 기다릴 수는 없는 일이어서 나는 곧바로 파리로 귀임했지만, 파리로 돌아와서도 뒷맛이 씁쓸했다. 도대체 왜 그랬을까. 그리고 열흘쯤 지나서던가, 마유미가 드디어 서울에 도착했다는 뉴스를 읽었다.

그날이 무슨 날인 줄 아시는가? 바로 노태우 대통령을 뽑는 대통령 선거 전날이었다. 마유미의 귀국 일자를 미루고 미루며 대선 일자에 맞춘 것이다.

당시 서울대학교 정치학 교수로 있던 이정복 교수가 대선 직후 신문에 낸 칼럼을 읽은 기억도 난다. 마유미의 귀국 조처가 노태우 후보의 당선에 결정적 역할을 했다는 걸 구체적인 퍼센티지까지 제시하며 쓴 글이었다. 이장춘 류의, 한국 외교의 탈출구를 창출해낼 수 있는 외교관이 다시 등장하기를 손꼽아 기다린다.

물론 그런 외교 아이디어가 노태우 정권 시절처럼 정치적으로 악용되어서는 안 된다는 전제하에서 꺼내는 말이다. 제2의 제정구가 여의도에 등장하기를 바라는 심정 그대로다.

여기서 한국의 외교, 한국의 외교관에 대해 언급한 데는 그럴 만한 사연이 있어서다. 한국일보 기자가 된지 정확히 10년째 되던 1979년 3월, 나는 외신부에서 정치부로 소속이 바뀌었고, 출근 첫날 정치부장 고故 이문희 선배로부터 외무부를 출입하라는 명령을 받은 것이다.

좀 부끄러운 얘기지만 출입 명령을 받던 그날, 나는 속으로 환성를 질렀다. 사회부 시절, 김포공항 출입을 명 받고 활개치던 흥분과 열기는 이때와 비교하면 아무것도 아니였다.

'이제 대한민국 외교관 모두가 다 내 촉수에 걸린 거야!' 군대 시절까지 포함한 대학 7년을 걸고 벼르고 벼르던 그 외교관을, '이제 세포 하나까지 파헤쳐 분석해내리라' 다짐했다.

그리고 또 맹세했다. '이제 대한민국에서 최고가는 외교 전문 기자가 되리라'. 그래서 뉴욕 타임스의 거봉巨峰 제임스 레스턴James Reston이 국무부 출입 시절 기사 한 줄만으로도 국무장관은 물론 백악관 주인까지도 좌불안석하게 만들던 그 신화를 한국에서 재현해보리라 결심했다.

신문사 입사 면접시험에서 "장래 희망이 뭐냐?"는 당시 홍유선 편집국장의 질문에 기다렸다는 듯 "제임스 레스턴입니다"라고 서슴없이 답변했다. 그는 바로 나의 슈퍼 스타였다.

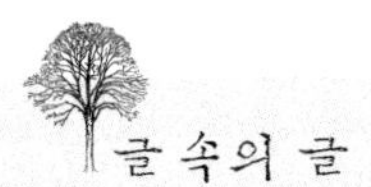

승웅 형, 아니 크라잉 타이거!(다정다감한 성격이라 격해지면 먼저 울음부터 터뜨린다고 해서 고인이 되신 조순환 선배가 외신부장 때 부원이었던 형에게 붙인 별명임을 형도 기억할 거요)

형과 호흡을 맞췄던 첫 사건은 형이 한국일보 외신부에 계실 때 당시 편집부에 있던 저와의 야근 회동이 아니었던가 여깁니다. 1973년 아니면 1974년쯤으로, 다소 추운 날 늦저녁이었어요. 형이 와이어를 찢어 번역을 해오셨어요. 그 야근 시간에 박스 기사를 지면에 넣기란 여간 손빠른 편집자가 아니고는 힘든 상황이었지요. 내용은 같은 북대서양조약기구 NATO 소속 국가인 터키와 그리스가 군사적 충돌까지 갔던 상황이었던 것으로 기억합니다. 형의 일 욕심에 저도 따를 수밖에…….

시간에 쫓기는 입장에서 제가 우선 'NATO호의 선상 반란' 이란 가제로 기사부터 넘겼지요. 부제는 뭐라고 했는지 기억이 안 납니다만 형은 "노진환이, 바로 그거다!" 하면서 "야, 노진환이 헷도(머리를 그렇게 표현한 듯) 잘 돌린다"라고 했던 기억이 문득 납니다.

지금은 이화여자대학교 교수인 구대열 형이 지적하신 대로, 여러 부류의 기자가 있지만 아무래도 형은 스트레이트형보다는 지금 기술하고 계시는 상자형, 지그재그형이 아닐까 생각합니다.

다정다감하시다가도 뭔가 상궤를 벗어났다고 생각하면 무서운 호랑이로 돌변하던 형의 눈에 핏발 선 모습이 아직도 눈에 선합니다.

노진환

한승주는 지금 어디서 뭣하는가!

대한민국 정부 수립 당시 인재 발탁의 '코드'는 한마디로 영어였다. 광복 전까지 우리에게 없었던 직업 외교관 발탁의 핵심 코드는 영어였다. 건국 초기 직업 외교관 김용식, 최규하 두 사람의 영어 실력이 출중했다는 것은 그들의 외교부 입부入部 경위가 영어 때문이었다는 사실 하나만으로도 충분히 입증된다. 김용식이 외교계에 첫발을 디딘 것은 3대 외무장관을 지낸 변영태의 발탁에 따른 것이다.

정부 수립 직후인 1949년 1월 이승만 대통령으로부터 마닐라 특사에 임명된 변영태(당시 고려대학교 영문학과 교수)는 '수행 보좌관을 누구로 할 것이냐'를 두고 고심한다. 개인 사무실로 쓰던 종로 YMCA 빌딩에서 망연히 창밖을 응시하던 변영태의 시선에 저만치 내려다보이는 곳에 걸린 '변호사 김용식 법률사무소'의 간판이 들어왔다. '어? 바로 김용식 군 아닌가. 그를 데리고 가자. 그만한 영어, 그만한 체구를 지닌 인물이 없지, 김 군은 또 법률로 무장된 만큼, 외교관으로는 가장 적격인 변호사가 아닌가' 김용식은 이렇게 해서 외교관이 된다.

김용식이 중앙고보 재학했을 당시 변영태는 그 학교에서 영어를 가르쳤다. 공부 잘하고 다른 과목보다 특히 영어에 출중했던 김용식의 소년 시절 모습이 그 훤칠한 체구와 함께 옛 스승의 뇌리에 떠오른 것이다.

최규하는 1946년 미군정하에서 중앙식량행정처 기획과장을 역임한 바 있어, 건국 후 그대로 농림부 양정과장에 오른다. 군정 때 미군과의 식량 교섭은 물론 농림부로 바뀌고 나서도 쌀 도입에 관한 모든 국제 회의나 교섭, 토의 때마다 최규하의 영어 실력은 말 그대로 빛과 소금 역할을 했다. 계약서의 영문 작성에서부터 외국인과의 교섭 담판에 이르기까지 그의 영어는 동경고사東京高師 졸업, 서울사대師大 영어 교수 출신답게 킹즈 잉글리시를 자랑했다.

최규하의 영어 실력은 그가 외교부에 재직하던 시절은 물론 훗날 말레이시아 대사, 외교장관, 대통령 외교담당 특별보좌관, 국무총리를 거쳐 대통령을 역임하기까지 주위 사람들을 탄복시킬 만큼 출중했던 것으로 알려져 있다. 특히 영어권에 속하는 뉴질랜드의 멀둔Robert David Muldoon 수상이나 옥스퍼드 출신인 싱가포르의 리콴유 총리까지도 혀를 내두를 정도로 완벽한 정통 영어를 구사했다.

그 후 김-최 두 사람의 영어가 빚어낸 에피소드 몇 토막을 소개한다. 둘이 함께 주일대표부에 근무하던 시절이다. 최규하 참사관이 조약이나 성명서의 문안을 영문으로 기안, 결재를 받으러 김용식 공사의 방에 들어간다. 기안문을 읽는 김용식이 특유의 클라크 케이블식 웃음을 지으며 몇몇 구절을 지우거나 다른 표현으로 바꾼다. 기안문의 표현은 정확하나, 외교적 문구나 표현으로는 부적합하다는 것이 그 이유다. 이어 최규하 참사관의 표정이 흐려지고 이윽고 둘 사이에 논쟁이 벌어진다. 한쪽은 실력에 입각한 정통 영문을, 다른 한쪽은 외교 관행과 경험, 특히 외교계에 먼저 발을 들여 직접 국제무대에서 터득한 외교 선례를 기저로 해서 입씨름을 벌이는 것이다. 당시 둘 사이의 영어 논쟁을 몇몇 수다쟁이 고참 외교관들은 이렇게 희화시킨다.

어느 날 두 사람이 또 한 번 붙었다. 논쟁의 주제는 생선가게의 간판을 다는 문제였다. 미국으로 이민 간 한 교포가 생선가게를 열고 간판을 달려고 두 사람을 찾아왔다.

최규하는 간판에다 '이곳에서 생선을 팜Here, Fish is Sold' 이라 써 붙이라고 제의했다. 그러나 김용식이 반대했다. 생선가게임을 알리기만 하면 족하지 팜is sold은 무슨 개뿔난 팜이냐, 따라서 '여기, 생선Here, Fish' 이면 된다는 것이다.

그러자 최가 반격했다. 그럴 바에야 아예, 이곳Here이라는 표현도 필요가 없지 않느냐, 그냥 '생선Fish' 한 글자만으로도 족하지 않느냐……

이렇게 해서 간판엔 결국 생선Fish만 쓰기로 결정했다. 이날의 전적은 결국 피장파장…….

물론 밑도 끝도 없는 농언이자 픽션일 뿐이다. 둘 다 주일대표부에 근무하던 시절인 만큼 미국에 이민 간 교포가 굳이 거기까지 찾아왔을 리도 만무하고, 설령 찾아왔다 쳐도 간판 내용 시비가 두 외교관의 관심사가 될 수도 없기 때문이다.

그러나 이 픽션은 영어라는 외제 무기로 무장해야 하는 우리나라 외교관의 숙명, 그리고 영어 구사 스타일 하나만으로도 특정 외교 주역의 외교 패턴이나 컬러의 구별이 가능했던 당시 대한민국 외교의 단원적 기류를 일깨워준다.

같은 시절 등장하는 김동조는 약간 다른 경우다. 김동조에 관한 영어 일화나 후일담은 별로 전해지지 않지만 김동조의 외교 특성은 영어보다는 그의 주무기인 배짱과 보스 기질로 빛을 발한다. 그 역시 영어와 외교관의 상관성을 인정했지만 영어가 외교의 전부인 것처럼 통용되던 당시의 통념에 강렬한 반기를 든 장관으로 전해진다.

김동조는 스스로를 곧잘 대전大戰을 치른 장관으로 미화했다. 그의 논리대로면, 김용식이나 최규하 장관들은 결국 전쟁은 못 치르고 기껏 '전투나 치른 장관'으로 격하되는 셈인데, 김동조의 주장은 전쟁을 치르는 기본 화기로 영어를 꼽기는 하지만, 이 영어 하나만으로는 '외교 대전'을 치를 수는 없다는 논리다.

이러한 논리는 이조시대 우리나라 외교관상像의 하나랄 수 있는 역관譯官 제도에 기본 배경을 두고 있는지도 모른다. 영어에 뛰어나고 통역이 자유롭다는 것은 역관들이나 할 일이지, 자기처럼 외교 대전을 치르는 외교관, 더구나 당시 과거에 해당하는 고문高文/일제 때 고등문관시험에 합격한 장관에게 영어가 반드시 필요 충분 조건이 아니라는 배짱론으로 일관해 있었던 성싶다. 그는 영어보다는 학벌, 그중에서도 (자신처럼) 고시파를 우대했던 것이다.

그렇다면 그의 영어는 어떠했는가. 이 질문에 대해 김동조 밑에서 근무한 적이 있는 외교관들 대부분은 이렇다할 기억을 찾지 못한다. 대신 다음과 같은 일화를 대답으로 전한다.

김동조 장관이 장관 재임 시절 순방 외교를 벌이다 아시아권의 실력자인 어떤 수상을 만났을 때다. 당시 그 수상은 국제적으로 이름을 떨치는 유명인사에, 영어 실력이 뛰어났다. 수상을 만나고 나온 김 장관은 화가 머리끝까지 올라 있었다. 그를 수행했던 한 기자가 회담 내용을 물었다

"뭐 합의사항이라도 있습니까?."

"없다."(김동조는 그 기자의 중학 선배라서 평소 반말을 즐겨 썼다)

"없다니……. 기삿거리를 줘야 서울 본사에 송고할 거 아닙니까?"

"없대두!"

기자는 대뜸 눈치를 챘다. '아하, 수상의 거드름에 화가 났구나……'

기자는 전략을 살짝 바꿨다.

"B국 수상, 영어 잘합디까?"

"그 빡조 새끼, 조막만한 새끼가 말야. 내 참, 기가 막혀서……."

예상대로 김동조의 분통이 터진 것이다. 빡조는 김동조의 출신지인 경상도에서 곰보를 지칭하는 사투리다. 영어 잘하는 그 수상의 얼굴이 살

짝 얽어 있었기 때문이다. 그 수상이나 김동조나 둘 다 비영어권에 속했지만 그 수상의 영어가 너무 뛰어난지라, 김동조가 약간 눌렸던 것으로 알려졌다.

당시 현지에 우리나라 대사로 나가 있는 모 대사가 하필이면 그 무렵 김 장관 앞에 나타났다. 아무 정황을 모르는 이 대사는 수상의 인기가 현지 외교가에서도 무척 높다고 불필요한 칭찬을 늘어놓았다. 김동조의 표정이 또 한 번 일그러졌다.

"차라! 차! 니 뭘 안다고 떠드노! 공관장, 그 따위로 할라카면 당장 보따리 싸거라!"

김동조는 그 대사가 밤새 준비한 공관 현황 브리핑도 청취를 거부했고 공관에서 애써 준비한 만찬도 뿌리치고 서둘러 귀국길에 올랐다. 그뿐만이 아니었다. 눈치 없던 그는 그 후 서울로 발령이 났다.

김동조는 흡사 보스처럼 군림했던 외교 총수였다. 보스는 지배할 뿐 결코 협의하지 않는다는 말 그대로, 그의 전횡은 막강했고, 역대 외무부 장관 가운데 선이 가장 굵었던 장관으로 지목된다. 그의 장관 재임 기간은 만 2년(1973~1975)의 짧은 기간에 불과했으나 이 무렵 외무부의 사기는 최고조에 달해 있던 것으로 평가받는다.

바로 앞의 선임 장관 김용식의 장관 취임으로 가까스로 뿌리를 내리기 시작한 한국의 직업 외교관 제도는 김동조의 장관 취임과 함께 기틀이 마련됐다고 볼 수 있다. 이러한 기틀은 따지고 보면 그가 외무부에 첫발을 들인 1951년부터 배태를 시작했고, 커리어 외교관으로는 처음으로 차관에 오른 1957년부터 대충 열매의 형체를 갖추기 시작한 것이다.

20여 년이 넘은 지금, 묵혀둔 취재 노트에 의지해 당시를 이렇게 재현하면서도 떨떠름한 생각을 지울 수 없다. '정작 기술해야 할 당시 외교 총수들의 외교 역량이나 비전은 한 자도 재현하지 못한 채 기껏 쓴다는 것이 이런 외무장관 몇 사람의 영어 에피소드로 그친다는 말이냐' 라는 자책이 들기 때문이다.

그러나 솔직히 그 시대를 말하자면 당시 한국엔 외교가 없었다. 굳이 있어봤자, 군사 정권이 들어설 때마다 되풀이되던, 일본을 상대로 한 청구권 협상, 그나마 한국 국민의 대일 감정을 담보로 일본한테 얻어내던 '자금 외교' 가 고작이었을 뿐, 외교학 교과서에 나오는, 밀고 당기는 외교관의 협상 테크닉이나 배짱이란 게 아예 존재하지 않았던 시절이었다.

따라서 역대 외무장관들이 김동조 말마따나 한갓 외교관의 '소총小銃' 격인 영어 하나에 그토록 매달릴 수밖에 없었다는 점도 현실로 받아들여야 한다. 위에 거론한 세 장관의 영어라는 것이 기껏 일제 때 쓰인 '삼위일체' 영어의 연장에 불과했다는 것, 그리고 당시 우리 식자층 모두가 그런 일제 통치하의 영어 교육으로 만족할 수밖에 없었다는 점을 인정해야 하는 것이다. 영어 못하는 외교관이 당시의 우리 입장에서는 불가피했다는 점이다. 설령 영어를 잘했다고 해도 '거기서 거기' 수준에 그치는 영어였을 것으로 파악한다.

지금 와서 말할 수 있는 것은, 대한민국 외교관은 한마디로 불행했다는 점이다. 건국 이후 큰 외교관이 나올 여건이 갖추어지지 않았다. 건국 후 4·19 혁명 때까지 한국 외교의 주역은 단연 이승만이었다. 국제 정세의 흐름에 관한 한 그를 능가할 외교관이 없었다. 더구나 그는 독재자였고, 영어를 한국어보다 더 잘하는, 만능 외교관이었다. 독재자 밑에서는 빼어난 외교관이 태어나지 않는 법이다. 박정희 시대 18년 역시 마찬가지다. 역대 외무장관은 두 독재자의 외교 담당 비서관이 되는 것으로 만족해야 했다. 아무리 지어낸 농담이라 하지만, '생선가게' 간판을 놓고 입씨름이나 할 수밖에 없었던 것이다.

대한민국에 외교라는 '형이상학'이 제대로 등장하기 시작한 것을 나는 북한의 핵 장난이 시작되던 1992년부터로 본다. '같은 핏줄인 북한이 무슨 외교 교섭 대상이 되느냐?' 이렇게 의아히 여길 분이 계실지 모르지만 그렇지 않다. 우리의 북핵 외교는 대 북한 외교가 아니라, 바로 대미 외교를 뜻하기 때문이다. 북한의 핵 장난은 그런 의미에서 한국 외교의 발전을 위한 반면 교사였다. 역설로 들릴 법하지만 사실이다.

북한의 핵 장난이 시작되던 그해, 워싱턴 특파원으로 근무하던 나의 눈에 웬 서생 스타일의 외교관 한 사람이 나타났다. 고려대학교 정치외교학과 교수였던 한승주 신임 외무장관이 바로 그다.

아니, 저런 인물이 어떻게……. 내가 유달리 한승주를 주목했던 데는 그럴 만한 사연이 있다. 그가 문민 정부의 첫 외무장관으로 임명됐다는 뉴스를 접하는 순간 김영삼 대통령이 뭘 잘못 판단해도 대단히 잘못 판단했다는 낭패감을 제일 먼저 느꼈다.

왜냐하면 학자 출신 외무장관이 선임됐다는 것 자체가 우리 정부의 외교적 자살 행위로 보였다. 더구나 핵을 미끼로, 또 '서울 불바다'를 담보로 동족을 겨냥해서 가장 저열하고 비겁한 흥정을 벌이려는 북한을 상대할 외무장관으로 그 많은 쟁쟁한 직업 외교관과 장성 출신 외교관을 놔두고 교수 출신 외무장관을 발탁한단 말인가…… 개탄해 마지않았다.

그렇게 가혹한 평가를 내렸던 것은 한승주에 대한 유감 때문은 아니다. 개인적으로 그를 추호만큼이라도 타박할 입장에 놓여 있지 않았기 때문이다. 그는 나한테는 같은 대학, 같은 학과의 3년 선배가 된다. 한국 같은 학연과 지연이 판치는 사회에서, 같은 대학, 같은 과 선배의 장관 취임을 축하는 못해줄망정 '한국 외교의 자살 행위'라고 매도한다는 것은 외교의 자살이 아니라 내 인생의 자살 행위를 뜻하기 때문이다.

그를 대학 시절에 만났던 기억은 없다. 입학 연도로 따져보면 내가 신입생이었을 때 그는 4학년이었던 것이 분명한데, 학과의 야유회나 총회 때 얼굴을 마주쳤을 법도 하지만, 전혀 기억이 없는 걸 보면 그가 그때나 지금이나 샌님처럼 얌전해서, 누구 앞에 나서기를 한사코 꺼려했기 때문이 아니었을까 싶다.

그를 처음 만난 건 1988년 여름의 어느 날, 한국일보 파리 특파원을 거의 마치고 슬슬 귀국할 채비를 하고 있을 때였다. "고려대의 한승주 교수가 파리에 왔는데, 저녁이나 같이 하지 않겠느냐"는 연락을 파리 주재 대우 지사장 신재창 박사로부터 받았다. 신 박사와 한 교수는 고등학교 동기였다. 부인들도 동석해서, 세 쌍이 파리 시내 무슨 샤또城 같은 식당에서 여러 종류의 포도주가 등장하는 꽤 번거로운 '칼질'을 했던 기억이 난다. 한 교수가 아웅산에서 순국한 고故 김재익 청와대 경제수석의 손아래 동서이자, 고인과는 고등학교, 심지어 대학의 같은 과 선후배 사이라는 것도 거기서 알게 되었다.

투명한 얼굴에 조용한 눈빛, 그리고 무척 조심스럽게 말을 꺼내는 전형적인 학자 타입으로, 어찌 보면 싱가포르에 사는 중국 화교를 닮았다는 생각이 들었다. 식사를 마친 뒤 그는 갸르송(웨이터)을 부르더니 아바나 시가를 주문했다. 담배는 고사하고 포도주도 별로 마시지 않던 그가 식후 시가를 주문해 폼 잡고 피우는 것이 내게는 무척 신기하게 느껴졌다.

'샌님 교수와 시가', 이런 이율배반적인 정서는 그 후 한승주의 얘기를 풍편에 듣거나 어쩌다 우연히 그의 글을 읽을 때마다 나의 뇌리에 제일 먼저 떠올랐던 대위 개념이다. 그는 시사주간지 《뉴스위크Newsweek》의 맨 뒷장에 나오는 '에세이' 난의 고정 칼럼니스트였고, 워싱턴 주재 시절 내가 몸담고 있던 시사주간지 《시사저널》의 시론을 담당했던 필자이기도 했다.

저명한 《뉴스위크》에 칼럼을 쓸 정도의 실력으로 미루어 짐작했을 때, 그의 영어 표현력이 한국인 수준으로는 대단한 것임은 익히 알고 있었으나 고려대학교 교수가 되기 전 미국에서 10여 년 넘게 대학 강단에 선 덕분이려니 여겼을 뿐, 그리 크게 놀랍다고 생각하진 않았다. 그러다 그의 외무장관 발령 소식을 듣고 놀란 것이다.

그보다 더 놀랐던 것은 기자로서 가장 물이 올라 있던 30대 중반의 나이에 한국일보 외무부 출입 기자로 뛰며 '외교 그리고 외교관'에 관한 한 동서고금을 통해 나보다 더 많이 알거나 더 많이 쓴 사람 있으면 나와 보라고 기세등등했던 시절을 간직하고 있었기 때문이다. 특히 건국 이후 가장 이상적인 한국형 외교관의 모형이나 타입을 머릿속에 늘 추적해온 나의 패러다임에 비춰 보았을 때 '외무장관-한승주'라는 이미지는 '샌님교수-시가'의 모순처럼, 전혀 아귀가 맞지 않는 조립으로 와 닿을 뿐이었다. 뭔가 잘못된 인사였다.

그를 외무장관으로 발탁한 김영삼 대통령의 엄청난 실수로 느껴졌다. 다른 때라면 몰라도 북한이 핵을 가지고 불장난하려는 한반도 위기상황에서 외교의 백면서생을 단지 국제정치학자라는 이유 하나만으로 전격 외무장관으로 발탁한 김 대통령의 조치는 절대적인 무리수를 둔 것으로 보였다.

장관이 된 그는 여러 차례 워싱턴에 들렀다. 그곳에서 한국 특파원들과 만나 회견을 할 때마다 나는 매번 그의 방미를 대놓고 규탄했다. 첫째 불만은 일국의 외무장관이 왜 그토록 뻔질나게 워싱턴 나들이를 되풀이 하느냐였다. 북한이 우리를 만나지 않고 미국만을 상대하는 만큼 그 핵심 당사국인 한국 정부 입장에서야 외무장관의 잦은 미국 출장이 불가피했겠지만, 내가 신경을 썼던 것은 '한승주의 그런 잦은 미국 행차가 북한에 과연 어떤 모습으로 비쳤을까……' 창피하게 느껴졌기 때문이다.

주미대사를 활용하면 족할 일을 툭하면 장관을 심부름시키는 문민정부 외교의 소심과 단견이 그토록 화나고 안타까웠기 때문이다. 그 분풀이를 한승주한테 퍼부은 것이다. 앞서 한승주가 미국의 중간선거철임에도 부랴부랴 방미했을 땐 "지금 미국의 현안이 무엇인 줄이나 알고 왔느냐?"고 면박을 줬다.

또 추석 연휴 기간 중에 방미했을 땐 "일부러 연휴 기간을 골라, 청와대로부터 점수를 따려는 게 아니냐?"고 가시 돋친 질문을 퍼붓기도 했다. 이런 성토와 규탄 속에 서서히 이상한 걸 느끼기 시작했다. 한승주 장관의 입장에 알게 모르게 동정과 이해를 느끼는 나 자신을 발견한 것이다. 나는 서서히 그를 두둔하고 있었다.

가혹한 질문에도 표정을 바꾸지 않은 채 성심성의껏 상대를 이해시키려 노력하는 그에게서 지금까지 판에 박힌 한국형 외교관에게 느낄 수 없었던, 흐트러지지 않는 선비의 외길을 읽을 수 있었다. 그는 또한 상대의 반론과 반격에도 일리가 있음을 인정할 줄 아는 장자의 금도襟度를 보이기도 했다. 나는 그에 관해 입으로는 더욱더 가혹해지면서도 글로는 전혀 다른 모습을 그려내고 있었다.

1994년 2월 그가 워싱턴에서 CNN과 단독 인터뷰를 했다. 카메라 앞에 서기 전에 젊은 여성 분장사가 그의 얼굴에 분칠을 하며 "눈을 크게 떠 보라"고 주문했다. 그는 눈 대신 입을 크게 벌렸다. 금발 미인과 장난치고 싶었기 때문이다. 그러자 미인 분장사의 다음 말이 걸작이다.

"여긴 치과가 아닌데요."

같은 날 밤, '한·미 21세기 모임'이 워싱턴 시내 한 호텔에서 개최되었다. 세미나의 개막식에 연사로 참석한 한승주는 기조 연설 서두에서 낮에 있었던 이 짤막한 촌극을 소개했다. 청중들이 배꼽을 잡고 웃었다. 미국인들은 웬만한 연설 석상에서 으레 이 같은 농담을 양념처럼 섞는다. 나는 외무장관 한승주가 한마디로 100퍼센트 미국화한 사람이라는 생각을 그 세미나 현장에서 해봤다.

문약해 보이기 이를 데 없고, 좋게 봐서 전형적인 서울 샌님을 빼다 박은 그가 미국이라는 땅에 발만 디디면 물 만난 고기가 되는 이유를 그때 깨달았다. 영어 때문이었다. 그의 '미치게 아름답다'는 영어 때문이었다.

워싱턴 포스트 편집국장 로버트 카이저Robert Kaiser는 한승주 얘기만 나오면 장소나 때를 가리지 않고 "난 그에게 반한 사람이다"라고 말했다. 또 이 신문의 (당시) 사주 그레이엄Catharine Graham 여사가 한 장관을 위해 주최한 만찬 석상에서 회장단 가운데 한 인사는 "어디서 그토록 아름다운 영어를 배웠느냐?"고 찬탄하기도 했다.

또 서울 쪽 반응을 살핀즉, '한승주 외교'를 격찬하는 사람이 많았다. 소신 있는 외교, 학문과 현실의 조화를 이룬 외교, 특히 지금의 북한 핵과 관련해 가장 바람직한 비전을 제시하는 외교 등등 제3자가 들어도 이따금 간지러운 찬사를 받고 있었지만, 워싱턴 현장에서 보기엔 이 모두가 섣부른 평가였다.

굳이 그를 평가해야 한다면 북핵 문제가 결말이 난 뒤에야 가능하고, 또 당연히 그래야 정상으로 봤기 때문이다. 다만 그가 영어를 '미치게 잘하는' 한국의 첫 외무부 장관이라는 평가가 있었지만, 그건 내 뇌리에 별도로 저장하면 될 일이었다.

그 영어도 나는 이렇게 생각했다. 문제점을 찾는다면 영어를 잘하는 외무부 장관이 생겼다는 데 있는 것이 아니라, 비외교관 출신 학자를 외교 총수로 발탁했다는 데 있다고 여기면 됐던 것이다. 그의 탁월한 영어는 하나의 결과론적 수확일 뿐, 엄밀한 의미에서 박수받아야 할 것은 그를 골라낸 문민정부였기 때문이다.

외무부 장관은 외무부 관리 가운데서, 또 국방부 장관은 참모총장 자리를 필수적으로 거친 군 출신 가운데서 골라야 한다는 30년 가까운 '제복의 논리'가 이번 기회를 통해 깨졌다는 데서, 그리고 그 선택이 적어도 현재까지는 성공적이라는 데서 의미를 찾으면 되는 것이다.

나는 앞서 기술한 내용을 기사로 만들어 서울 본사에 송고했다. 그것도 내 자의에 따른 기사가 아니라 그 당시 내가 몸담고 있던 서울의 시사저널이 한승주 특집을 마련, 워싱턴에서 내가 보고 느낀 한승주 스케치 기사를 보내라고 주문했기 때문에 보낸 기사였다. 기사는 내가 송고한 글에서 딴 듯, '영어가 아름다운 첫 장관'이라는 제목으로 실렸다.

놀라운 것은, 서울에서 내 기사를 읽은 이화여자대학교 정치학과 교수 구대열 박사가 국제전화를 걸어 자기도 동감임을 표했다는 것이다. 또 워싱턴에서 오랫동안 특파원을 하다 귀국해 서울 본사의 편집국장을 맡고 있던 이문호 연합뉴스 편집국장은 편지를 통해 그 기사를 잘 읽었노라고 알려오는 게 아닌가.

여담이지만, 기사를 써낸 후 한두 분의 독자라도 그처럼 뭔가 반응을 보내올 때 기자는 큰 보람을 느끼며 산다. 하다못해 격려 대신 반발이나 반격이라도 좋으니 뭔가 반응을 보내줬으면 하는 것이 인쇄 매체에서 일하는 사람들의 공통 심정임을 이 자리를 빌어 밝혀둔다. 기사가 실린 《시사저널》이 열흘 후 워싱턴에 우송돼왔다. 내가 쓴 기사를 내가 읽고 나서야, 다시 말해서 기자가 아닌 독자 입장에서 읽고 나서야 비로소 한승주에 대한 감정의 바닥을 읽을 수 있었다. 내가 그를 무척 좋아하고 있었다는 사실을 깨달은 것이다.

그것도 다른 사람이 아닌 내 글을 통해 깨달았으니 무척 우스운 꼴이 됐지만, 인간의 감성과 감정은 그토록 다양하고 섬세하다는 걸 실감했다. 나 스스로도 이렇게 의문투성이거늘, 하물며 누구를 섣불리 평가하고, 함부로 단죄할 일을 해서는 안 된다는 걸 그때 절실히 깨달았다.

기사가 이왕 그렇게 나가버린 만큼 이제 그가 다시 이곳 워싱턴에 온다 해도 예전처럼 마구 설봉을 휘두를 수는 없게 됐고, 따라서 나로서는 다소 난처한 순간이 너무 빨리 닥쳐온 셈인데, 그 기사가 나가고 한 달이 채 되지 않았을 때 그가 다시 워싱턴에 왔다. 클린턴 대통령을 만나 김영삼 대통령의 당부와 전갈을 전하러 왔던 것이다.

워싱턴 주재 한국 특파원들과의 회견이 관행처럼 되풀이됐고, 그 회견에서 나는 평소의 소신을 굽히지 않고 맹격을 가했다.

"도대체 이번 워싱턴 방문이 몇 번째요? 일국의 외무장관이 이토록 뻔질나게 워싱턴을 찾는다면 개인이나 국가나 마찬가지 아니겠소이까. 미국이 당신한테 제대로 빈객 대접이나 하겠소?"라고 다그쳤다. 그는 평소와는 달리 시종 미소를 띄우며 내 질문을 받았다. 그리고 특파원 회견이 끝난 후 내게 다가오더니 악수를 청하며 나만이 알아들을 수 있는 목소리로 조용히 말했다.

"정말 잘 읽었습니다. 너무나 감명깊게 써주셔서 제게 무슨 재앙이 꼭 떨어질 것 같다는 예감이 드는군요, 정말 고마웠습니다."

그의 예감은 적중했다. 6개월 후 그는 일괄 개각으로 장관직에서 물러났기 때문이다.

이왕 말이 난 김에 한승주 얘기를 조금 더 계속한다. 외교가 국가 기밀이라는 점에서, 외교와 전술전략은 동위 개념이다. 그러나 그 구현 방법을 놓고 외교와 전술전략은 크게 구별된다. 외교는 국가의 잇속을 추구하는 데 있어 당장 눈앞의 효과나 전과보다는 명분을 더 중시한다. 외교란 쉽게 말해서, 전쟁을 통해 우리에게 승리와 전과를 안겨준 적이 원통하게 생각하지 않도록 납득시키는 고차원의 명분을 부여하는 행위다.

이런 명분 부여를 거른다면 적의 무력 반격은 불을 보듯 뻔하기 때문이다. 외교란 다시 말해서 엄밀한 의미의 심리전이다. 전술전략과는 그런 의미에서 표리의 관계에 있다. 그리고 외교의 특징은 무엇보다도 극비사항이다. 전술전략을 공개리에 구현하는 분은 신밖에 없다. 비밀과 기밀을 전제로 하지 않는 외교란 이미 외교가 아니다. 공개 외교라는 단어는 사전에도 없다. 만약 있다면, 그건 국가 지도자의 캠페인이거나 인기 유지를 위한 이삼류의 통치 방법에 불과할 뿐이다.

북방 외교를 큰소리로 외쳐댔지만, 엄밀히 따져보자. 그것이 과연 외교였던가?

앞서 이미 언급한 바 있지만, 군복만 걸치면 누구나 다 외교를 말하고 외교를 논하던 시절이 우리에겐 분명히 있었다. 이런 망상은 지금까지도 몇몇 국가 위정자들의 뇌리에 깊이 박혀 있어 안타까운 일이지만 시도 때도 없이 아프리카, 서남아시아, 동유럽 등지를 연 1회 이상씩 해외 나들이를 해온 군 출신 대통령들의 철모르는 작태는 이를 우두커니 바라만 보던 국민 모두에게 지금껏 시린 통증으로 남아 있다.

특히 노태우 대통령은 재임 5년 동안 다른 나라는 일단 제쳐두고 미국에만 발을 들인 횟수가 다섯 차례가 넘는다. 미국 땅에 발을 들임은 그 땅의 임자인 백악관 주인과 회동하고, 그 회동을 통해 명분과 실리가 쌓아지기 마련이겠지만, 자주 미국 땅을 밟다 보니 백악관 주인마저 노 대통령 보기를 흡사 소가 닭 쳐다보듯 무관심해하는 걸 보고 나 혼자서 분통을 터뜨린 적이 있다.

워싱턴에 특파원으로 부임했던 첫해인 1992년 9월의 일이다. 유엔 총회의 특별연사로 초청받아 뉴욕에 온 노 대통령을 취재하려고 워싱턴을 떠나 뉴욕으로 올라갔다. 노 대통령이 투숙한 호텔에 일단 짐을 푼 후, 우연히 창밖을 내다보니 호텔 입구에 백악관 전용 모터케이드가 진용을 갖추고 대기 중이었다. 백악관의 부시(아버지) 대통령도 같은 호텔에 투숙 중이었던 것이다. 노 대통령 수행팀에게 얼른 이 사실을 전해주고, 한·미 두 나라 대통령이 한 호텔에 머물고 있는 만큼 양국 정상회담이 즉흥적으로나마 이뤄질 수 있기를 은근히 바랐다.

당시 유엔 연설차 뉴욕을 방문 중인 외국 원수는 노 대통령뿐이었던 만큼 양국 정상 간의 호텔 내 즉석 회동은 반드시 정상회담이라는 거창한 틀을 거치지 않고도 자연스럽게 이뤄질 수 있었기 때문이다. 그러나 이 회동은 결국 이뤄지지 않았다.

아마도 노태우 대통령 쪽에서 시차 극복의 이유로 회동을 사양했기 때문이라는 유리한 해석을 내리긴 했지만, 그 당시 이런 내막이나 사정을 전혀 모르는 한국 국민들에게 나는 큰 죄를 졌다는 생각이 들었다.

개인이든 국가 원수든 출입이 잦으면 빈객 대접을 못 받기 마련이다. 해외 나들이가 잦은 국가 원수에겐 뭔가 문제가 있음이 분명하다. 국내의 정권 기반이 약하거나 명분 축적이 안 된 상태에서 그 대안으로 선택하는 것이 소위 정상 외교라는 이름의 국가 원수 나들이이기 때문이다.

필리핀 대사와 오스트리아 대사를 역임한 이장춘 전 대사가 제안한 북방 외교는 결국 이 같은 국가 원수의 나들이성 외유에 이름표를 달아준 셈이다. 이 대사가 북방 외교를 제의한 배경이나 취지가 순수한 구국 외교 차원에서, 말 그대로 빌리 브란트Willy Brandt 서독 총리의 국가적 대계大計에서 힌트를 얻어 도안해낸 기하학적 외교 도식인지, 아니면 집권 신군부 측에 홀딱 반했던 한 외교 서생의 외교 궤변이었는지 구체적으론 모른다.

한 가지 분명한 것은, 그 북방 외교의 제안자로 알려진 이장춘 전 대사가 그 후 북방 외교의 구현 과정에서 핵심 인물이나 주도적 역할을 맡지 못하고, 대통령 비서실장인 노재봉 씨(후에 총리가 된다)나 김종휘 청와대 외교안보 수석비서관, 그리고 북방 외교를 통치권자의 주요 메뉴로 청와대 기자실에 계속 홍보해온 이수정 청와대 공보수석 등이 주도적 역할을 맡았다는 점이다.

북방 외교는 이처럼 처음부터 끝까지 너무도 환하게 비치는, 국가 원수가 작심해서 벌인 일종의 '시 드루See through' 나들이었다. 조역도 필요 없고, 주역만을 필요로 하는, 말 그대로 통치권자 한 사람의 전방위 나들이였을 뿐이다. 어떤 비판도 용납하지 않는, 모든 언론마저 열심히 박수를 친 나들이였다.

5공 시절 마지막 한 해를 파리 특파원으로 보내며, 우리나라 재벌들의 모습을 파리 현장에서 지켜본 경험이 있다. 서울은 물론 당시 세계적으로 내로라하는 우리나라 재벌들이 리무진 버스에 단체로 실려 전두환 대통령의 모터케이드 행렬 뒤를 따르던 불쌍한 모습을 지금도 기억한다.

각각 자기 회사에 돌아가면 황제 이상의 대접과 호강을 누리는 재벌 기업의 회장들이 흡사 두름에 꿰인 조기 새끼들처럼 대통령을 따라 이곳저곳 만찬과 리셉션에 끌려다니는 모습을 보고 불쌍하게 여긴 적이 있다. 그 조기 두름 중에서 유일하게 빠졌던 재벌이 있었다면 휘하에 언론사를 둔 재벌들뿐이었다. 재벌들이 그 후 서로 언론을 가지려 경쟁을 벌였고, 그래서 당시 백화제방百花齊放식 언론만발의 사태를 빚게 된 경위와 배경을 생각할 때마다 나는 습관적으로 파리 시절을 떠올린다.

언론은 그만큼 특혜를 누렸다. 누린 만큼 박수를 더 잘 쳤다. 또 박수를 잘 쳐야 특혜를 더 받았다. 북방 외교는 외교도 아니고 전술전략은 더더욱 아니었다. 통치자의 훤히 비치는 '시 드루' 나들이를 외교나 작전으로 볼 적들은 아무 곳에도 없기 마련이다. 굳이 의미가 있었다면 '북방 외교의 결과가 어떤 건지 이제 알았지? 다신 까불지 마!' 식으로 북한에게 한 수 과시하고 싶었던 저차원의 전투 개념만 있던 시절이었다. 그러니 북한더러 어떻게 하라는 것인가! 어서 빨리 핵과 악수하고, 핵 외교를 벌이는 수밖에 없다며 북한에게 활로를 열어준 셈 아닌가.

당시 북방 외교의 목표는 결국 평양도 아니고, 모스크바도 아니었다. 목표는 단 한 곳 서울이었다. 서울의 인기와 인심이 목표였다. 5공으로부터 인수한 취약한 명분과 지지를 보완하기 위해 6공은 국가원수의 '나들이 외교'에 치중했던 것이다. 1년이 멀다 하고 해외 도처에서 번쩍대는 대한민국 대통령의 신출귀몰에 넋을 잃은 건 우리 국민뿐이었다. 우리는 그만큼 무지했던 것이다.

한승주 외무장관에게로 되돌아간다. 개인적인 소망에 그칠 얘기가 되겠지만, 나는 그에게 뭔가 비장의 카드가 있기를 기대했다. 북한 핵 문제는 국민적 합의보다는 외교 총수의 심벽을 뚫는 통찰력이 필요했기 때문이다. 나는 한국과 미국 정부가 보여준 대 북한 대응 전략이 마음에 들지 않았다. 이런 안타까움은 그때뿐만 아니라 지금도 마찬가지임을 솔직히 털어놓는다.

한국 정부가 지금까지 저지른 가장 큰 불찰은 북한 핵 문제를 국민적 합의로 대응하려는 한심한 작태다. 좋게 말해서 만사를 민주적으로 대응하는 것만이 문민정부의 특징이자 가치 구현으로 잘못 파악하고 있었다는 점이다. 군 사령관이 작전이나 전술을 짜면서 부대원 전체의 가부 투표를 물어가며 짜는 것과 진배없는 짓이다.

한승주에 대한 나의 오해와 편견이 가시고, 그의 언행이 긍정적으로 판단되기 시작할 무렵, 나는 그에게 딱 한 가지를 묻고 싶다고 정중히 제의했다. 백악관 옆 내셔널 프레스 빌딩 13층에서, 그가 주미 한국 특파원들을 위해 베푼 만찬 장소에서였다. 그가 주위를 살핀 뒤 내게 귀를 빌려줬을 때 또박또박 물었다.

"북한 핵 카드를 풀 비법을 가지고 계십니까?"

그는 한참을 생각하더니 "가지고 있다"고 분명히 대답했다. 그러고는 그 윤곽을 설명할 듯하더니 결국은 기회를 놓치고 만찬 장소로 자리를 옮겼다.

그가 외무장관으로 워싱턴을 마지막으로 방문한 것은 그 다음 해 10월께다. 그에게서 전화가 왔다. 수행 보좌관을 통해 건 전화로, 다음 날 아침 식사를 숙소인 워터게이트 호텔에서 함께 하자는 전갈이었다. 그와 나눈 대화 내용을 지금도 기억한다. 그리고 석 달후 장관 직에서 해임됐다. 그가 외무장관 직을 떠나고 나서 한 달쯤 지났을 때 그가 해임 직전에 느낀 갈등을 내 나름대로 평가할 수 있게 됐다. 그의 갈등에 관해 나는 《시사저널》을 통해 다음과 같이 피력했다.

한국의 핵 외교는 엄밀하게 정의한다면 대미 외교다. 이 대미 외교를 미국에서는 성공했으나 한국에서는 실패한 것으로 알려진 한승주 외무장관이 직업 외교관 출신인 공노명 전 주일대사에게 자리를 넘겼다.

이 과정에서 기자가 새삼 주목했던 대목은 '전임 외무부 장관이 지닌 미국 및 남북한 간의 삼각구도가 후임자에게 과연 어떤 형태로 전달됐을까' 하는 점이었다. 한승주 장관은 매우 조심스럽게 말한 적이 있다.

"적절한 비유가 될지 모르겠습니다만, 지금의 미국과 남북한 관계는 남편 한 사람을 놓고 본부인과 시앗이 대결하는 형국입니다."

그가 장관 재임 중 마지막으로 방미했던 (당시로) 작년 10월, 장관 숙소인 포토맥 강변의 워터게이트 호텔에서 기자와 나누며 털어놓은 말이다. 그는 더 이상의 설명은 자제했지만, 가문의 화목을 위해서는 본부인으로서 (괴롭더라도) 부덕을 지키는 수밖에는 당장 뾰족한 수가 없음을 시사했다. 이 대목을 기자 나름대로 분석해보면, 본부인과 시앗이 직접 대면할 기회란 원래가 드문 법이고, 결국은 남편과 본부인, 남편과 시앗 간의 관계만이 남는다는 결론이 나오게 된다.

그와 아침을 나누는 동안 지난번 내셔널 프레스 클럽의 연회장에서 던진 질문을 그가 기억해주기를 무척 바랐다. 그렇지만 아쉽게도 식사가 다 끝나고 커피를 마실 때까지도 한승주는 그 질문을 기억해내지 못했다.

좀 안타까웠다. 평소 기억력이 출중한 그가 내 질문을 잊을리가 없다고 생각했다. 아침 식사를 함께 나누자는 얘기도 석 달 전 어수선한 연회장이 부적합했던 만큼 일부러 분위기와 시간을 맞춰 호텔로 초대했다고 생각했기 때문이다. 일부 언론의 보도대로 '청와대 정종욱 외교안보수석과의 마찰이나 갈등으로 그의 정신 상태가 극히 피폐해진 있는 건 아닐까' 하는 우려가 생겼다. 다른 어느 때보다도 사람과 사람이 서로 시샘하고 적대 관계에 놓여 있을 때 기억력은 물론 모든 사고력이 반감되기 십상인 것이다.

"기억력이 좀 떨어지신 것 같군요" 라고만 운을 떼고 그의 방을 나왔다. 다음에 다시 만나면 그때, 정확한 대 북한 해법을 물어도 늦지 않으려니 여겼다. 언제 어디서나 불화하기 쉬운 우리 고유의 악습과 질곡에서 그가 어서 헤어나기만을 바랐다. 그렇지만 이것이 한승주와 나눈 '마지막 수업' 이 됐다는 걸 석달 후에야 알게 되었다.

충격의 10월 26일과 27일

따르릉. 심야에 전화벨이 울린다. 눈을 비비고 불을 켰다. 새벽 4시 정각. 이따금 걸려왔듯, '통금 위반으로 경찰서에 붙잡혀 있다' 고 SOS를 요청하는 고향 친구들의 전화려니…… 수화기를 들었다.

"지금 당장 중앙청 기자실로 뛰어가! 비상계엄이다, 비상계엄!"

정치부장 목소리다. 부장은 밑도 끝도 없이 비상계엄만을 강조한 채 전화를 끊었다. 전화기를 통해 들려왔던 왁자지껄한 소음으로 미루어 부장은 물론 편집국 기자 모두에게 불똥이 떨어진 것이 분명했다. 눈을 비비며 구두끈을 매고 있는데 또 전화가 왔다.

"여보세요?"

"뭐하고 있어! 아직도 안 떠난 거야? 아침 배달판을 찍기 위해 윤전기를 스톱시키고 있다구! 빨리 뛰지 못해?"

옥인동 아파트에서 중앙청을 향해 달렸다. 새벽 4시 16분. 중앙청 서문 출입구에 닿았다. 전투복 차림의 헌병 2명과 전투 경찰대원 2명, 중앙청 수위까지 합쳐 모두 6명의 보초가 출입구를 가로막고 있었다. 출입증을 제시한 후 중앙청 2층 한가운데에 위치한 기자실로 뛰었다.

4시 20분. 기자실엔 불이 환히 켜져 있었다. 문을 열고 들어서자 조선일보 기자와 동양통신 기자, 또 한 명의 낯선 사내가 등을 보인 채 기자실 흑판을 향해 서 있었다. 누군가 싶어 확인하니 김성진 문공부 장관이다. 김 장관이 흑판에 적고 있는 내용에 눈을 던졌다. 첫 대목은 '1979년 10월 26일 밤 11시에 긴급 소집된 임시 국무회의는 대통령의 유고有故로 인하여……' 였다.

받아쓰고 자시고 할 겨를도 없이 전화 다이얼을 돌려 본사에 그대로 송고하기 시작했다. 정신없이 불러 재끼다 대통령의 '유고'에 부딪쳤다.

"김 장관, 대통령의 유고가 무슨 뜻입니까?"

대답이 없다. 내 질문을 못들었거나 아니면 못 들은 척하는 것이 분명하다. 김 장관은 계속해서 흑판에 써내려간다. 수화기를 든 채 김 장관을 향해 다시 물었다.

"유고의 의미를 설명해주십시오!"

김 장관은 내 쪽을 흘낏 보더니 "흑판에 쓰인 대로 그대로 부르십시오!"라고 대답한 뒤 그대로 분필을 놀렸다.

"… 비상계엄 사령관에는 육군 참모총장 정승화 육군 대장을 임명한다. 헌법 48조 규정에 의거하여 최규하 국무총리가 대통령 권한대행을 수행하게 되었음을……."

상오 4시 35분, 비상계엄령 선포의 성명 전문을 흑판에 옮긴 김 장관은 그제야 입을 열었다.

"대통령 유고에 관해서는 차차 말씀드리겠습니다. 보도 관제에 협조해주십시오."

이 말을 끝낸 후 김 장관은 기자실 밖으로 나가 어디론가 사라졌다. 나는 상황을 그대로 신문사에 보고한 뒤 기자실 창밖으로 보이는 중앙청 앞 태평로를 주시했다. 통금이 풀린 직후라서인지 한두 대 빈 택시가 과속으로 질주하고 있을 뿐 서울 시가는 비상계엄 선포에 아랑곳없이 평온한 새벽을 맞고 있었다.

그때 중앙청 서문에서 마주쳤던 전투복 차림의 헌병들이 머릿속에 떠올랐다. 아차, 그 헌병들이 계엄군이었구나! 맞아, 중앙청을 들어설 때 청와대 진입로 쪽에 웅크리고 있던 시커먼 물체는 탱크였음이 틀림없어! 다시 서문을 향해 뛰었다. 그리고 경계 태세를 취하고 있는 2대의 탱크와, 탱크마다 6~7명의 무장 군인들이 올라타 사면팔방으로 비상경계에 임하고 있는 것을 확인했다.

중앙청 수위실에 들러 새벽 4시 이후 정부 요인들의 출입 현황을 체크했다. 4시 14분. 김성진 문공부 장관이 승용차 편으로 서문을 통해 중앙청사에 도착, 3층 총리실로 올라갔으며, 1분 후 최택원 총무처 차관이 도착, 역시 3층으로 올라간 것이 확인됐다. 이날 밤 중앙청 당직사령은 황선필 문공부 공보국장이다. 그렇다면 김 문공부 장관이 잠적할 장소는 3층 총리실밖에 없다! 김 장관은 일단 총리실에서 최 차관, 황선필 야간 당직사령과 협의한 후 기자실에 내려와 계엄 선포 성명을 칠판에 적고 난 다음 다시 총리실로 올라간 것이 분명하다! 추측은 적중했다.

3층 총리 비서실장실의 구내 다이얼을 돌리자 1분쯤 지나 누군가 전화를 받는다.

"아, 김 장관이시군요. 아까 기자실에서 만난 김 기잡니다."

"아닌데요. 저, 이규현입니다."

"아, 총리 비서실장이시군요. 김 장관 그곳에 안 계십니까?"

"무슨 일 때문이신지……?"

"대통령 유고 때문입니다. 차후에 설명한다고 말씀하셨는데, 저흰 조간 신문입니다. 유고 내용을 알아야 신문이 나갈 게 아닙니까?"

"잠깐……."

뒤이어 수화기를 막는 소리. 30여 초가 지나 이 비서실장의 목소리가 다시 들렸다.

"미안합니다. 김 장관 말씀은 아까 그대롭니다. 차후 발표할 예정이랍니다."

그러나 기다릴 수는 없다. 3층 총리 비서실장실로 뛰어올라갔다. 문틈으로 불빛이 새어 나오고 있었다. 문을 밀고 들어섰다. 김 문공부 장관과 이 총리 비서실장은 머리를 맞대고 뭔가 숙의를 계속하고 있었다. 문 열리는 소리에 고개를 돌린 김 문공부 장관은 "상오 9시 30분 정각에 유고 내용을 밝히겠다"고 말했다. 동행했던 S신문 기자와 함께 돌아서려 하자 김 문공부 장관은 한마디 덧붙였다.

"상오 9시 30분까지는 아무런 상황도 없을 겁니다. 어디가서 해장국이나 드신 후 그때 만납시다."

9시 30분이라면 아직도 4시간이나 남았다.

그날 아침 조간 신문에는 일단 '박 대통령 유고'가 톱 제목으로, '전국에 비상계엄(제주 일원 제외)'이 부제로 찍혀 나오고 있었다. 때마침 정치부에 함께 근무하며 청와대를 출입하던 윤국병 형이 취재 지원차 중앙청 기자실에 나타났다.

"형, 유고 내용이 뭐요?"

"글쎄, 아무래도 박 대통령이 돌아가신 것 같아."

"뭐라고라? 그거 확인되는 얘기요?"

"딱 떨어지지는 않지만 거의 틀림없는 것 같아."

윤국병은 이날 새벽 4시 반에 '유고'로 인한 비상계엄 선포가 김 문공부 장관의 입을 통해 발표되자 청와대를 향해 냅다 뛰었다고 말했다. 유고 내용을 공식 확인하지는 못하더라도 청와대 직원들의 표정이나 낌새를 보면 대충 뭔가 잡히리라는 기대에서……. 외부 인사는 누구도 출입시키지 말라는 상부 명령만을 되풀이하는 경호원들의 완강한 저지에 굴복, 발길을 돌려 귀사하던 참에 중앙청에 들른 것이었다.

"그렇다면 졸지에 서거할 만큼 무슨 큰 지병이라도 있던 거유?"

"글쎄, 청와대를 2년 남짓 출입했지만 박 대통령이 무슨 병을 앓고 있었다는 말은 못 들었어. 과로 때문에 쓰러진 건 아닐까? 하지만 어제 상오 삽교 방조제 준공식에 참석했을 때만 해도 정정한 모습이었는데……."

우리 둘은 결국 전날 밤 임시 국무회의가 열렸던 국방부 회의실의 분위기를 파악하는 것이 유고 내용을 파악하는 첩경이라는 데 의견의 일치를 봤다. 이어 30분에 걸쳐 중앙청사 안팎을 두드리고, 달리고, 국방부 출입 기자에게 전화를 걸면서 둘은 심야 상황 파악에 주력했다.

당초 상오 9시 30분에 나타나기로 내정된 김 문공부 장관은 약속보다 2시간이나 앞선 상오 7시 30분께 중앙청사 기자실에 모습을 나타냈다. 기자들이 우르르 밀려들자 김 장관은 손을 들어 취재 경쟁을 누그러뜨려줄 것을 당부한 후 1~2분 동안 침묵으로 일관했다. 김 장관의 표정은 전례 없이 침통해 보였으며, 그 때문인지 충혈된 눈엔 눈물까지 맺혀 있는 듯했다. 한참 망연자실한 표정을 짓고 있던 김 문공부 장관은 드디어 결심한 듯 말문을 열었다.

"자, 시작하겠습니다."

준비된 메모지를 펼쳐든 김 장관은 더듬더듬 발표문을 읽기 시작했다.

"박정희 대통령께서는 1979년 10월 26일 저녁 6시께 서울 궁정동 소재 중앙정보부 식당에서 김재규 중앙정보부장이 마련한 만찬에 참석하여 김계원 청와대 비서실장, 차지철 청와대 경호실장과 만찬도중……"

이 대목에 이르자 김 장관은 두 볼을 갑자기 씰룩대더니 오열을 참지 못해 같은 말을 두 번 세 번 반복하기 시작했다.

"김재규 부장과 차지철 실장 간의 우발적인 충돌 사고가 발생하여…… 우발적인 충돌 사고가 발생하여…… 김재규 부장이 발사한 총탄에 맞아…… 총탄에 맞아…… 이날 저녁 7시 50분께…… 7시 50분께…… 서거하셨다."

김 장관의 오열은 드디어 통곡으로 변했다.

"박정희 대통령께서는 총탄을 맞으신 직후 김재규 부장에 의해 급거 인근 군 병원으로 이송되었으나 병원 도착 직전 운명하신 것으로 군 서울병원장에 의해 진단되었다. 차지철 비서실장을 포함한 5명이 사망하였으며……."

"예? 몇 명요?"

"……."

옆에 서 있던 다른 기자가 "5명!"이라고 내게 귀띔을 해준다. 김 문공부 장관의 담화가 계속됐다.

"김재규 부장은 계엄군에 의해 구속, 조사 중이다. 정부는 박 대통령의 서거에 애도의 뜻을 표하는 국민의 뜻에 따라 국장을 지내기로 했다. 구체적 상황은 추후 발표할 예정이며 국민 모두는 국장 기간 중 조기를 달고 다같이 경건하게 애도의 뜻을 표하기 바란다."

김 장관의 담화 내용은 여기서 그쳤다. 담화 내용이 너무나 충격적이었던 나머지 기자들 모두가 질문이나 답변에 신경을 쓸 경황이 없었다. 손수건을 꺼내 얼굴을 훔치는 김 장관을 그대로 놔둔 채 40여 명의 기자들은 제각기 본사와 이어지는 직통 전화를 붙들고 송고하느라 기자실은 순식간에 장터로 바뀌었다.

이 뉴스가 방송과 호외를 타고 전해지자 전국이 경악에 빠진 것은 두

말할 나위 없었다. 흡사 이 사건 이후 터지는 모든 사태에 대해서 어느 누구도 장담할 수 없고 책임질 수 없는, 나와는 무관한 일처럼 생각되는 묘한 배신감이 나의 머리를 짓눌렀다.

기사 송고를 마친 후 라디오의 다이얼을 돌렸다. 방금 김 장관이 발표한 담화 내용이 전파를 타고 김 장관의 육성 그대로 전국에 퍼져 나가고 있었다.

얼마간의 시간이 지나자 계엄사 합동수사본부장인 전두환 육군 소장이 첫 모습을 나타냈다. 국방부 제1회의실에서 가진 내외신 기자회견을 통해 "이번 사건은 김재규 전 중앙정보부장이 사전에 계획한 범행이었음이 드러났다"고 밝히고 나왔다. "범행 동기는 김재규가 대통령은 물론 차 실장에 대한 개인적 감정에다, 업무 처리 무능으로 인해 수차례 대통령으로부터 힐책을 받았으며, 최근 요직 개편설과 관련 자신의 인책 해임을 우려한 나머지 범행한 것"이라고 연설 문안을 읽는 그의 목소리에서는 쇳소리가 났다.

이를 현장에서 듣던 몇몇 서울 주재 일본 특파원들의 입에서는 "음, 저 사나이다!" 소리가 터져 나왔다고 한다. 다음번 권력은 바로 저 사람 손으로 넘어간다는 걸 현장에서 캐치했다는 얘기다.

주여, 이 죄인을 용서하소서

11월 3일 상오 10시 중앙청 광장에서 거행된 건국 이래 최초의 국장國葬은 상오 9시 청와대에서 간소한 발인제를 가진 데 이어 9시 55 분 정각 영구차가 중앙청 동문을 통과하면서 시작됐다. 나는 그 장례식의 취재 기자로 중앙청 광장 앞에 섰다.

그날 장례식에서 지금껏 기억에 남는 것은 김수환 추기경의 기도였다. '야훼는 나의 목자' 라는 합창 속에 등단한 김수환 추기경은 "죄인의 영혼을 받아주시고 광명의 나라로 인도하소서. 우리 모두가 이 분의 죽음을 깨닫고 의롭고 밝은 나라 건설을 위해 한마음 한뜻이 되게 해달라"고 기원했다. 당시 상황에서 고인을 '죄인' 이라 부를 수 있는 김 추기경의 '용기' 에 새삼 감탄했다.

하늘로 피어오르는 분향의 연기를 한참 동안 지켜봤다. 무상했다. 총으로 잡은 정권, 결국 총으로 가는구나. 그 부인도 몇 년 전 총으로 가더니……. 자, 이제 누가 또 총을 쥘 차례인가. 죽은 박 대통령이 그러했듯, 또 일본 특파원들이 예단하듯 또다시 별 둘 단 '소장少將'이 등장한다는 얘긴가? 네미, 이런 나라에 기대를 걸어도 되는 건가.

그때 마침 영결식을 마친 사이러스 밴스Cyrus Vance 미 국무장관 겸 조문 특사가 청사 동편 주차장에 대기 중인 승용차를 향해 부인과 함께 걸어가는 모습이 눈에 띄었다. 옳거니, 저 사람과 부딪치면 뭔가 갈피를 잡을 수 있겠지……. 나는 순간적으로 밴스 장관을 만나야겠다고 느꼈다. 미국 측 조문 사절단장으로 지미 카터 미 대통령의 차남인 제임스 얼 카터 3세James Earl Carter III를 대동, 워싱턴을 출발한 밴스 국무장관에 대해 워싱턴 주재 조순환 특파원이 "밴스 장관이 들고 가는 손가방이 유난히 두꺼워 보인다"고 보낸 기사가 떠올랐기 때문이다.

더구나 밴스 장관은 그날 아침 영결식에 참석하기 앞서 상오 7시 50분 한남동 소재 박동진 외무장관 공관으로 직행, 1시간 10분에 걸쳐 한·미 관계를 협의한 것으로 알려져 있었다. 내 쪽을 향해 걸어오는 밴스 장관을 세우고 물었다.

"미스터 세크리터리! 한국 측과 이번 사건 이후의 문제에 대해 협의했는가?"

"오늘 오후 최규하 대통령 권한대행을 만나 협의할 예정이다."

"구체적인 협의 내용에는 무엇 무엇이 포함되리라 믿는가?"

"일반적인 문제다. 박 대통령의 서거에 대한 '카터' 대통령을 포함한 미 국민 전체의 애도의 뜻을 전해야 하는 문제를 비롯해서…… 한마디로 일반적인 문제다."

"한·미 안보 공약에 대한 재다짐이 필요하다고 보지 않는가? 그리고 한국 군부와는 어떤 접촉을 유지하고 있는가?"

"이 자리에서 밝힐 성격의 얘기가 못 된다."

영결식 현장에서 생각해본 새 실력자의 정체가 드러나는 데는 오랜 시일이 걸리지 않았다. 일본 특파원들이 예견했듯 합동수사본부장을 맡았던 전두환 소장이었다. 수사 내용을 발표할 때 그의 카랑카랑한 목소리에서 느꼈던 그 섬뜩함이 현실로 나타났던 것이다.

그로부터 달포쯤 지나 12·12 사건이 터지고 나서 그가 중앙청에 모습을 나타내기 시작했다. 군복 차림이 아닌, 사복 차림이었는데 윌아래 싱글도 아니고 검은 상의에 카키 색 바지 차림이었다. 그 옷차림이 당시 왜 그리 촌스럽게 느껴졌는지…….

중앙청 장관실로 예고 없이 들어서는 그를 향해 대가 센 장관 몇몇은 처음에는 자리에서 일어나지 않았다. 그러나 시일이 지나면서 장관들은 반쯤 엉덩이를 들고 엉거주춤한 자세로, 그러다 다시 얼마 지나고부터는 보기 무섭게 자리에서 벌떡벌떡 일어나 그를 맞았다. 권력이란 그런 것이다. 그는 중앙청에 나타날 때마다 7~8명의, 역시 사복 차림의 경호원들을 대동했다. 짧게 깎은 머리로 미뤄 그가 지휘관으로 있는 보안사령부 요원들 같았다. 그를 만나면 기자들은 도망치듯 피했다. 계엄 해제가 발표되던 날 그가 다시 중앙청에 모습을 나타냈다. 나의 출입처인 외무부가 위치해 있던 중앙청 5층 복도에서 그와 마주쳤는데, 아마도 박동진 외무부 장관을 만나러 온 듯싶었다. 복도에서 담배를 피우고 있던 기자들 7~8명이 그를 피해 자리를 떴다. 그런데 나는 흡사 자석에 끌리는 못처럼 부지불식간에 그에게 다가섰다. 그를 뭐라 호칭했는지는 기억이 나지 않는다. 그가 발걸음을 멈추고 내 앞에 섰고 그를 수행한 보안사 요원들이 내 주위를 둘러쌌다.

"한국일보의 김 기자다. 계엄 해제에 관해 질문이 있다."

"……."

그가 나를 쳐다봤다. 이어 무슨 질문이냐는 표정으로, 그러나 순간적으로 느꼈지만, 기자와 개별적으로 만나 회견하고 답변해본 경험이 전무하고 서툰, 태생적인 군인의 표정으로 나를 지켜봤다.

"계엄은 전국 계엄 또는 지역 계엄으로 나뉜다. 이번 계엄 해제에 제주도 지역도 포함되는가?"

"계엄 해제에 제주도도 포함된다."

예의 쇳소리.

"외무부에는 무슨 일로 오셨는가?"

"외무부 장관(박동진) 좀 만나러 왔다."

"12·12 사건에 대한 외국의 반응 때문인가?"

"……."

이때 플래시가 번쩍했다. 한국일보 사진부 박태홍 기자가 내가 전두환 소장한테 접근하는 걸 먼발치에서 보고 있다가 기자실에 놔둔 카메라를 들고 달려온 것이다. 그 당시 사진 기자는 기자실에 상주할 때가 아니었지만, 시국이 하 수상했던 무렵인 만큼 특별히 배치되어 있었다.

플래시가 터지자 경호원들의 표정이 순간적으로 험악해졌다. 정작 전두환 소장은 뭔가 더 물어주기를 바라는 표정이었는데……. 결국 회견은 그걸로 그쳤고, 수행원들에 둘러싸인 그가 외무부 장관실을 향해 걸음을 옮겼다.

1분이 채 못 돼 그의 경호원 한 사람이 외무부 기자실로 날 찾아오더니 조금 전에 찍은 사진 필름을 내놓으라고 요구했다. 나는 박 기자를 불러 필름을 주라고 눈짓했다. 기사 한 줄, 사진 한 컷이 실릴 때마다 당시 시청에 설치된 계엄사령부 보도검열팀의 사전 허가를 받아야 했던 무렵인 만큼 필름을 가지고 있어봐야 '장사'가 되던 때가 아니었기 때문이다.

매일 저녁, 각 신문사 기자들이 물 적신 신문 대장臺狀 들고 권총 찬 보도검열관 앞에 줄 서서 차례를 기다리던 때다. 전두환을 만난 기사는 일단 본사에 전화로 불렀다. 부르면서도 속으론 '실리지도 않을 기사!' 하고 한숨을 내쉬었지만, 그러면서도 기사를 불러야 하는 것이 기자의 숙명이다.

그렇지만 그날만은 달랐다. '계엄 해제 지역에 제주도도 포함'이라는 제하의 1단 기사가 《한국일보》에만 실렸기 때문이다. 저희 계엄사령관의 회견 기사였던 만큼 그날의 보도검열팀에게 그 기사만은 삭제하지 말라고 지시가 떨어졌던 것 같다.

"1단 특종이라는 게 바로 그거야!"

신문이 나온 후 당시 정치부장 고故 이문희 선배가 날 치켜세우려 던진 말이다. 난 속으로 혀를 끌끌 찼다.

"어휴, 그걸 기사라고……."

차라리 아무 말씀이나 말 것이지. 정치부장의 말이 정말 듣기 싫었다. 남는 건 자조自嘲다.

가자, 파리로!

10·26 사태로 세상만사는 다시 원위치가 됐다. "터널을 벗어나니, 거기서 설국이 시작된다"던 가와바타 야스나리川端康成의 소설 『설국雪國』의 첫대목이 떠오른다. 우리의 경우 설국은 나타나지 않았다. 오히려 18년의 길고 긴 터널을 빠져나온즉 다시 터널이 나타난 것이다. 우리는 이제 몇 년을 더 달려야 하는가. 설령 기다린다 치자. 정녕 그 터널의 끝이 나타날 수 있단 말인가. 우리가 절망하는 것은 고통의 길이나 크기 때문이 아니다. 고통의 끝이 보이지 않는다는 데서 절망이 시작되는 것이다.

'안개 정국'이 시작되고 신문 기자 월급이 올랐다. 얼마 지나자 통행금지도 해제됐고, 물가도 더 이상 오르지 않았다. 내가 몸담은 한국일보는 미스 유니버스 대회의 서울 유치에도 성공, 신군부의 적극적인 지원하에 그 행사를 성공적으로 치뤘다. 우민에게는 옛날 로마 시절처럼 빵과 서커스면 최고다.

나는 미스 유니버스 대회의 취재 반장이 되어 매일 매일을 70여 명의 쭉쭉빵빵한 세계 미녀들 속에 갇혀 '행복한' 나날을 보냈다. 외무부 출입은 잠시 미뤄둔 채 대회장인 신라호텔로 출근, 지정된 호텔 방에 벌렁 드러누워 방 안에 음식을 시키며 칼질을 즐겼다.

'미스 에콰도르'가 특히 예뻤다. '미스 프랑스'는 내 (말)코가 특히 인상적이라며 부딪칠 때마다 매번 의미 있는 웃음을 보냈다. 미스 프랑스는 도착 첫날, 리무진에 올라 김포공항에서부터 숙소인 신라호텔까지 계속 내 옆에 앉기만을 고집했다. 정작 내 시선이 쏠리는 건 뒷 좌석의 미스 에콰도르였는데…….

심심하면 기생오라비처럼 미녀들이 분장하고 있는 대기실에 들러 저들의 옷 갈아입는 장면을 실컷 만끽했다. 미끈한 허벅지도 지겹도록 보고, 홀라당 벗은 가슴도 신나게 즐겼다. 미스 에콰도르가 특히 나를 반겼다. 신문사는 내게 제복을 지급한 만큼, 미녀들은 나를 주최 측의 진행자로 알고 별로 부끄러워하지도 않았다. 부끄러워 한다고? 그 반대다. 내가 힐끔힐끔 보는 걸 오히려 즐기고 있었다. 세월은 그렇게 흘렀다.

1982년 봄, 3년 남짓 그렇게 좋아하고 탐냈던 외무부 출입을 자진해서 포기했다. 안개정국은 이미 끝났고 제5공화국이 보란 듯이 출범하고 나섰다. 나는 일본으로 유학길에 올랐다. 동경대학 대학원에서 사회심리학을 공부한다는 명목으로 서울을 떠난 것이다.

일본으로 떠나기 앞서 지독한 시련을 겪었다. 한국일보 편집국이 술렁대기 시작한 것이다. 더 이상 군정을 용납할 수 없다며 시국 선언문을 낭독, 다른 신문사보다 앞장서 시국을 치고 나가자고 '기자협회 한국일보 분회' 이름으로 결의를 한 것이다.

미칠 일은, 동료들이 나를 턱하고 한국일보 분회장에 추대했다는 점이다. 분회 간부들과 매일 밤 소주잔을 부딪치며 시국 선언문을 읽을 시기와 방법을 협의했다. 12년 전 견습 기자를 막 끝나고 왕초와 대결하던 장면이 주마등처럼 스쳐갔다. 그러나 지금 상황은 왕초와 대결할 때처럼 젊은 시절의 '낭만'과는 전혀 다르다는 데 문제가 있었다. 왕초와의 대결은 최악의 경우 내가 신문사에 사표 던지고 나가면 되는 일이었지만, 이번 경우는 다른 것이다. 무지막지한 군부와의 싸움 아닌가!

난 흔들리기 시작했다. 나는 이부영이나 제정구처럼 투사형이 결코 아니다! 다른 누구보다도 내가 더 잘 알고 있다. 흔들리는 나의 모습이 안타까웠는지 한국일보 분회 동료들이 설득하기 시작했다.

"승웅이 형, 눈 딱 감고 1년만 빵깐에 가서 고생하고 오구려! 그동안 형수랑 민용이, 레오 쌀값과 연탄 값은 우리가 댈 테니……."

내가 계속 흔들리자 동료 가운데 하나가 내 얼굴에 소주잔을 던졌다. 이어 술집에서 육박전이 벌어졌고, 매일 밤을 그렇게 취해서 보냈다.

나는 동료들에게 타협안을 내놓았다.

"딱 반년만 살다 올게. 1년은 너무 길어, 또 무섭고!"

군대 시절 석 달을 군대 영창에서 보낸 경험이 있다. 따라서 감방의 생리를 누구보다도 잘 알고 있었기 때문이다. 나무 침상에 정수리를 대고 물구나무서기(두 손은 뒷짐을 진 채)를 하루에도 5번씩 치러야 했던 악몽을 어찌 잊는단 말인가. 또 밥먹듯 되풀이되는 구타는 어떻게 참고…….

다시 육박전. 동료들이 내 수정 제의를 거부했기 때문이다. 또 재수정안을 내놨다.

"차라리 나더러 최고 집권자네 담을 넘어 잠입하라면 하겠다. 단독으로 만나 '쇼부' 치라면 자신이 있다니까."

이 역시 부결.

시국 선언문을 낭독키로 결정된 날, 나는 결국 그 자리에 참석하지 못했다. 참석 안 했다는 말이 더 정확하다. 시국 선언문은 결국 부 분회장을 맡고 있던 동료 N기자가 읽었다. 이 궐기 대회는 결국 기자협회로 바통이 이어졌고, 그 후 한국일보 분회 동료 여럿과 기자협회 간부들이 수배되고 결국 체포돼 옥살이를 치렀다. 그들 모두가 신문사에서 쫓겨난 건 말할 나위 없고, 강제로 해직된 기자가 수두룩했다. 근 20여 년이 지난 지금까지도 뇌리를 떠나지 않는 가장 괴로운 고통이다. 난 결국 배신자가 된 것이다. 김포 시절과 외무부 출입을 거쳐 조금씩 치유 기미를 보이던 예의 '무정부주의자'로 돌아갈 수밖에 없었다.

1982년 3월 나는 도쿄행 여객기에 올랐다. 도로코 탕(터키 탕의 일본말)이 즐비한 도쿄 환락가 '이케부쿠로'에 방을 얻어, 1년 동안 매일 밤 술 마시고, 탭 댄스 배우고, 도박하면서 뜬구름 속을 헤맸다. 결국 몸이 절단나 동경대학 병원에 두 달간 입원한 후 휠체어 타고 귀국했다.

분회 동료들은 절뚝거리며 1년 만에 편집국에 나타난 나를 외면했다.

목발 짚고 버스에 오르는 나를 부축하기 위해 어머니는 당시 병중임에도 매일 아침 버스 정류장까지 나오셔야 했다. 눈물을 훔치고 돌아서는 어머니를 차창으로 훔쳐보며 나 역시 여러 번 울었다. 어머니는 결국 이듬해 세상을 떠나셨다. 향년 예순여덟 살, 1984년 2월이다. 그해, 한국일보는 창간 30주년을 맞았다. 내게 한국일보 30년 사사社史를 쓰라는 지시가 떨어졌고, 근 반년을 그 책을 쓰는 데 혼신의 힘을 다했다. 책이 완성될 즈음 편집국장 김성우 선배는 나를 파리 특파원에 임명했다. 김성우 국장은 나의 전전임 파리 특파원을 역임한 분이다.

출국 한 달을 앞두고 노신영 안기부장이 한번 보자고 나를 불러냈다. 그는 내가 외무부 출입을 막 시작하고 반년쯤 지나 제네바 대사를 하다 외무부 장관으로 임명된, 첫 고시 출신 외무부 장관이다. 외무부 장관을 성공리에 마치고 안기부장으로 영전했던 것이다. 그의 요청대로 아내와 함께 힐튼호텔 식당으로 갔더니, 노 부장 내외분과 그의 고시 동기 Y대사(당시 덴마크 대사로 봉직 중)가 역시 동부인해서 나를 기다리고 있었다. 저녁 식사가 거의 마무리될 무렵 노 부장이 내게 물었다.

"김 서방(그는 날 툭하면 서방이라 불렀다), 내 말 잘 듣고 결정해주게나. 이번 12대 국회에 국회의원으로 김 서방 이름을 지명할 생각이야. 물론 전국구 의원일세. 지금 우리는 김 서방 같은 외교전문가가 필요해, 정말이야."

"……."

난 오래 생각하지 않았다. 옆 자리의 아내 얼굴을 슬쩍 살핀 후 다음과 같이 말했다.

"이토록 배려해주시니 감사합니다. 하지만 정중히 사양하겠습니다. 송충이는 소나무를 떠나면 살 수 없습니다. 기자로서 살고 싶습니다."

그리고 노 부장에게 말은 안 했지만, 그런 거절이 해직된 옛 한국일보 기자협회 분회의 동료들에게 내가 취할 수 있는 예의라 여겼다. 그때 나의 결정을 후회해본 적이 없다.

가자, 파리로! 가서 그곳의 자유를 만끽하자!

그해 11월 말, 나는 파리행 여객기에 올랐다. 그리고 거기 파리에서 지금까지 20여 년 남짓의 '소멸의 미학'과 작별하고 새로운 '회심回心의 미학'과 만났다. 의원직을 수락했더라면 결코 이 일을 이루지 못했을 것이다. 이 글을 쓰는 데 정확히 1년이 걸렸다. 이제 글을 마치고 조용히 노래 부른다.

Amazing grace! How sweet the sound 놀라운 은혜! 너무나 달콤한 음성
That saved the wretch like me 나 같은 죄인 구하셨네
I once was lost but now I am found, 나 한때 길을 잃었지만 지금은 찾았네
was blind but now I see! 나 눈이 멀었었지만 지금은 볼 수 있네

미국의 노예 상인 존 뉴턴John Newton이 회심 후 작사한 노래로, 가수 나나 무스쿠리Nana Mouskouri가 늘 반주 없이 부르는 〈놀라운 은혜Amazing Grace〉의 노랫말이다.

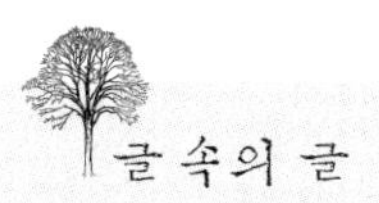

그동안 30여 년의 사랑과 슬픔, 시련과 갈등, 낭만과 추억, 그 모든 것들을 압축하시어 결정체로 이루시느라 고생 많이 하셨습니다. 아버지께서 해내실 수 있었던 주 원동력이 바로 매일 새벽 5시 하나님을 찾아뵈어 모든 것을 간구하셨음이 아니었는지 생각됩니다. 머나먼 버펄로에서 무한無限한, 무성無聲의 갈채를 보내드립니다. 레오.

김현용

김 국장님, 드디어 책을 내시게 됐군요. 축하합니다.

살아온 반생에 대한 솔직한 묘사, 감격과 회한의 절묘한 교직, 힘이 넘치는 문장 등은 이런 책을 한 권쯤 쓰고 싶은 많은 후배들에게 좋은 지침서가 될 것이라고 생각합니다. 정말 수고 많으셨습니다.

이재호

마음이 후련, 시원, 서늘, 나른, 착잡하겠구나. 수고했다. 담배깨나 태워버렸겠구나. 이젠 그곳 일도 다 끝나가고 좀 쉬게 될 날이 다가오는구나. 그리고 여기 올 기회도 없겠고. 정 보고 싶으면 내가 가지. 네 속의 오순이는 늙을 줄 모르고 아직 기승을 떨고 있겠지만 늘그막에 도둑고양이 보고 너무 핏대 세우지 말아라. 건강도 염두에 둬야지. 술, 담배도 좀 줄이고. 나 만날 때만 좀 태우고 마시자.

김순길

승웅아! 그동안 참 수고 많았다. 네 튀는 머리, 용기, 기지 그리고 글 재주가 부럽고 존경스럽다. 출판기념회에서 한잔하며 축하의 마음을 나눌 수 있길 고대하겠다. Good Luck!

홍순길

선배님! 정말 장하십니다. 그간 선배님 글 때문에, 불볕더위와 40년 만에 처음 내린 폭우로 아수라장이 된 이곳 파키스탄의 카라치에서 잘 견뎌왔으며, (또 한 가지) 죄송한 점은, 그동안 선배님 글을 잘 읽으면서도, 댓글에 참여하지 못했다는 자책감입니다.

그 이유는 첫째, 제 필력이 선배님의 주옥 같은 글에 누를 끼칠 것 같은 두려움 때문이고, 둘째는 제가 게으르기 때문이며, 끝으로는 초등학교, 전주 북중, 대학 외교학과까지 언급했는데 고교 3년(단지 고교 독일어 선생의 부교재 「황태자의 첫사랑」만 기술하고 어느 고교인지는 밝히지 않으신 것으로 알고 있습니다)과 고故 서기원 당시 교장 선생님이라는 엄연한 과거 사실이 누락된 데에 대한 일종의 '저항감' 도 작용했기 때문이라는 구차한 변명으로 대신함을 혜량하여 주시기 바랍니다.

장석철

•••**장석철** 숭문고등학교 후배 · 카라치 총영사_ 나의 고교 후배 겸 같은 동숭동 동문이다. 그걸 수십 년 넘게 모르고 지내다니…… '내게도 이런 후배가 있구나!' 하고 매번 자랑스럽게 여긴다. 정말 정말 대성해야 될 텐데…….

카라치에 근무하시는 나의 숭문고교 동문 장석철 대사님!

모교 '숭문고' 얘기를 글 속에서 왜 한 번도 거론하지 않았느냐고 은근히 나무라셨는데, 그러고 보니 아, 그렇게 생각 들 법도 하군요. 장 동문! 언급하신 서기원 숭문고 교장 선생님을 저는 지금도 잊지 않고 있습니다. 교장 선생님이 어느 날 나를 교장실로 불러 가만히 쳐다보시더니 "우리 승웅이는 꼭 춘원春園을 닮았어" 하시더군요. 고등학교 2학년 때였습니다. 아, 그때의 감격이라니……! 장래 빼어난 문필가가 되려는 꿈을 꾼 적이 있습니다만, 결국 이루진 못했고요.

대학 입학 시험 당일, 교장 선생님은 저의 시험 장소인 성균관대학교에 손수 나오셔서 나를 격려하셨답니다, 장 동문! 또 제 집이 가난한 걸 아시곤, 3년 동안 수업료를 일체 받지 않으셨구요. 이런 교장 선생님을 둔 접니다. 이 세상 어느 스승한테서 이런 사랑을 받았겠습니까!

장 동문! 저는 장 동문이 이번 편지에 그런 말씀을 꺼내신 걸 오히려 다행으로 여깁니다. 오늘의 나를 만드시고 키우신 그 교장 선생님에 관해 말씀드릴 기회를 마련해주셨으니까요. 교장 선생님의 사랑과 배려가 없었던들 저는 누차 강조했던 '숯' 과정을 거른 채 성장했을 겁니다.

필자

고생 많으셨습니다. 하룻밤에 구만리를 난다는 전설적인 새처럼, 자고 나면 한 편씩 신들린 듯이 써내려가시더군요. 한 사람의 내부에 그 많은 세계가 있다는 것이 놀라울 따름입니다.

두 가지 생각이 들었습니다. 첫째, 어떤 패널이 잠시 언급했지만, 문학적 상상력을 동원하면 소재raw material를 뛰어넘는 부산물by-product이 만들어질 것 같다는 생각입니다. 아무나 쉽게 경험할 수 없는 것들과 그 속에 감춰져 있는 열정passion, 비애pathos의 낱알들을 엮어, 문학적 상상력을 가미하면 『카라마조프의 형제들 Brat'ya karamazovy』 같은 것이 하나쯤 나오지 않을까요? 둘째, 6개월은 쉬시겠다고 하셨는데, 글쎄요. 어디서 읽은 글입니다만, 사람이 글을 쓴다는 것은 외롭기 때문이래요. 그래서 누군가에게 자기를 들려주고 싶다는 겁니다. 이미 외로움을 태워버리셨고, 그 외로움이 또 다른 외로움을 낳는데, 그게 가능할지요?

6주만 쉬고 또 쓰세요. 글감은 마치 샘물 같아서 길수록 더 나온다고 하지 않습니까? 갑자를 한 바퀴 도신 삼촌께 무리한 숙제를 드리는 것 같아 죄송하긴 하지만, 창작의 고통이야말로 치매 예방으로는 최고지요. 명절 지나고 청진동으로 한번 모시겠습니다.

남형두

•••**남형두** 연세대학교 법과대학 교수 · 변호사_ 누님의 둘째 사위로 그가 띄우는 댓글을 읽다보면 촌철살인의 한마디가 꼭 끼어 늘 새롭다. 공의롭고 사랑이 넘치는, 또한 형평의 저울눈을 늘 의식하는 율사되기 바란다.